Gildard GUILLAUME

Les damnés de la République

L'Harmattan

Du même auteur

Les noces rouges, L'Harmattan, 2003.

La sentinelle de Cabrera, Fayard, 2005.

Terreur blanche, Fayard, 2006.

Qu'un sang impur..., Albin Michel, 2010.

5-7, rue de l'École-Polytechnique ; 75005 Paris

http://www.librairieharmattan.com
diffusion.harmattan@wanadoo.fr
harmattan1@wanadoo.fr

ISBN : 978-2-296-56951-5
EAN : 9782296569515

À Nadou

Je vous détache ces
quelques hideux feuillets
de mon carnet de damné.

Arthur Rimbaud
(*Une saison en enfer*)

CARTE 1[(1)]

La Nouvelle-Calédonie

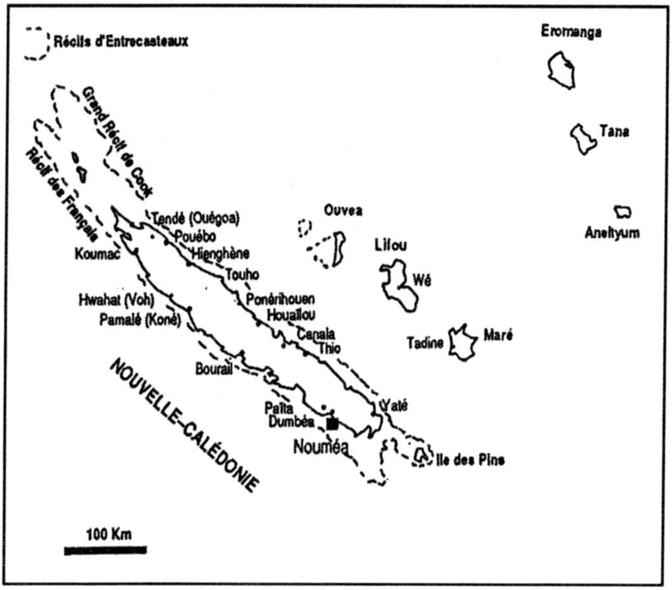

(1) La carte 1 est extraite de l'ouvrage « *Souvenirs amers, Mémoires de François Camille Cron (1836-1902)* », Mercure de France, 1989.

CARTE 2[1]

Nouméa dans les années 1872-1880

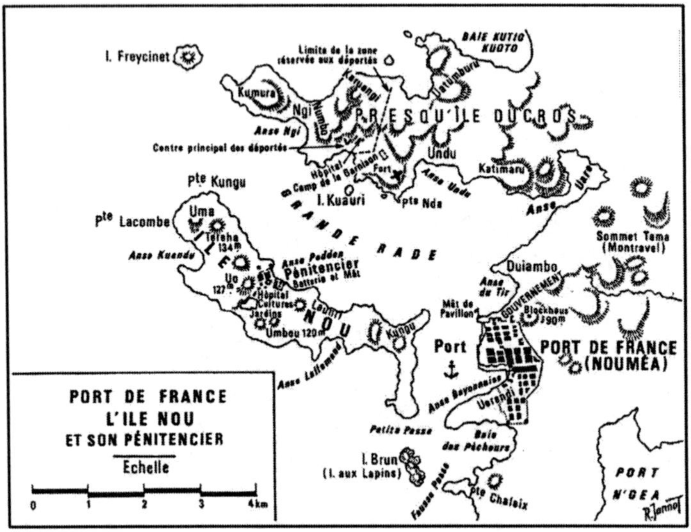

---

[1] La carte 2 est extraite de l'ouvrage *« Journal d'un Déporté de la Commune à l'île des Pins »*, Joannes Caton, Editions France-Empire, 1986.

CARTE 3[1]

L'île des Pins dans les années 1872-1880

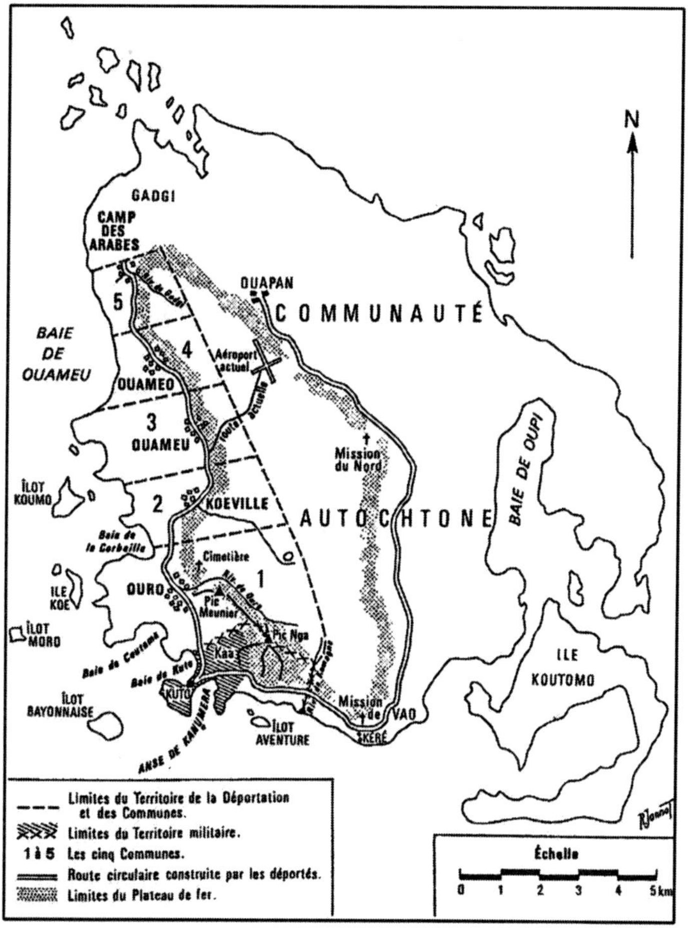

[1] Le carte 3 est extraite de l'ouvrage *« Journal d'un Déporté de la Commune à l'île des Pins »*, Joannes Caton, Editions France-Empire, 1986.

PROLOGUE

Bagne de l'île Nou,
Nouvelle-Calédonie.
Août 1876.

La main se lève lentement. Légère comme une aile, elle vient cacher un coin de ciel gris entre deux bâtiments, blanchit sur le manche, puis retombe brutalement, lançant loin devant sept lanières de cuir. Déchiré avec un bruit de crachat, l'air explose. Le corps allongé sur le banc s'arc-boute, tend les liens à les rompre, vibre et retombe, tandis qu'une bouche tordue par la douleur souffle une plainte rauque.

– Un ! annonce le surveillant à deux galons.

Déjà le martinet remonte, dépasse l'épaule du tortionnaire, tournoie, s'élance à nouveau et claque. Cette fois, la victime pousse un cri, un cri d'enfant, strident d'abord, noyé de sanglots ensuite, tandis que la peau bleuâtre des reins prend une couleur carmin.

– Deux !

Léon Berthier ferme les yeux. Voilà plus de quatre ans que, dans ce bagne de l'île Nou, il assiste toutes les semaines, le mercredi, à la même heure, à la même ignominie. Il ne peut cependant échapper aux sons et ceux-ci lui font toujours aussi mal.

Le forçat matricule 2331, condamné à subir les vingt-cinq coups de martinet, n'est plus à présent un homme que l'on torture, mais un animal que l'on exécute. Beuglements et braiments se succèdent tandis que les lanières sifflent. Entre les coups, l'homme hoquète et sanglote.

Un surveillant aboie parce que la ligne des spectateurs vacille. Un forçat qui s'est trouvé mal est relevé à coups de pied. Le soleil de onze heures darde sur les crânes rasés. Des oiseaux de mer crient vers l'embarcadère.

– Huit !

La litanie se poursuit, inexorable, insupportable, mathématique des coups appliqués à un numéro. L'homme allongé sur le banc subit cette punition pour la deuxième fois. Six semaines plus tôt, il a déjà reçu vingt-cinq coups. Mais, la condamnation prononcée étant du double, l'administration du bagne solde scrupuleusement les comptes - toujours les mathématiques - après l'avoir fait soigner. Certains sont déjà morts après un tel traitement. Mais ici, dans ce trou d'enfer de l'île Nou, face à Nouméa, à vingt mille kilomètres de Paris, il importe peu qu'un homme expire sous la morsure d'un fouet. Se soucie-t-on d'un numéro qui disparaît dans une colonne de nombres dont on ne fait jamais l'addition ?

Parce qu'une brise légère vient soudain agiter sa blouse, Léon rouvre les yeux, découvrant le rictus du forçat correcteur. De toute évidence, celui-là prend plaisir à torturer. C'est un individu râblé, à la nuque épaisse, grasse, luisante. Entre chaque pirouette de son instrument, il chasse la sueur de son front d'un ongle noir. Léon sait que ce scélérat - une « terreur » dans le jargon du bagne - traficote avec certains surveillants quand il ne joue pas du «lingue» - du couteau - entre les cases.

Léon tourne la tête vers le bout du « boulevard du crime » - la grande allée qui sépare les baraquements -, le magasin des farines, la caserne des surveillants, les flots émeraude de la mer. Il se force à ne plus rien voir d'autre. Il ne veut penser qu'aux jours à venir. L'amnistie ne devrait plus tarder. On en parle depuis si longtemps ! Surtout, Léon, forçat de deuxième classe, a obtenu la possibilité, après quatre années de bagne, d'aller travailler sur la Grande Terre, à Bourail ou à Bouloupari – c'est l'administration qui décidera. Le départ est annoncé pour après-demain. Il n'aura plus à subir le spectacle ignoble de ces bastonnades hebdomadaires. Il pourra quitter enfin le four à chaux où il est affecté depuis maintenant six mois et où il brûle ses poumons pour quatre sous par jour.

– Quatorze !

Est-ce un homme qui hurle ainsi ? Y a-t-il encore quelque chose d'humain dans ces meuglements jaillis d'un corps éclaboussé de sang qui se cabre, saute, vrille et se tord ? Léon est convaincu que les lanières du martinet ont été longuement trempées dans le vinaigre ou le goudron, pour mieux déchirer et saigner la chair gonflée, dilatée. La crapule déléguée à la basse besogne en est bien capable, à moins que l'idée ne lui ait été soufflée par les gardes-chiourmes.

Léon a le cœur dans un étau, tandis que ses pensées s'agitent comme des insectes fous. Il a beau être habitué, il a en cet instant l'envie d'étouffer entre ses mains tous les tortionnaires. Mais il n'a pu survivre jusqu'à présent qu'en dominant sa violence, qu'en maîtrisant cette force terrible si souvent employée avant son arrestation. Après sa condamnation, il a enduré la casaque rouge des bagnards, la manille à la jambe gauche, la chaîne de douze livres, le crochet à la ceinture, la « pattarasse » qui colle à la peau. Depuis des mois et des mois, il a supporté les cases au sol nu, où les seuls mobiliers sont les baquets à déjections, avec un mètre carré par forçat, le hamac que l'on roule le jour dans la couverture, le travail harassant sous le soleil, la mauvaise nourriture. Devant les lâchetés et les brutalités des gardes-chiourmes, il a caché ses poings fermés, lourds comme des masses de journalier. Sous les injures et les humiliations de la soldatesque avinée, il a courbé le dos, baissé la tête. Ses lèvres sont closes, et sa bouche muette ne s'ouvre plus que pour approuver les ordres imbéciles, ou manger, ou encourager les plus dignes de ses compagnons de misère.

Une autre chose l'a aidé à tenir : son affection pour Nicolas Moreau, le menuisier-ébéniste du faubourg Saint-Antoine, arrêté par les versaillais en même temps que lui, mais « seulement » déporté simple, son ami, son frère, celui avec lequel il a tant partagé à Paris[1]. Quand il sera à Bourail ou à Bouloupari, peut-être pourra-t-il le voir. Dans sa dernière lettre, Nicolas disait qu'il fabriquait des meubles chez un artisan de Nouméa. Léon l'a connu quatre ans avant la guerre contre les Prussiens, à la Bibliothèque des Amis de l'Instruction. Bronzier dans une usine de Belleville, Léon avait découvert ce lieu de culture, et tous ses instants de loisirs, théoriquement fort courts mais gonflés par les mises à pied dont il était régulièrement frappé, étaient consacrés à la lecture de multiples ouvrages. Il tarde à Léon de revoir le jeune homme, avec sa double fossette et son air rêveur.

– Dix-neuf !

Il a semblé à Léon que l'homme sur le banc gueulait moins fort sous l'entaille des torons. Mais ce n'est sans doute que l'effet de la brise, désormais un peu plus vive, ou peut-être la lassitude. On en est au quatrième forçat ainsi supplicié et il en reste encore deux, deux pauvres hères qui, un peu à l'écart, le visage gris d'angoisse, attendent en tremblant de subir le même terrible châtiment.

De nouveau, Léon baisse les paupières. Sa mémoire vagabonde. La Commune de Paris a été proclamée le 28 mars 1871. Place de l'Hôtel de Ville, ce jour-là, des centaines de drapeaux rouges ou tricolores flottaient au dessus de milliers de Parisiens. Des bataillons de gardes nationaux, fusil à l'épaule, défilaient devant une immense tribune au rythme des tambours et des trompettes. La joie était dans tous les cœurs. On chantait la *Marseillaise* et des airs révolutionnaires. La guerre civile était ouverte ! Les fédérés contre les versaillais ! Les communards contre la troupe ! La liberté et la justice contre la tyrannie !

– Vingt-et-un !

---

(1) Lire, du même auteur, *Les noces rouges* (L'Harmattan, 2003).

La guerre civile était ouverte et la Commune la perdrait, après des horreurs sans nom ! Des dizaines de milliers de morts...

– Vingt-trois !

Avec Nicolas Moreau, Léon Berthier a été de ceux qui, dans les rangs des communards, combattirent jusqu'au crépuscule de ce si beau dimanche 28 mai 1871. Les versaillais les ont cueillis le lendemain, à l'aube, dans une cave empuantie par des cadavres de rats. Il se souviendra toujours du moment où le jeune menuisier et lui, après une marche éprouvante, ont franchi la grille d'entrée des Grandes Ecuries, sur la Place d'Armes du Château de Versailles qu'il voyait pour la première fois. Puis il y a eu les coups, l'Orangerie, encore les coups, le conseil de guerre, qui l'a condamné en 1871 aux travaux forcés à perpétuité, le bagne de Toulon. Après ce cloaque, il a été embarqué sur le *Rhin*, jeté dans une cage de fer avec cent-dix-neuf autres pauvres types et transporté sur les côtes de Nouvelle-Calédonie au terme d'un voyage de trois mois. Du bagne de l'île Nou, il connaît toutes les souffrances, il a enduré tous les supplices, sauf celui du martinet et de la crapaudine, mais il a tenu, par la force de sa volonté et par l'espoir de recouvrer la liberté avec l'amnistie.

– Suivant !

Léon observe l'homme que l'on détache, la face rouge et brouillée, avec une bouche barbouillée de sang, des globes oculaires exorbités, des pommettes noires. C'est une masse titubante que l'on soulève, dont on remonte le pantalon de toile ensanglantée, dont on abaisse la chemise sur la chair tuméfiée. Boucherie : tel est le nom de celui que l'on vient de fouetter.

« Dans le trou du cul de l'enfer, l'horreur est aussi une farce, songe Léon. Finalement, les choses sont moins odieuses quand les victimes n'ont pas de nom. »

- 1 -

On marche déjà depuis une bonne demi-heure, lentement. La colonne s'effiloche sur plusieurs centaines de mètres entre les figuiers banians, les taillis piqués de liserons roses et les gros rochers gris. Bien qu'il soit encore tôt, les fraîcheurs de la nuit ont été vite dissipées et, déjà, le soleil cuit les crânes nus. Des nuages sont venus s'accrocher tout en haut du pic N'Ga, la seule hauteur de l'île des Pins, qui culmine à trois cents mètres et dont les pentes offrent un relief tourmenté. Plus bas, on aperçoit le moutonnement vert de la forêt qui, tel un anneau, entoure l'île, entre les prairies et pâturages tapissant le pied du plateau central et les plages de sable blanc, et unit dans un même camaïeu les pins maritimes, les cocotiers et les palétuviers. Au-delà, la mer fait briller l'émeraude de ses fonds, le saphir de ses rochers, le diamant de l'écume se déchirant sur les récifs, un peu comme si la nature avait voulu agrémenter de pierres précieuses la bague ornant ce morceau de terre.

Henri Amérieux observe les huit hommes qui, à quelques pas de lui, portent le cercueil, une caisse de bois rougeâtre sans poignées ni décor. Ils peinent sous l'effort, tandis que la pente s'accentue et que le sol caillouteux roule sous les godillots. Ils conduisent Anselme à sa dernière demeure.

Anselme, dont on connaissait d'ailleurs uniquement le prénom, était à Paris un commerçant dynamique. L'île des Pins, où tout est à construire et à inventer, devait être pour lui l'occasion de nouvelles entreprises, qu'il a développées avec succès. Six mois après son débarquement dans la baie de Kuto, il tenait à Ouro, le village de la première commune, au bout de la rue principale, une boutique prospère (au moins selon les critères de l'endroit) où l'on trouvait à peu près tout ce qu'un déporté peu exigeant peut espérer dénicher, avec un peu de chance et beaucoup d'argent, pour construire sa paillote sans craindre qu'elle soit emportée par le premier orage.

Anselme n'était pas seulement un commerçant avisé, sachant bien vendre et mieux encore acheter, il avait aussi, par la force des choses, noué d'excellentes relations avec d'autres commerçants - des « mercantiers » - installés sur la Grande Terre de la Nouvelle-Calédonie, des capitaines de bateau et ceux qui comptaient un peu dans l'administration de l'île des Pins, militaires comme surveillants. Même si cela n'était pas toujours du goût de tout le monde, Anselme jouait régulièrement aux échecs avec le Père Goujon, conseiller et confesseur du roi local des Canaques. Il rendait d'immenses services, dont tous profitaient. Le nombre de déportés assistant à son enterrement témoigne de l'aura du bonhomme.

Le cortège arrive à présent, après un escarpement difficile, à une sorte de plate-forme d'où l'on domine la baie de Kuto et son débarcadère, la zone militaire avec ses bâtiments administratifs, l'hôpital, la prison, le sémaphore, le village d'Ouro et ses cases sagement alignées derrière leurs jardinets, le « quartier de la pirogue », l'île Koe en croissant de lune, la deuxième commune de Koeville, l'îlot Koumo qui ressemble à un papillon, la troisième commune de Ouameu. Ici se trouve le plateau de fer, une sorte de gros pâté volcanique et dénudé, planté sur le côté ouest de l'île. C'est entre cette molle hauteur et la côte que le gouvernement de Thiers a choisi de jeter plusieurs milliers de communards en découpant l'espace - humour involontaire ou suprême dérision - en cinq communes. Sur ce territoire, principalement occupé par une forêt dense et des plaines, de Kuto à l'extrême sud jusqu'au port de Gadji à l'extrême nord, les déportés survivent dans une prison naturelle. Les damnés de la Troisième République sont dans l'enfer d'un paradis de végétal et d'eau.

Avant sa déportation, Henri était journaliste à Lyon. Le 30 avril 1871, il a participé avec ferveur aux évènements du quartier de la Guillotière. Il est de ceux qui ont « pris » la mairie de ce quartier, nommé un nouveau maire, élevé des barricades autour de la maison commune. L'assaut donné par les troupes du préfet a eu tôt fait de nettoyer ce foyer d'insurrection. La suite est aussi banale que tragique : prison Saint-Paul, wagon cellulaire, condamnation à la déportation, casemate de l'île d'Oléron, embarquement à destination de la Nouvelle-Calédonie, et, tout au long de cette géhenne, l'angoisse, la souffrance, la crasse, le sang.

Henri aimait décrire dans ses articles la beauté de certains paysages. Que ne donnerait-il pas pour tenir entre ses mains une feuille fraîchement imprimée et respirer l'odeur de l'encre ?

Après un grand réséda aux fleurs odorantes, on entre dans le cimetière - les déportés l'appellent la « sixième commune » - ou ce qui en tient lieu : un terrain au sol tourmenté, sur lequel on a planté des croix noires pour les morts enterrés chrétiennement - fort peu nombreux - ou des grosses pierres pour ceux que la présence d'un prêtre hérissait - la majorité. Anselme, malgré ses bons rapports avec les missionnaires maristes, vouait une haine profonde à la religion en général et à la religion catholique en particulier, sentiment très largement partagé parmi les communards et qui a amené l'administration à interdire les enterrements strictement laïques après la première heure du soleil.

Le cercueil est déposé le long d'une fosse, sur des madriers, puis l'on forme un cercle autour de la sépulture. Il fait de plus en plus chaud, malgré une brise légère et parfumée qui agite les blouses et les paletots. Sur le sol caillouteux, les lézards fuient, effrayés par cet attroupement. Des pigeons s'envolent d'un buisson de pariétaires. On pose un drap blanc sur le cercueil et une couronne de fleurs, de ces fleurs blanches, jaunes et rouges qui s'emparent de la forêt calédonienne deux fois par an lorsqu'elle se couvre de lianes.

Un homme de haute taille, Edouard Deval, se place alors devant la modeste bière et fait face à l'assistance. Contrairement à beaucoup, lui est vêtu de gris et noir, ayant conservé une redingote. Ses cheveux longs s'agitent doucement dans la brise. Il a mis une cravate bleu pétrole, rayée, une de ces cravates-plastrons qui débordent du gilet. Il a chaud : la sueur mouille ses tempes, coule sur les ailes du nez. Un peu de poussière blanchit la barbe.

Edouard Deval appartient à la bourgeoisie parisienne. Avant son arrestation, il exerçait la profession d'avocat mais jouissait de confortables revenus immobiliers. Il a été arrêté le 24 mai 1871 (devant les grilles de l'Institut Impérial des Jeunes Aveugles, ce qui a peut-être valeur de symbole) parce que, fidèle à sa seule conscience d'homme, par compassion, il a tenté de faire échapper un communard à la traque assassine des versaillais. Comme beaucoup d'autres mais sans rien partager des rêves fous des fédérés, il a connu les salles basses du Palais du Luxembourg et la cour prévôtale qui envoyait les malheureux au peloton d'exécution sur un simple « A la queue ! », la prison Saint-Pierre à Versailles, les voyages interminables dans des wagons de marchandises ou à bestiaux, les casemates de Fort Boyard, le conseil de guerre, qui l'a condamné à la peine de la déportation simple, la citadelle de Saint-Martin de Ré, les cages du *Calvados*.

Le jeune avocat partage avec Henri Amérieux et Nicolas Moreau la même case, le même gourbi. Edouard Deval, l'avocat, Nicolas Moreau, le menuisier, et Henri Amérieux, le journaliste, forment ce que leurs amis appellent par dérision la Trinité : inséparables, uniques et complémentaires, ils sont et entendent demeurer. Ils se sont rencontrés quand le *Calvados* a quitté La Rochelle le 18 mai 1873, emportant avec lui cinq cent soixante déportés du fort de Quelern, de la citadelle de Saint-Martin de Ré ou de la forteresse du Château d'Oléron. Ils ont vécu ensemble l'enfer, pendant quatre mois, dans la même cage du bateau de transport. Après une mutinerie, ils ont ensemble connu la barre de justice dans une niche où régnait une chaleur torride. Débarqués sur l'île des Pins, ils se sont battus pour construire une case à peu près confortable dès leur arrivée sur le territoire de la deuxième commune, tout en essayant d'organiser la vie autour d'eux et avec les autres. Ils sont respectés, écoutés, admirés.

Nicolas s'avance, lui aussi, et vient se placer à la droite d'Edouard, un petit peu en retrait. Que de services ce jeune menuisier-ébéniste, généreux et actif, n'a-t-il pas déjà rendus à ses amis et à beaucoup de déportés présents ? Il est particulièrement reconnaissable à cette double fossette imberbe sous une moustache tirant sur le roux.

Nicolas Moreau a pris les armes au nom de la Commune le 24 mai, le jour même où Edouard était appréhendé. Jusqu'alors, même s'il partageait le grand élan de ce mouvement populaire, il s'était tenu à l'écart des combats. Par nature, il répugnait à user de la violence. De plus, son père était mort en 1848 sur une barricade de la rue Clovis, et il se demandait encore à quoi ce sacrifice avait pu servir. Mais la cruauté des versaillais et les pressions de son ami Léon Berthier ont eu raison de ses doutes : puisque Thiers et ses troupes massacraient hommes, femmes et enfants, il allait se battre. Une lutte à mort ! Puis il y a eu son arrestation, les Grandes Ecuries, le camp de Satory et sa boue, les pontons de Cherbourg, le jugement par le conseil de guerre en avril 1872, le cul-de-basse-fosse de Brest, enfin l'embarquement sur le *Calvados*.

– Mes amis, commence doucement Edouard, Anselme ne nous accueillera plus dans sa boutique. Désormais, c'est ici, sur ce plateau désert, que nous devrons venir le saluer. Anselme ne nous recevra plus dans son échoppe mais Anselme demeurera plus vivant que jamais dans nos cœurs, dans notre mémoire. Il fera partie de nous. Plus tard, lorsque nous parlerons de l'île des Pins, nous citerons encore Anselme, sa générosité, sa disponibilité, sa fraternité.

Edouard marque une pause, tandis que son regard se fixe sur trois cavaliers arrêtés à quelques centaines de mètres et qui observent les déportés assemblés : le commandant territorial et deux de ses officiers, chefs de groupe. L'attroupement ne peut évidemment demeurer sans surveillance, même discrète.

– Anselme venait d'avoir quarante-deux ans, reprend Edouard, en enflant la voix. Il était marié et père de deux enfants. Comme nous tous ici, la séparation d'avec sa famille était une souffrance de chaque instant. Mais il dépassait cette souffrance, il oubliait l'éloignement des siens pour se consacrer aux autres, à nous. Il avait été condamné pour avoir livré en quantité des sacs ayant servi à la confection des plus grosses barricades de Paris, en particulier les barricades au débouché de la rue de Rivoli. Il était bien incapable de commettre un acte de violence, mais il pouvait donner. Et il avait donné, tout ce que lui réclamait la Commune. C'est la violence qui a tué Anselme. Anselme est mort d'un acte odieux commis par des inconnus, Anselme est mort d'avoir une fois de plus, une fois de trop, ouvert sa porte, et de l'avoir ouverte à ses assassins…

En entendant ces mots, Henri imagine la scène de l'assassinat : deux, voire trois hommes surgissant dans la boutique d'Anselme, le plongeant la tête la première dans une barrique d'huile jusqu'à ce qu'il s'y noie. Car c'est ainsi qu'on l'a retrouvé. L'administration ne veut pas croire à un assassinat et parle d'un accident, redoutant peut-être qu'une enquête ne révèle en son sein des complicités. Le ravitaillement de l'île des Pins est si inefficace que tous les trafics, toutes les corruptions peuvent être imaginés. Henri se souvient encore d'un troupeau de bovins qui, débarqué dans le port de Kuto, a littéralement disparu entre le débarcadère et le centre de distribution. Les protestations des délégués des cinq communes - Henri étant l'un d'eux - n'ont servi à rien. Dans la meilleure situation, les surveillants et militaires se servent les premiers en filets et pièces de choix, de telle sorte que seuls les bas morceaux et les abats arrivent en zones de déportation. Seuls les cochons vendus par les Canaques aux déportés peuvent servir à leur consommation exclusive.

Henri en est là de ses pensées quand un homme râblé, Prosper Desfossés, se rapproche de lui et lui souffle à l'oreille :

– Je sais parfaitement qui a fait le coup. Ils font partie de la Tierce.

Versailles, pour ajouter à la punition des « politiques », a aussi condamné à la déportation des membres de la pègre, des voyous, des voleurs, des assassins, soit qu'ils se soient trouvés au mauvais endroit au moment des ratissages de la Semaine Sanglante – ainsi nommée pour ses dizaines de milliers de victimes -, soit qu'ils se soient associés par intérêt à l'insurrection. Les conseils de guerre ont eu ainsi le sentiment de purger la capitale de ses délinquants et, comme on bouchonne un cheval avant de le ramener à l'écurie, de rendre à Thiers et Mac-Mahon un Paris décrotté, curé, purifié. Cette lie des bas-fonds s'est déjà largement illustrée pendant le transport des déportés de France jusqu'en Nouvelle-Calédonie. Elle a continué à rançonner, racketter, piller, maltraiter les déportés politiques et ceux d'entre eux qui montaient des activités lucratives, le tout avec la complaisance, voire la complicité, de certains surveillants ou hommes de troupe. Les rares poursuites contre les auteurs de ces exactions n'ont jusqu'à présent rien donné de bien concret. Un conseil de guerre a même poussé la mansuétude ou la lâcheté jusqu'à acquitter quelques caïds et à condamner ceux qui avaient osé déposer plainte contre eux.

La pègre organisée s'appelle la Tierce.

– J'en connais au moins deux, ajoute Prosper. Ils ne perdent rien pour attendre, ces fumiers.

Prosper Desfossés est un déporté d'un profil un peu particulier. Après avoir reçu une excellente éducation chez les jésuites, il a appartenu à la pègre pendant de longues années, multipliant les vols et coups de main. Plusieurs séjours en prison, en province et à Paris, ne l'ont pas guéri de ses mauvais instincts. C'est une femme qui y est parvenue, une petite vendeuse aux cheveux auburn travaillant dans une boutique du Palais-Royal, avec laquelle il a vécu toute une décennie à la fin du Second Empire. Et puis cette femme est morte, brutalement, un matin, le laissant désemparé. Engagé comme garde national, il s'est battu en plusieurs endroits de la capitale, puis a été fait prisonnier comme tant d'autres alors qu'il cherchait à se cacher. Prosper ne dissimule rien de son passé. Il a été un voyou et un voyou particulièrement redouté. Cela appartient à son histoire personnelle. Il n'en éprouve aucune honte, puisqu'il est aujourd'hui différent, un ami sûr et fidèle sur lequel les autres membres du groupe solide constitué notamment de Nicolas, Henri et Edouard peuvent compter.

– Il faut, mes amis, que nous soyons encore plus solidaires les uns des autres, poursuit Edouard. C'est de notre solidarité que nous tirerons notre force. C'est grâce à cette solidarité que le bannissement dont nous sommes victimes sera plus léger à supporter. Anselme, au revoir !

Edouard a terminé son petit discours, un discours fort, ardent, sensible comme est cet orateur, ce grand bourgeois emporté dans la tourmente de la Commune pour avoir essayé de sauver la vie d'un fédéré pourchassé par la soldatesque, cet avocat prospère et réputé qui a joué sa vie et sa carrière sur la seule réaction de ses tripes face à l'ignominie de la répression versaillaise.

– Vive la Commune ! crie-t-on ici et là. Vive la Commune !

A présent, six hommes, dont Nicolas et Edouard, descendent le cercueil dans la fosse à l'aide de cordes. L'assistance garde un silence total à peine troublé par les bruits indistincts d'une agitation du côté de l'anse de Kanumera ou de l'îlot Aventure. On ne voit plus la pointe du pic N'Ga et l'horizon vers l'est a pris les tons d'un papier journal que l'on aurait froissé.

L'un après l'autre, les déportés jettent dans la fosse une poignée de terre, ou une fleur rouge, certains avec une légère inclinaison de tête. Les cavaliers aperçus tout à l'heure ont disparu mais, en contrebas, des surveillants et militaires regardent la foule. Une perruche survole ce théâtre de recueillement en jasant, faisant tourner quelques têtes.

– Il faut qu'on prenne des décisions, et rapidement, insiste Prosper. Nous ne pouvons pas continuer de nous laisser ainsi décimer par ces assassins que protège l'administration. Tu en penses quoi, Henri ?

– Restons prudents ! coupe Edouard, qui a rejoint les deux hommes. Nous devons effectivement agir. Mais il faut le faire après nous être concertés et avoir pris en compte toutes les circonstances. Je sais très bien que le brave Anselme a été assassiné par des voyous qui le rackettaient et qui n'ont pas toléré sa décision de ne plus rien verser. Je le sais parce qu'il s'était ouvert à moi de ses difficultés. Il faut purger l'île des Pins de la Tierce, mais nous ne disposons pas de beaucoup de cartouches et il nous faut donc agir à coup sûr.

Maître Edouard Deval parle à présent comme un chef de bande, ce qu'ont fait de lui la répression versaillaise, le conseil de guerre et toutes les tortures infligées.

Nicolas Moreau s'approche lui aussi, mâchoires crispées et regard enfiévré.

– Il faut nous débarrasser de la Tierce, et chacun de nous va y mettre la main, dit encore Edouard en regardant tour à tour ses interlocuteurs. Définitivement. Mais proprement. Je veux dire : sans violence excessive.

- 2 -

Le cabinet médical de Georges Clemenceau - si tant est que l'on puisse parler de cabinet - est niché au fond d'une cour, dans une petite rue de Montmartre. Le maître des lieux y reçoit deux jours par semaine, le dimanche et le mercredi.

Quand Virginie Moreau franchit l'entrée, débouchant dans un corridor aux murs douteux, elle s'attend à trouver beaucoup de monde mais certainement pas cette foule bruissante et impatiente qui, cuisant à l'étouffée dans une atmosphère d'haleine aigre, la dévisage avec méfiance. Il lui faut alors arrêter une décision immédiate : soit prendre le rang et entamer une attente interminable, soit aller directement jusqu'au bureau du maigrelet qui fait office de secrétaire. Virginie, après un bref coup d'œil à des drapeaux dressés de façon inattendue dans un angle de la pièce, choisit la seconde solution, en prenant bien soin de ne heurter personne. Le regard rivé sur le secrétaire, qui griffonne en se curant le nez, elle sent presque physiquement se poser sur elle, après l'étonnement du premier instant, les regards suspicieux, inquiets ou hostiles des malades, vrais ou faux, ou des quémandeurs, qui tolèrent mal qu'on fasse ainsi injure au sacro-saint principe de la file d'attente.

Le joli minois de Virginie autorise toutes les audaces, son mouvement déterminé a raison de la cohorte des patients avant que celle-ci la juge définitivement impudente.

– Pouvez-vous dire au docteur que j'ai une information de la plus haute importance à lui communiquer ? ordonne Virginie avec juste ce qu'il faut de ton interrogatif pour ne pas froisser.

L'homme maigre n'a pas encore pu prendre la mesure de l'insolence que la jeune femme renchérit :

– C'est à propos de son père !

A ce moment, une matrone, à laquelle s'agrippent deux jeunes enfants aux joues carmin, interpelle Virginie :

– Dites donc, ma p'tite dame ! Est-ce que par hasard la queue serait pas également pour vous ?

Virginie n'a pas un regard pour la mégère, dont les seins volumineux paraissent vouloir fuir le corsage trop ajusté.

– Il faut vraiment que je voie tout de suite le docteur pour lui parler de son père et de ce que son père a connu, insiste Virginie auprès du secrétaire. Tout de suite ! C'est important !

L'homme lève vers elle un regard d'incompréhension inquiète.

– Son père ? répète-t-il sans vraiment attendre une réponse.

Que va-t-elle bien pouvoir dire au maire du dix-huitième arrondissement, à l'ancien député, au médecin tenant dispensaire, au fauve politique qui agite de sa forte personnalité les séances du Conseil municipal de Paris ? Elle n'en sait absolument rien.

Le secrétaire se met debout, hésitant encore sur l'attitude à tenir. Mais le charme de son interlocutrice, l'innocence de ce petit sourire triste, cette mèche de cheveux rebelle qui jaillit sous le chapeau, tout construit un tableau absolument charmant.

– C'est vraiment très important... Son père...murmure-t-elle sur le ton de la confidence, avec une moue de complicité.

Virginie rougit en prenant conscience de l'impasse où l'a conduite son effronterie, puis pousse un soupir de soulagement quand l'autre, sans un mot, quitte son siège, gagne une porte, se glisse dans l'entrebâillement.

– Vous pouvez venir, dit l'homme lorsqu'il ressort. Mais faites vite, le docteur a beaucoup de patients à voir.

D'un grand geste circulaire, il désigne la foule qui assiège son bureau, prête à en découdre.

– Entrez ! lance une voix forte lorsque Virginie frappe à la porte.

Elle découvre un homme un peu plus petit que son mari, et qui vient vers elle en lui tendant la main, des yeux noirs brillant sous un grand front, une immense moustache sombre sur une peau jaune, des pommettes hautes.

– Vous avez, me dit-on, un message important concernant mon père ? De quoi s'agit-il ?

Le ton est assez rude, un brin condescendant. Virginie croit pourtant discerner une part de jeu. Elle sourit.

– Monsieur Clémenceau !

– Je vous écoute, dit celui qu'on appelle encore le Vendéen et qui de toute évidence s'adoucit.

Virginie, comme beaucoup de Parisiens, sait que le maire de Montmartre est sensible au charme féminin. Elle est résolue à user du sien.

– Votre père, Monsieur Benjamin Clémenceau, a été condamné à la déportation en Algérie, commence Virginie, et…

– Il n'est jamais allé en Algérie, car il a été gracié, interrompt Clémenceau.

– Je sais, je sais. Ce que je veux dire, c'est que votre père a connu les affres de la prison. Il est passé à deux doigts de la déportation dans un pays lointain. Votre sœur, votre sœur Emma, en a elle-même beaucoup souffert.

– Mais comment connaissez-vous cela ?

– Quand on est soi-même victime de certaines choses, on s'intéresse à ceux qui ont connu les mêmes tourments. Mon mari – il s'appelle Nicolas – mon mari a été lui-même, à la suite des événements de mai 1871, déporté en Nouvelle-Calédonie. Il y est depuis plusieurs mois déjà. Et c'est l'enfer. Vous-même, je crois, vous avez connu la prison, Mazas…

– Si vous me disiez où vous voulez en venir et quel message vous voulez me donner, Madame… Madame ?

– Pardonnez-moi, mais je n'ai pas de message, réplique Virginie en ignorant l'interruption. Je veux surtout vous parler de l'île des Pins, où se trouvent des milliers de déportés de la Commune. Je sais, je connais tout ce que vous avez fait déjà pour Paris pendant le premier siège, puis ensuite pendant le second. Peut-être avez-vous d'ailleurs connu mon mari, Nicolas Moreau. Je m'aperçois du reste que je ne me suis même pas présentée : Virginie Moreau. L'émotion, l'émotion encore. Mon mari a été condamné, alors qu'il a toujours tout fait pour aider les autres.

– Votre mari est à l'île des Pins ? Déporté simple ?

– Nicolas, mon mari, a été condamné par un conseil de guerre de Versailles. Il est arrivé en Nouvelle-Calédonie en septembre 1873. Et depuis...

– Où habitez-vous ?

– Dans le faubourg Saint-Antoine. Mon mari est... était menuisier-ébéniste. Pendant le premier siège, il a beaucoup participé à l'organisation de la distribution des denrées. C'est un homme actif, qui s'est toujours donné pour les autres. Il est républicain convaincu, comme vous. Je ne vais rien vous demander, sauf une chose, une chose essentielle, pour lui et pour les milliers d'autres qui sont dans son cas : l'amnistie.

– Mais je ne suis même plus député ! Je ne peux rien faire pour l'instant.

– Vous n'êtes plus député, mais vous le serez bientôt de nouveau. Et je sais que vous faites beaucoup pour tous les malheureux que l'on a condamnés et dispersés, tous les bannis, tous ceux qu'on a exilés. Je sais qu'un jour vous aurez l'occasion de vous battre pour qu'une amnistie soit prononcée. J'en ai la conviction profonde.

Clémenceau regarde à présent fixement Virginie, s'en approchant insensiblement. Ses yeux noirs brillent d'une flamme extraordinaire. La jeune femme note qu'il est fort bien habillé, trop bien peut-être pour cet endroit où le mobilier se compose principalement d'un mauvais bureau et d'un poêle de fonte. Quand son regard revient se poser sur le cheveu ras du médecin, Virginie voit que celui-ci sourit, un sourire qui élargit la moustache épaisse.

– Vous êtes quand même une jeune femme drôlement culottée, dit avec douceur Clémenceau. Vous vous introduisez ici sous le prétexte de me donner un message de la plus haute importance concernant mon père, et vous me parlez finalement de l'amnistie pour tous les condamnés de la Commune et en particulier votre mari !

– Je vous parle de la souffrance des hommes qu'on enferme, une souffrance que votre père a connue parce qu'il a fait preuve de courage, et que vous avez vous-même connue. Je vous parle de ce que vous connaissez.

Clémenceau fait un pas, saisit les mains de Virginie, dépose sur le dos de chacune d'elles un baiser doux et léger.

– Culottée et... bon sang ! fort jolie, murmure-t-il encore en plissant les yeux.

Virginie veut retirer ses mains, mais il les tient ferme.

– A l'île des Pins, il n'y a rien, souffle très vite la jeune femme. On a jeté là des milliers de déportés, et il n'y a rien.

– C'est ce que votre mari vous écrit ?

– C'est autant ce qu'il m'écrit que ce que je comprends. A cause de la censure. L'administration n'a rien prévu ou a trop peu prévu pour accueillir tous les déportés. Alors ceux-ci vivent dans une précarité totale. Le dénuement...Ils ont peu à manger... Les logements sont... Imaginez des cases, comme en fabriquent les naturels. Et puis il y a l'ennui, le désespoir, la violence.

– La violence ?

– Enfin d'après ce que je devine... Il faut que tous ces hommes reviennent, le plus vite possible. Pour cela, il faut l'amnistie. Vous pouvez faire en sorte que cette question soit débattue à l'Assemblée.

– Je vous ai entendue. Je ferai ce que je peux faire, au moment où ce sera possible. Laissez-moi à présent, je dois poursuivre mes consultations.

Virginie s'excuse encore de son irruption effrontée dans le bureau de Clémenceau, remercie chaleureusement puis s'enfuit. Elle est soulagée et heureuse. La mission qu'elle s'était fixée est accomplie. Sa démarche n'aura pas de résultat immédiat, peut-être même s'avérera-t-elle complètement vaine, mais au moins il n'est pas dit que l'un des hommes politiques les plus en vue, un de ceux que tous promettent à un bel avenir, n'aura pas eu son attention attirée sur le sort de milliers de malheureux exilés.

Quand elle retraverse le corridor jusqu'à la cour, il lui semble que le nombre des patients a considérablement grossi. La journée sera rude pour le docteur Clémenceau. La sienne sera au contraire plus légère, tandis qu'elle écrira à Nicolas la lettre qui l'atteindra peut-être après plusieurs mois de navigation.

- 3 -

Tapis dans le sable derrière un amas de roches volcaniques taraudées et déchiquetées, Prosper Desfossés et ses trois compagnons observent les deux hommes qui, à quelques dizaines de mètres, conversent à voix basse devant leur gourbi. Les rayons de la lune écorchent la pointe de l'îlot Koumo, griffent la surface calme des eaux et coulent sur les berges blanches, au pied de la case de torchis. De temps à autre, un vol de roussettes jaillit des palétuviers, zigzague entre les cocotiers, se perd enfin dans le bleu sombre de la forêt. Une odeur de mangue pourrie et d'eucalyptus flotte dans l'air. Des petites vaguelettes semées de paillettes argentées viennent mourir sur la plage dans une large et profonde expiration.

– Dans cinq minutes, les autres seront en place, chuchote Prosper en consultant sa montre à gousset.

Les autres, ce sont Edouard, Nicolas et Henri, accompagnés de trois solides gaillards employés par le Génie Militaire à la construction de la route.

– On dirait qu'il y a quelqu'un à l'intérieur, murmure l'un des guetteurs.

De fait, en provenance de la case, on entend des bruits de voix. Les deux hommes à l'entrée n'y prêtent, semble-t-il, aucune attention. L'explication arrive rapidement : quelques minutes plus tard, une femme canaque surgit sur le seuil, le crâne rasé, nue en dehors d'un collier probablement fait de poils tressés de roussettes et d'une frange végétale - le tapa - sur la zone pubienne. Toutes dents dehors, elle se frotte un instant aux deux hommes assis à l'extérieur de la case, invitant leurs mains à lui saisir les énormes tétons d'une poitrine tombante ou à lui caresser l'entrecuisse. Puis elle s'enfuit en courant. Prosper sourit à la pensée que, demain, cette jeune Kounié ira avouer sa faute au tribunal de la confession à la Mission, rejoindra les sœurs Marie du Bon Secours, Marie de la Croix ou Marie de la Présentation, puis s'enduira le corps d'huile rance de coco pour faire fuir les moustiques et les Blancs lubriques.

Mais un troisième homme sort de la case en rajustant son pantalon et lance aux autres une plaisanterie qui les fait s'esclaffer.

– Celui-là n'était pas prévu au programme, grince Prosper, qui songe à part lui qu'il n'a pas vu sa popinée depuis quatre jours.

Pour venir jusqu'à ce point, il a fallu, depuis Koéville, suivre la route circulaire sur deux kilomètres en direction de la quatrième commune puis, un peu après le village de Ouameu, prendre à gauche à travers la forêt. C'est au bord de la mer que les dénommés Bordier et Simoni, ceux-là mêmes que le groupe espionne, ont installé leur case. Le troisième larron est inconnu. Bordier et Simoni appartiennent à la bande du Nantais : ils sont les assassins d'Anselme. A côté de la case, une grande clairière a été défrichée, sans doute à partir d'une première zone de culture canaque, et des plantations y ont été faites, des maïs, des bananiers, des papayers aux odeurs suaves. Attenant à la maison se trouve le poulailler, qui est à la fois le garde-manger et la fierté du Nantais.

L'attaque préparée par le groupe doit à présent être déclenchée dans huit minutes. Mais avant, il faut ramper le long du talus, là où les cocotiers et palétuviers allongent leurs racines. L'autre groupe surgira du nord, après une approche dissimulée par les plants de maïs.

Une poule sultane chante du côté de petits banians, bientôt suivie du roucoulement d'un coq cagou. Prosper glisse la main sous sa chemise, en sort un sac de jute noir, l'enfile sur sa tête : ces sacs, percés de deux trous pour les yeux et d'un troisième pour la bouche, feront d'excellentes cagoules. Les autres l'imitent. Avec d'infinies précautions, il quitte l'abri des rochers, fait une halte brève derrière la souche tarabiscotée, dure et sombre d'un cocotier, puis gagne le talus. Quelques crabes s'enfuient à son approche. Ici, l'odeur est plus musquée mais la cagoule sent elle-même très fort le café. Quand il a été rejoint par les trois autres, il entame en rampant une progression lente et attentive.

A présent, les trois hommes devant la case, assis en cercle, fument. Ils parlent bas et par phrases courtes. Prosper se dit que ces voyous ont bien de la chance de pouvoir fumer, lui qui n'a plus que du chique écœurant à mâcher. A intervalles réguliers, un caquètement vibre en provenance du poulailler. Prosper plonge encore la main sous sa chemise et en extirpe cette fois un casse-tête canaque à forme priapique, une arme lourde et particulièrement dangereuse. Pour avoir fait ses classes dans les bas-fonds de Paris, il sait parfaitement la manier. Ses compagnons sont, eux, seulement armés de gourdins.

Profitant d'un très léger mouvement de terrain, le groupe se hisse sur le talus, gagne un taillis conquis par des tiges de salsepareille, entre des pananus et des groseilliers.

Prosper consulte une nouvelle fois sa montre. Dans une minute, ce sera l'attaque.

Il y a encore un vol de roussettes, poussant des petits cris mélodiques, le jacassement bref d'un volatile derrière la case, puis dix hommes, avec une synchronisation parfaite, fondent sur les occupants avec des hurlements sauvages. En deux minutes, ils les terrassent. Le premier, surpris par l'assaut, tombe à la renverse et reçoit en même temps un coup de casse-tête qui lui rompt le cartilage du nez et quelques dents, sent un testicule éclater sous le choc violent d'une matraque puis perd connaissance quand il est frappé sur la tempe. Celui-là s'appelle Simoni. Sans doute le plus redoutable, il était le premier à mettre hors-jeu. Bordier, fidèle à son habitude, esquisse un mouvement de fuite vers la forêt, se brise un tibia quand il est fauché par une barre à mine, s'étale la tête la première dans la tourbe au moment même où trois coups de gourdin sur la nuque lui font perdre conscience. Le troisième, l'inconnu, parvient à rentrer dans la case et à s'emparer d'une espèce de poinçon long et effilé. Il n'a pas le loisir de s'en servir car un coup de matraque sur le poignet lui en broie les os, tandis qu'il tombe à genoux sous une avalanche de coups.

– On les garde vivants ! hurle Prosper en s'interposant. Je veux que ces fumiers là puissent encore parler. Je veux qu'ils disent au Nantais qu'on ne marche pas sur les plates-bandes de Forcipia sans prendre de gros risques. Il faut que cette lope de Nantais soit bien rencardée.

Prosper n'a guère besoin de se forcer pour imiter l'accent et le vocabulaire des voyous qui composent la Tierce : il lui suffit de se rappeler certaines années de sa jeunesse et des années plus récentes passées à la prison de la Roquette ou dans d'autres cellules.

– Attachez-moi ces lopettes ! intime encore Prosper.

Tous les assaillants sont cagoulés de la même manière et, en dehors de Prosper, aucun ne parle. En quelques instants, Simoni, Bordier et le troisième, qui dit s'appeler Rizo, ont les chevilles et les poignets ligotés puis sont attachés chacun à un pilier de la case. Bordier geint en roulant des yeux fous. Simoni n'a pas encore repris connaissance.

– Rappelle-toi ! dit encore Prosper au dénommé Rizo. Pour le Nantais, c'est fini. Il n'y a qu'un seul chef sur cette île, Forcipia. Répète !

– For…

– Répète ou je t'en colle un autre, menace Prosper en levant son casse-tête. Il n'y a qu'un seul chef : Forcipia.

– Il n'y a qu'un seul chef : Forcipia.

– C'est bien ! Dis-le au Nantais ! Dis-lui aussi qu'il va devoir se priver de poulet pendant un bon bout de temps. Sur cette île, les poulets sont pour Forcipia. Tu as bien compris ?

Rizo hoche la tête en tremblant :

– Pour Forcipia, répète-t-il faiblement.

– Je n'ai pas bien entendu. Parle plus fort !

– Pour Forcipia !

Rizo s'affaisse entre ses liens, comme si l'effort avait été trop grand.

Pendant ce court dialogue, une partie des assaillants a gagné le poulailler. En moins de temps qu'il ne faut pour le dire, au milieu d'une panique indescriptible, tout est mis à bas et détruit à coups de barre à mine ou de bâton, tandis qu'on chasse les gallinacés vers la plage. Quelques poules, deux ou trois poulets perdent la vie dans l'opération, mais la plupart s'en tirent après une grande frayeur.

Quand la troupe conduite par Edouard, Nicolas et Henri quitte les lieux, onze minutes se sont écoulées depuis le début de l'assaut, qui laisse derrière lui un poulailler dévasté et vidé de ses pensionnaires, trois petites frappes sérieusement blessées mais en vie et un message très clair à destination du Nantais, chef de bande et grande figure de la Tierce, un message que l'un des assaillants, ancien spécialiste des couleurs à la Manufacture des Gobelins, a très soigneusement écrit avec un charbon de bois sur la table de la case :

« Le Nantais est une lopette. »

Certains mots sont plus coupants que des lames de couteau.

Quand le Nantais apprendra le raid et découvrira ce que l'on a osé faire à son installation et à ses hommes, il saura demander des comptes et rendre la monnaie de sa pièce à l'auteur présumé de l'agression, Forcipia, seconde grande figure de la Tierce et, de toute évidence, challenger jaloux et ambitieux du Nantais. C'est en tout cas ce qu'espèrent Edouard, Nicolas et Henri.

La première étape du plan imaginé par eux a été un succès.

La forêt se referme sur le commando.

Edouard ne peut s'empêcher de pousser un éclat de rire, nerveux et sec. Il a encore cinq kilomètres à parcourir avant de rejoindre sa case et se couler dans son hamac, une distance qui n'est pas trop longue au regard de sa jeunesse mais qui recèle de multiples dangers en raison de la présence d'un poste d'infanterie de marine à Ouameu.

- 4 -

Le Nantais attend deux jours pour réagir. On est alors le premier samedi du mois, jour de la paye. Le choix est stratégique car, ce jour-là, après avoir touché le maigre pécule que verse l'administration, les déportés, dans leur grande majorité, se saoulent. On a bu jusqu'au coma pendant que les Prussiens assiégeaient Paris : on continue plus que jamais à s'enivrer à l'île des Pins. De plus, les surveillants et les fusiliers marins, parce qu'ils perçoivent leur traitement le même jour, sombrent eux aussi un samedi par mois dans la même folie éthylique.

Les autorités interdisent la vente aux déportés de l'absinthe, du gin, du cognac et plus généralement des spiritueux. Mais le vin est autorisé et en vente partout et l'administration paye souvent une partie des salaires en accordant de généreuses rations d'un « ouvre-cuisses » ou d'un « sang de bœuf » - l'appellation dépend de la sensibilité du buveur - propre à éteindre toutes les énergies.

Il y a donc dans cette communauté du bout du monde, mensuellement, un moment où l'on s'assomme plus encore que d'ordinaire, au milieu des rixes et des rebellions, des insultes et des dégradations, des outrages et des vomissements, pour compenser les carences, masquer les désespoirs, déportés et garde-chiourmes confondus dans les mêmes vapeurs méphitiques, la même hébétude.

Le Nantais sait que Forcipia, comme d'habitude, fera livrer aux villages de Ouameo et Ouameu du vin et du tafia qu'il fait venir de la Grande Terre par des voies détournées et à la faveur de nombreuses complicités administratives. Dès son arrivée à l'île des Pins à la fin de l'année 1873, Forcipia, avec les méthodes brutales et la rigoureuse organisation qui lui ont déjà tant profité dans son fief de Belleville, a monté un commerce d'alcools très rémunérateur. Le Nantais est parfaitement informé que cette activité lucrative implique des transports longs et difficiles depuis une petite clairière au bord de la rivière de Gadji jusqu'à la route circulaire. Il a là l'occasion de venger la destruction de son poulailler.

René Bouche, dit « Belles pompes », se hisse avec précaution sur la charrette et ordonne à Charles, son complice, de démarrer. Pour lui, c'est un transport de plus vers Ouameo et les deux ou trois gourbis où l'on vend du vin. Derrière, solidement arrimées, deux belles futailles noires attendent d'être mises en perce. Tandis que les bœufs se déhanchent, René admire encore une fois ses chaussures, achetées le matin même vingt-huit francs, une fortune. Jusqu'alors il n'a eu aux pieds, à son grand désespoir, que d'infâmes godillots qui prenaient l'eau et dans lesquels les pieds gonflaient, se fissuraient, tournaient à la pourriture. Normalement, les autorités devraient fournir à tous les déportés des chaussures, et même les vêtir complètement, mais elles n'en font rien, incapables et velléitaires comme à leur habitude, à l'image du foutriquet qui l'a encore interpellé le matin même parce qu'il ne répondait pas suffisamment vite à ses ordres. Du bout des doigts, René caresse le cuir, un cuir mat et tirant sur le rouge. Il se sent bien, si bien qu'il en oublierait presque les cahots et les dérapages de la charrette dans les fondrières. « Forcipia est un sacré bonhomme ! J'aurais jamais pu m'acheter des chaussures pareilles sans lui. »

Charles, fouet en main, sifflote doucement. Cet homme ne parle jamais ou peu. Il faut dire qu'il est affublé d'un bégaiement très pénible à entendre et plus encore à regarder tant son visage, au moment où il tente de prononcer les mots, se déforme cruellement. Il se dit parmi les « hommes » que Charles a assassiné la femme avec laquelle il vivait rue de la Huchette.

René soulève son béret, un béret rouge à glands bleus, s'éponge le front. Bien qu'il soit déjà six heures du soir, une belle lumière inonde encore le chemin menant à la route circulaire. La charrette dépasse deux paillotes blanchies à la chaux. Un homme assis sur une souche, pipe en bouche, salue d'un petit geste de la main. René, volontiers romantique quand il ne fantasme pas sur son sexe, aime ce moment de la journée où le soleil déclinant jette de l'or entre les frondaisons et les troncs des cocotiers, avec, ici ou là, la vibration d'un nuage d'insectes, les jeux de l'ombre sur les feuilles vernissées, la poussière qui palpite dans l'éclat d'un rayon. Il affectionne aussi ce rythme lent des bœufs balançant doucement le joug. « Ils me rappellent des trucs de roulures », aime-t-il à dire.

C'est au moment où le convoi atteint un banian de belles dimensions couvrant le chemin de ses branches puissantes qu'un homme surgit, très grand, portant un paletot garni de velours.

– Arrêtez ! ordonne l'individu avant même que René ait eu le temps de se demander pourquoi, avec une température élevée, il est aussi chaudement vêtu.

Charles tire sur les traits et l'attelage s'immobilise. L'inconnu a des mâchoires très larges, des yeux noirs, brillants. René ne l'a jamais vu auparavant. « Il est fagoté comme un as de pique », songe René.

– Je vais vous demander de descendre, fait l'homme d'une voix presque chaleureuse.

– Et pourquoi donc ? réplique René.

– Parce que je te le demande ! répond l'autre sans hausser le ton.

C'est à ce moment que René, alerté par le bruit, découvre que la charrette est entourée d'une demi-douzaine de malfrats armés, les uns de gourdins, les autres de baguettes emmanchées de pointes de fer.

– Descendez ! ordonne l'homme au paletot brun.

Charles s'exécute avec tant de précipitation qu'il manque de tomber. René prend un peu plus de temps : c'est une question de dignité pour lui-même et de sécurité pour ses chaussures toutes neuves.

– Qu'est-ce que vous voulez ? interroge-t-il, peu rassuré.

Personne ne lui répond mais deux nervis grimpés entre-temps sur le plateau de la charrette commencent déjà à basculer les lourds tonneaux.

– Mais qu'est-ce que vous faites ? hurle René. Tout cela appartient à Forcipia. Vous n'avez pas le droit d'y toucher !

– Le droit ? interroge encore d'une voix douce le chef.

Lorsque le premier tonneau chute sur le chemin, il se produit un bruit énorme, mais il n'explose pas. En revanche, le second tonneau finit sa course sur le premier et vole en morceaux dans une grande gerbe écarlate.

– Vous êtes fous ! lance encore René.

Un cri étouffé. Tournant vivement la tête, René voit que Charles se plie en deux sur les sagaies artisanales que les agresseurs viennent de lui planter dans l'abdomen. A son tour, il crie puis, bondissant toutes épaules en avant, il bouscule l'un des assaillants et se précipite vers la forêt. C'est au moment où il atteint celle-ci qu'un casse-tête lancé à toute volée le frappe à l'occiput, brisant net son élan. Il vient heurter le tronc rugueux d'un pin puis tombe sans connaissance dans un massif où les liserons roses le disputent en densité à des lianes.

Quand René reprend conscience, sans qu'il sache très bien s'il s'est écoulé une minute ou une heure, deux hommes sont en train de le tirer d'une charrette, chacun par un bras, avant de le traîner jusqu'à une dépression du terrain. Il perçoit que l'on ouvre une barrière, sent qu'il n'est plus soutenu et qu'il tombe, s'affale lourdement dans une gadoue grasse et puante qui l'aveugle.

Au moment où, par un terrible effort, il redresse la tête et, d'une main douloureuse, essuie la fange qui lui couvre les yeux, il découvre l'énorme bocca – le porc local -, noir et rose, des petits yeux cruels derrière un groin menaçant. Il n'a pas le temps de hurler sa terreur : déjà, un autre porc, plus énorme encore, a posé ses membres courts sur sa cuisse à demi enfoncée dans la boue et, lançant à l'assaut sa tête massive, déchire la chemise et la peau de son ventre.

L'homme qui a pris ses chaussures s'éloigne à grands pas, indifférent aux hurlements de René « Belles pompes », que les bêtes réduisent en charpie.

- 5 -

Lorsqu'il apprend le sort tragique réservé à Charles et surtout à René « Belles Pompes », dévoré vivant par un verrat, des truies et une portée de gorets, Forcipia a tôt fait de comprendre que le Nantais est l'auteur de ce sinistre forfait. Mais, ne soupçonnant pas que son concurrent au royaume des voyous a seulement réagi – quoique avec excès – à une agression qui lui est attribuée, il se convainc que le Nantais lui a déclaré une guerre totale et qu'il lui faut répliquer de la même manière.

Le lundi, vers quatre heures de l'après-midi, Forcipia, deux de ses lieutenants et cinq hommes de main attaquent une paillote située un peu à l'écart du village de Ouameu, tuent l'un de ses occupants, nervi du Nantais, et mettent le feu au misérable gourbi, après avoir ficelé préalablement un ancien voyou de barrière qui n'avait pas fui assez vite, grillant l'homme avec le reste.

Le Nantais laisse passer trois jours avant de donner la réplique. Aux environs de dix heures, Forcipia et deux hommes de main, alors qu'ils reviennent du camp des Arabes, au nord de l'île, et suivent la plage de la baie de Ouameu, sont encerclés. Les assaillants sont une bonne vingtaine et il y a parmi eux des Canaques. On prétendra par la suite que Forcipia n'a pas été tué tout de suite, mais qu'il a été longuement et férocement torturé, entre deux troncs de palmiers. Le fait est que les trois hommes seront retrouvés la tête dans le sable, affreusement mutilés. Des crabes avaient déjà commencé à sucer les yeux crevés.

Quand l'information leur parvient, Edouard, Nicolas et Henri fêtent l'événement, en faisant un grand dîner de crabes, de moules et de bigorneaux, accompagnés d'ignames coupés en tranches et frits, avec du vin moins coupé d'eau que d'habitude. Ils ont même droit à un ersatz de cornichons : le cœur de jeunes cocotiers, macéré dans le vinaigre, un mets succulent d'autant plus rare que les règlements administratifs interdisent la destruction des cocotiers.

Puis le trio tient conseil avec les autres membres du groupe. L'un d'eux arrive d'ailleurs pieds nus parce qu'il s'est fait voler ses chaussures pendant la sieste.

– Notre plan a parfaitement fonctionné jusqu'à présent, puisqu'un caïd sur deux se trouve éliminé avec sa troupe, résume Edouard.

Reste à trouver le moyen efficace de mettre fin au règne du Nantais, rendu paradoxalement plus puissant par sa victoire éclatante sur Forcipia. On discute longuement. A six heures et demie, après confrontation de multiples projets, la deuxième étape du plan est arrêtée, avec un début d'exécution fixé au mercredi de la semaine suivante.

Après le départ de leurs compagnons, Edouard, Nicolas et Henri, installés mollement à l'entrée de leur gourbi, profitent de la fraîcheur relative du soir, en parlant à voix basse pour respecter une directive du commandant territorial. Ils évoquent Paris, ses rues, ses bruits et ses parfums. Puis Edouard et Henri dessinent quelques figures féminines, tandis que Nicolas raconte des moments passés avec sa femme, Virginie. Comme les palétuviers, qui allongent la racine au-dessus de l'eau et en sucent la vie, les trois déportés donnent la parole à leurs souvenirs, élargissent la mémoire et l'étendent à leurs amis, partagent le suc dont ils se sont nourris avant l'arrestation, la condamnation puis l'exil. C'est une façon de mieux résister à l'éloignement, à l'isolement, à l'ennui, au désespoir.

Car le désespoir est partout, pourrissant tout. Un homme a été retrouvé le jour même, pendu à un arbre fruitier. On le cherchait depuis huit jours. Il n'avait pas su partager sa mélancolie, il était mort en solitaire, la nuque brisée par une mauvaise liane, comme le fruit sec qu'aucune main n'aurait voulu cueillir. Edouard, Nicolas et Henri redoutent cette détresse et font front commun. Ils savent que d'autres hommes se pendront ou se laisseront sombrer dans l'eau tiède de l'océan.

Edouard se lève. Il est temps d'aller installer son hamac. Il lira sans doute quelques lignes d'un vieux livre prêté par un officier des troupes de marine, un livre qui parle de l'exploitation du bois de santal au début de la colonisation de la Nouvelle-Calédonie. Il ne peut pas lire plus longtemps car la lumière du quinquet est insuffisante et ses yeux le brûlent rapidement. Demain, il a l'intention d'aller sous l'immense banian de la première commune, dont le tronc et les racines adventives font, dit-on, au moins vingt mètres de circonférence. Il aime cet endroit pour son calme le matin et son animation en fin de journée, avec ses palabres d'un vain mais attachant « comité de salut public ».

Nicolas l'imite.

– Bonsoir Henri ! disent les deux hommes presque en même temps.

– Bonne nuit ! répond le journaliste. Je vais faire quelques pas vers le gourbi de Lambertin et je reviens. J'aime bien les odeurs de la nuit tombante.

– Tarde pas trop ! lance Nicolas.

Presque tous les soirs, les trois compagnons se disent, avant de se hisser dans leur hamac, presque la même chose. De cette constance, de cette permanence, ils ne tirent paradoxalement aucune sensation d'ennui ou de monotonie mais, au contraire, y puisent la force nécessaire, le courage, l'énergie, la patience, toutes vertus qu'ils voient s'amenuiser puis disparaître chez la plupart des déportés.

Un nuage avale la lune. Henri longe le petit jardinet qu'entretient Nicolas avec amour, écoute un instant les ronflements en provenance de la paillote voisine. Au milieu d'une végétation herbacée impressionnante, des cocotiers saluent la brise de leurs grands bras palmés. « L'élimination du Nantais ne sera pas facile, pense-t-il. Même si le plan est bon. C'est un coriace et nous ne sommes pas des tueurs. » Est-ce une perruche, qui vole là-bas, vers le plateau ? Henri observe longtemps le battement des ailes, comme s'il y voyait un signe de succès. « Encore un an ici, et je consulterai les oracles. J'irai voir la pythie, je l'interrogerai, elle m'éclairera, et je n'en ferai qu'à ma tête. »

A Delphes, sur le fronton du temple dédié à Apollon et mis à jour dans les années 1860, un philosophe de grande sagesse a écrit : *« Connais-toi toi-même ! »* Tout agité de cette grave pensée, Henri rebrousse chemin.

- 6 -

Le surveillant-chef Planteur habite avec sa femme, une mégère toujours mal coiffée, une des cases les plus coquettes de la troisième commune, à environ cent mètres de la route circulaire, dans une clairière où des déportés ont tenté autrefois de faire pousser des céréales et qui est désormais un maquis buissonnant. Planteur a été sergent dans l'armée et occupe son poste de surveillant-chef depuis sa démobilisation. C'est un homme râblé, aux joues glabres et à la calvitie luisante. Les yeux rougis et glauques trahissent une certaine faiblesse pour le gros vin, qu'il achète à la chopine ou au demi-setier. On le surnomme « Questa », parce qu'il pose régulièrement et systématiquement, à tout et hors de propos, à n'importe quel interlocuteur, en avalant les mots, la question *« Qu'est-ce que t'as ? »*. On lui pardonnerait volontiers sa bêtise s'il n'était pas aussi doué de méchanceté. Planteur-Questa est également connu pour ses complaisances coupables, pour ne pas dire sa complicité, avec Forcipia, lequel se sert du bonhomme pour ses basses œuvres et s'arrange toujours pour lui laisser ramasser les miettes.

Planteur, ami de Forcipia, est la cible choisie par Edouard, Nicolas et Henri.

Le jour dit, quatre hommes portant des cagoules faites de sacs de jute noirs surgissent brutalement dans la case du surveillant-chef, ligotent sa femme sur le lit et obligent son ivrogne de mari à se déshabiller. Lorsque l'homme est entièrement nu, ils le bâillonnent et l'attachent à la manière canaque, les chevilles et les poignets liés sur un tronc qu'ils suspendent entre deux poutres. Ensuite, chacun des assaillants, tour à tour, applique sur les fesses du fonctionnaire deux coups de baguette qui sont sans doute douloureux pour la dignité de la victime mais certainement pas insupportables pour un homme aussi enrobé.

Ceci fait, les agresseurs disparaissent en silence.

En sortant de la case, l'un des assaillants laisse volontairement tomber une canne, une de ces cannes que l'on fabrique avec les tiges de salsepareille. Celle-ci trahit un goût artistique très sûr et plus encore l'identité de son propriétaire, le Nantais, qui l'a perdue quelques jours plus tôt – à moins qu'on la lui ait volée. Il faut nécessairement, pour un succès total, que l'agression du surveillant-chef Planteur-Questa soit signée de manière lisible.

- 7 -

Dans les huit semaines qui suivent la fessée infligée à Planteur, l'administration du camp de déportation de l'île des Pins, faisant preuve d'un zèle d'autant plus vif qu'elle a été longtemps négligente, voire complice, procède à l'arrestation du Nantais et de ses principaux lieutenants, interpelle les quatre survivants de la bande de Forcipia, perquisitionne des cases et saisit des armes artisanales, s'empare d'un certain nombre d'installations exploitées par la Tierce. Un conseil de guerre juge les représentants de cette pègre désormais honnie à la fois par les déportés politiques et les fonctionnaires, condamne à mort le Nantais et trois voyous de son espèce, dont Simoni, et inflige aux autres la peine de la double boucle.

Un matin, à l'aube déjà chaude, on lie les condamnés à mort à des poteaux devant une foule de déportés conviés à ce spectacle pour leur édification. Prosper fait le déplacement, mais non les autres membres du groupe, qui ne voient rien qu'il soit nécessaire d'ajouter à ce qui a déjà été fait et bien fait.

Pendant quarante-cinq minutes de chaleur cuisante, les hommes attachés, les yeux bandés, restent dans l'attente. Puis le peloton se met en place, composé de fusiliers marins suant à grosses gouttes dans leur uniforme, et un officier, sabre au clair, ordonne le feu.

– Ils ont su mourir, fait simplement Prosper.

En connaisseur, il apprécie.

On détache les corps. Ceux-là seront jetés à la fosse commune sans le moindre cortège, ni le plus petit discours. Eux ne vivront pas dans la mémoire des hommes : ils n'ont donc pas droit à leur dernier hommage.

Le commandant de la déportation, quant à lui, estime qu'il faut cultiver la valeur exemplaire de l'exécution : il ajoute deux poteaux aux quatre qui ont été plantés et les fait tous peindre en rouge. Dans son esprit, il y aura désormais en permanence sous le regard des déportés, en offrande expiatoire, six poteaux carmin de l'infamie communarde.

De fait, après l'exécution du Nantais et des hommes de main, il ne sera plus jamais question à l'île des Pins de la Tierce et, hormis en quelques occasions, des voyous de barrière ajoutant aux tourments des déportés.

- 8 -

Virginie Moreau remonte le col de son manteau en réprimant un frisson : un souffle glacé vient de balayer le grand hall de la gare Saint-Lazare, en tourbillonnant et soulevant des papiers gras. L'horloge centrale affiche onze heures dix. Un train s'ébranle en grinçant dans un grand nuage de vapeur. Une cloche se fait entendre quelque part.

Elle se dirige à pas lents vers le quai numéro un, le long duquel stationne un convoi. Une grande agitation y règne. Beaucoup d'hommes en redingote et haut-de-forme discutent âprement. Quelques élégantes, les mains enfouies dans des manchons de fourrure, vibrionnent au milieu de groupes animés et bavards. Des commis, porteurs ou vendeurs de journaux courent en tous sens, bruyants et fiévreux. Le pouls de la locomotive bat de plus en plus fort. Le départ pour Versailles n'aura lieu cependant que dans vingt minutes. On remarque la présence de nombreux soldats - des hommes de la ligne - en tenue de campagne.

Virginie observe un instant des portefaix qui s'agitent devant une tapissière en s'invectivant puis s'amuse des grimaces d'un gamin qui cabriole autour d'un vieux couple. Celui qu'elle attend ne devrait plus tarder. Selon ce qu'annoncent les journaux, il doit parler à l'Assemblée ce jour même, dans le cadre d'un débat dont elle a oublié le thème.

Cinq minutes s'écoulent, effervescentes, tandis que la foule grossit sur le quai numéro un. C'est alors qu'elle le voit déboucher dans le hall, court sur jambes mais immense dans son manteau de fourrure, une curieuse toque ceignant sa chevelure noire, la moustache frisottée. Il est bien tel que la presse le représente habituellement dans les caricatures. Il se dirige à vive allure vers le train de Versailles, en compagnie de quatre ou cinq hommes et de deux femmes. L'une d'elles, tout de blanc vêtue, est sans doute la princesse Troubetzkoi, la « dame » qu'on trouve toujours aux premières loges lorsque son idole prend la parole. Virginie lui reconnaît un visage gracieux mais déplore une élégance un peu fade.

Mais ce n'est point le tribun que Virginie souhaite voir. Elle est là pour l'homme de courage et de cœur, celui qui s'est élevé contre l'Empire et Napoléon-Badinguet, a relevé la fierté nationale, s'est toujours montré proche des hommes et des femmes des faubourgs.

– Monsieur Gambetta ! Monsieur le député !

Virginie croit discerner une brève hésitation dans la marche forcée du groupe, mais nul apparemment ne l'a remarquée.

– Monsieur Gambetta, s'il vous plaît ! Monsieur Gambetta ! insiste Virginie, en accélérant le pas.

Cette fois, l'homme politique ralentit, tourne vers elle son œil unique. Elle remarque le nez fort et busqué, les lèvres sensuelles. Il la fixe, étonné et impatient.

– Monsieur Gambetta, je voudrais vous parler un instant, juste un instant.

Déjà, deux costauds s'interposent, esquissent un pas vers elle, bras en avant.

– Monsieur Gambetta, mon mari a été déporté en Nouvelle-Calédonie. Que faites-vous pour l'amnistie des condamnés politiques de la Commune ?

Léon Gambetta regarde cette jeune et jolie femme qui tend vers lui une main nue. L'homme politique n'a que trente-cinq ans à l'époque et on lui attribue de nombreuses conquêtes.

– Ceux qu'on a condamnés à l'exil en Nouvelle-Calédonie vivent dans la plus grande détresse, poursuit Virginie, haletante. On s'est débarrassé d'eux mais on les tue à petit feu. Mon mari est l'un d'eux. Je sais que vous êtes sensible à la cause de ces condamnés politiques que l'on a exilés. Vous avez le pouvoir de combattre pour une amnistie. Je vous en supplie, vous devez user des pouvoirs qui sont les vôtres pour que tout s'apaise. Il y a plus de trois ans que l'on a réprimé dans le sang !

Un individu saisit Virginie par le bras et l'oblige à reculer.

– Ne me touchez pas, espèce de brute ! Laissez-moi ! crie-t-elle, furieuse d'être ainsi malmenée.

Déjà, Gambetta reprend sa marche vers le quai, tandis qu'une des femmes jette un dernier coup d'œil méprisant à Virginie.

– Monsieur Gambetta ! Il vous faudra bien un jour m'écouter. Nicolas, mon mari, est un homme bon que l'on a condamné à mourir dans une île lointaine. Vous ne pouvez pas laisser s'accomplir cette ignominie. Je sais que vous ne pouvez pas laisser s'accomplir ce crime.

A présent, Virginie hurle, dressée sur ses bottines au-dessus de l'épaule du garde du corps qui lui barre le passage. Mais Gambetta a entrepris de serrer des mains et il disparaît peu à peu au milieu de ses partisans. Au bout du quai, la machine crache une vapeur sale en sifflant. Des portières claquent.

Virginie rebrousse chemin, se dirige vers une sorte de buvette au décor bleu pétrole. Brutalement, elle se sent lasse. L'attente dans le froid, cette brève rencontre avec l'homme politique, les mots lancés à la hâte pour attirer son attention, le silence hautain de son interlocuteur, le sourire méprisant des admiratrices glissant dans son sillage, tout a épuisé son énergie. C'est la huitième fois qu'elle vient à la gare Saint-Lazare pour tenter de rencontrer ce brillant avocat, cet ancien ministre de la défense nationale, ce « commis voyageur de la démocratie » comme l'appellent certains.

Virginie sait qu'elle aura d'autres occasions. Gambetta a une vie sociale intense. On le voit à l'Opéra, au théâtre, dans les grands restaurants. Il fréquente les salons huppés de la capitale, celui en particulier de Madame Adam, boulevard Poissonnière. Elle n'aura aucun mal à le retrouver, à le forcer à l'écouter. « Il ne perd rien pour attendre ! », songe-t-elle.

Depuis que Nicolas Moreau vit l'enfer à la deuxième commune de l'île des Pins, dans une case qui prend l'eau, Virginie n'a reçu de lui que quatorze lettres - il s'en est perdu bien plus - mais, sous les mots pudiques et discrets et malgré les précautions d'une censure administrative sourcilleuse, la jeune femme a deviné une forme de désespoir.

Sa résolution et sa pugnacité n'en sont que plus fortes. Il faut se battre pour l'amnistie. Tous les hommes politiques sensibles à la détresse des êtres condamnés par les conseils de guerre doivent être mobilisés.

Virginie prend place sur un siège d'osier, glisse une mèche de cheveux sous son petit chapeau de velours, commande un chocolat.

Dans ses lettres, Nicolas précise qu'il a tissé des liens étroits avec d'autres déportés, dont deux partagent la même case que lui : un avocat, Edouard Deval, un « grand bourgeois » (ce sont les mots de l'ébéniste) qui a été condamné de manière totalement inique, et un journaliste épris de liberté, Henri Amérieux. Nicolas souligne aussi que, autour de ce triumvirat, sont venus s'agréger d'autres compagnons de misère. Si les déportés simples de l'île des Pins manquent de tout, une grande solidarité les unit.

Le chocolat est amer et à peine tiède. Les pensées de Virginie dérivent vers Léon Berthier, le bronzier, le vieux compagnon de route et de combat, qui croupit au bagne de l'île Nou. Sa dernière lettre remonte à quatre mois, une lettre où il lui disait sa tristesse, sa nostalgie de Paris, la grisaille du quotidien à peine éclairée par un bref déplacement sur un chantier de Nouméa. « Nouméa… songe Virginie. Nouméa et la Nouvelle-Calédonie. C'est si loin. Au bout de la terre, de l'autre côté du globe. »

La jeune femme fait signe à un petit vendeur de journaux, achète *La République Française*. En première page, on y parle de Georges Clémenceau. Celui-là sait, dans sa chair, ce que sont la prison et la chiourme. « Fera-t-il quelque chose ? »

- 9 -

Depuis plusieurs jours déjà, une chaleur torride règne sur le chantier. Même en commençant les travaux aux premières lueurs de l'aube et en les suspendant pendant les heures les plus éprouvantes de l'après-midi, les hommes sont épuisés. L'eau, strictement contingentée par le Génie militaire, ne sert plus qu'à la boisson. Il n'est plus question d'enlever la poussière rouge qui, mêlée à la sueur, incruste les vêtements et donne à la peau toutes les nuances de la terre cuite. Assommés le jour, les hommes sont agressés la nuit par les moustiques dans leur campement de fortune. On signale des cas de fièvre typhoïde.

L'administration de l'île des Pins a décidé non seulement de prolonger jusqu'à Ouapan la route circulaire qui, depuis Vao et la Mission de Kéré, permet de rejoindre sans trop de problèmes la Mission du Nord, mais, pour on ne sait quelle raison, s'est également mis en tête de tracer une route allant de cet établissement religieux jusqu'aux îlots qui, au septentrion de l'île, agrémentent la côte déjà particulièrement accidentée en cet endroit. A ce premier projet s'en ajoute un autre : depuis la nouvelle voie, dans le sens ouest-est, rejoindre la baie magnifique de Oupi.

Selon la loi applicable à la déportation, l'Etat doit fournir un travail aux déportés. Pour ceux que ne tente pas l'agriculture dans le cadre d'une concession, ce qui suppose d'abord un gros effort de défrichement puis un combat quotidien contre la pénurie d'outils et de semences ou la sécheresse, pour ceux qui ne peuvent mettre à la disposition des fonctionnaires et de l'armée leurs connaissances ou leur sens du commerce, il ne reste qu'une seule solution : casser des cailloux pour faire un mauvais gravier, tirer des tombereaux, les charger ou les vider, défricher, creuser, niveler, tout cela pour un franc par jour ou, parce que l'argent manque, du tafia ou du vin. Et même dans cette activité élémentaire, il n'y a pas de place pour tout le monde : l'administration renvoie et embauche les candidats dans le plus total désordre et avec un arbitraire révoltant.

Prosper Desfossés, l'ancien voyou, et un certain Noël font partie de cette cohorte de manœuvres surexploités par le Génie militaire. Ils s'échinent quelque part entre la Mission du Nord et la baie de Oupi depuis un bon mois. Leur travail consiste à étaler sur le chemin en construction les granulats qui leur sont apportés dans des tombereaux. Ils se reposent pendant les heures chaudes et la nuit sous une cabane constituée de nattes en fibres de pandanus. Ils se nourrissent de figues, de grosses mûres, de pommes d'acajou, quelquefois de noix de coco lorsqu'un marchand canaque vient à passer. Le dimanche est le jour de la viande salée. Ils sont maigres, tout en os, les yeux brillants au-dessus de pommettes noires. Leurs lèvres sont crevassées et ils parlent d'une langue épaisse. Ils boivent de l'eau tiède coupée de vin mais recourent souvent aux effets narcotiques d'une tisane à base de feuilles de niaouli.

Un jour, après une matinée de travail, sans prévenir leurs compagnons, Prosper et Noël prennent la direction nord-est. Il leur a été rapporté que, à deux, voire trois kilomètres à peine du chantier, un petit ruisseau coule, qui a sa source sur le plateau de fer. Ils veulent boire de l'eau fraîche, sentir l'eau dégouliner sur leurs visages, y tremper leurs pieds plus secs que l'écorce d'un banian. Ils trouvent effectivement cette onde miraculeuse, s'y jettent tout habillés et en hurlant leur joie. Devant un couple de lunettes, petites perruches bavardes et fantasques, ils se livrent longtemps à toutes sortes de jeux puis s'immobilisent bras en croix, la nuque baignant voluptueusement dans le mince courant, les yeux tournés vers le ciel gris argent filtrant entre les frondaisons luisantes des arbres, ivres de l'eau bue trop vite et du plaisir du frais liquide caressant et massant leurs muscles endoloris.

Dix solides indigènes d'une tribu du nord les surprennent dans cette position. Ceux-là ne peuvent évidemment comprendre que des Blancs, de surcroît vêtus de guenilles, viennent ainsi s'ébrouer dans ce qu'il y a de plus sacré, l'eau du ruisseau. Ils n'y voient qu'une profanation, une agression inacceptable, pire que le viol d'une femme. Un Canaque, le plus grand et sans doute le chef, agrippe Noel par sa chemise et le tire violemment hors du courant. Avant même de réaliser ce qui lui arrive, le déporté reçoit sur le crâne un coup terrible, celui d'une grande hache circulaire en jade, qui le tue net.

Pendant ce temps, d'autres Canaques s'approchent de Prosper, la sagaie tenue à deux mains. Réalisant ce qui est en train de se passer, celui-ci se redresse brutalement, jette sur l'un des proches agresseurs un gros caillou qu'il a saisi d'instinct, et s'enfuit à toutes jambes à travers les taillis qui bordent le lit du ru. Les Canaques entreprennent une poursuite sur quelques centaines de mètres, hurlant et vociférant, puis renoncent. Prosper, malgré les privations et les souffrances subies, a une endurance à toute épreuve et, suprême trésor, l'énergie de son jeune âge. Il court ainsi jusqu'à la jonction des deux routes en construction, pour tomber dans les bras d'un sous-officier du Génie militaire.

Quelques minutes plus tard, ayant repris son souffle, la voix hachée, il raconte ce qu'il vient de vivre.

- 10 -

– Jusqu'à présent, j'ai toujours vu les Kouniés boire de l'eau claire dans des courges, à la régalade, quelquefois du lait de coco fermenté, mais jamais en s'étalant directement dans le cours d'eau. On peut donc comprendre la réaction de ces indigènes quand ils ont vu…

– Amérieux, vous êtes trop sentimental, ou trop naïf, coupe le commandant. Vous êtes comme le père Goujon ou cette déportée Louise quelque chose….

– Louise Michel.

– Cette Louise Michel qui veut bourrer la tête des Canaques avec toutes sortes d'idées qui n'ont rien à y faire et qui surtout ne peuvent pas être assimilées par eux. En plus, je ne vois pas pourquoi on parlerait de justice ou d'émancipation, toutes choses inutiles à ces naturels.

Le commandant de l'île des Pins s'approche d'un guéridon, ouvre une boîte, la tend vers son interlocuteur.

– Merci, je ne fume pas, répond Henri Amérieux. Mais pour revenir à ce que vous venez de dire, je pense, pour ma part, qu'il y a quelque chose à faire pour permettre, je ne dis pas une vie commune, mais des relations en bonne intelligence entre la communauté des déportés et la communauté des Canaques.

– Amérieux, je vous dis et vous répète que la seule vie en bonne intelligence consiste à rester chacun chez soi, les déportés dans les limites du périmètre de la déportation, les Canaques au-delà. Du reste, le père Goujon ou les sœurs ne veulent pas de mélanges. Eux ont bien compris que ça ne peut que générer des difficultés, voire des catastrophes. Chacun chez soi, je vous dis !

– Commandant, vous savez parfaitement que les déportés et les Canaques ne peuvent pas vivre sur cette île sans qu'il y ait forcément des contacts. Vous avez autorisé, et vous aviez raison, la vente de différents produits par les Canaques aux déportés. A moins d'interdire ce type de négoce, je ne vois pas comment on pourrait aller jusqu'au bout de l'idée du chacun-chez-soi. Je persiste à penser que les déportés doivent être éclairés sur les traditions de ces tribus indigènes.

– Amérieux, je vous reconnais bien là ! Ah ! ces journalistes ! Réalisez-vous que nous sommes sur une petite île, à des milliers de lieues de la France ? A quarante lieues de Nouméa ?

– Bien sûr, mais l'île des Pins ne compte que huit kilomètres du nord au sud et douze à seize kilomètres d'est en ouest, ce qui en fait un confetti. Sur un confetti, deux communautés ne peuvent pas s'ignorer.

Le commandant allume une cigarette avec des gestes lents, comme s'il réfléchissait, puis il contourne son bureau et s'assied. Henri, demeuré debout, devine que l'instant est décisif : de la réflexion de l'officier découleront des conséquences importantes. Il sait aussi que, depuis son élection en qualité de délégué, c'est-à-dire dès son arrivée à l'île des Pins, il a bénéficié de l'estime des autorités. Lorsqu'il a appris la fin tragique du déporté Noel sur les chantiers de la Mission du Nord, une idée a germé dans son esprit, qu'il a mûrie et dont il a ensuite désiré faire part au dirigeant du camp.

– Si je comprends bien vos intentions, Amérieux, finit par dire le commandant, vous voulez créer un journal diffusé parmi les déportés, journal d'informations générales sur la vie de l'île et dans lequel on trouverait une chronique concernant les communautés indigènes, Kouniés ou naturels de l'île Maré s'il en reste de ceux-là.

– Mais dans un premier temps…

– Mais avant de créer ce journal, vous souhaitez monter une expédition d'information avec vos amis, l'avocat Deval et – quel est son nom déjà ? – Moreau, dans le nord de l'île, à l'est du camp des Arabes. C'est cela ?

Henri marque un temps avant de répondre car il doit un propos clair et net. Il a chaud, malgré les stores en écorce de niaouli qui filtrent la lumière. Il déglutit.

– En huit jours, nous pourrions recueillir sur les traditions et modes de vie de ces peuples des informations suffisamment intéressantes pour non seulement nourrir une chronique dans le journal que je veux effectivement créer mais également éviter que se renouvellent des incidents comme celui que vous connaissez.

– Il n'est cependant pas question, Amérieux, de vous laisser partir dans le nord de l'île avec Deval et Moreau. Je sais l'ascendant que vous trois avez sur les autres déportés et je ne suis pas évidemment naïf au point de vous laisser partir à l'aventure. Ce serait d'ailleurs un mauvais exemple pour les autres déportés et on ne manquerait pas de m'accuser de favoritisme. Vous pouvez faire cette expédition sans l'aide de vos amis, qui seront bien plus utiles en restant là où ils sont actuellement...

– Je crois au contraire qu'ils ...

– C'est exclu, Amérieux. S'il faut être plus direct, sachez que je préfère garder un œil en permanence sur Deval et Moreau. Surtout Deval, avec sa langue bien pendue d'avocat. J'ajoute que j'ai beaucoup plus de garanties concernant votre retour si vos amis demeurent à la deuxième commune.

Henri ouvre les bras, comme s'il se rendait.

– Puisqu'il en est ainsi ! J'irai donc seul.

– Seul, certainement pas. Je veux que vous soyez accompagné par un de mes subordonnés, le lieutenant Marcou. Vous le connaissez, je crois ?

Henri opine du chef, même s'il ne connaît l'officier que de vue.

– A la bonne heure ! Le lieutenant Marcou et aussi un sergent de l'infanterie de marine... pour veiller sur vous.

Le commandant plisse les yeux, avec un léger sourire amusé. Henri songe que cet homme, finalement, ne manque pas de charme et, derrière une façade sèche et autoritaire, entretient encore un certain sens de l'humour et de l'humain.

– Donc, nous sommes bien d'accord, Amérieux ? Nous pouvons parler maintenant de votre projet de journal. Je voudrais que vous me fassiez part de vos idées concernant l'aspect « fabrication ». Que je sache, il n'y a pas encore dans cette île la moindre imprimerie. Je voudrais aussi, mais c'est un peu à côté ou hors de notre sujet, vous parler d'un projet plus personnel, en fait, le projet de ma femme. Elle voudrait que vous donniez des cours à notre fils, Benjamin, qui a maintenant douze ans. Du reste, je crois qu'elle veut en parler directement avec vous. Elle a d'ailleurs préparé une collation. Si vous voulez venir avec moi...

L'officier se lève, invite Henri à le suivre. Depuis quelques secondes, le sombre bureau apparaît moins triste. Il ouvre une porte entre deux horribles meubles-bibliothèques, faisant jaillir des couleurs plus tendres.

– Adélaïde, nous pouvons te rejoindre! lance-t-il.

Henri aperçoit d'abord une grande bassine remplie de goyaves, d'ananas et de mangues, une table de bois rouge agrémentée d'un superbe bouquet de fleurs, enfin des yeux bruns pailletés d'or, un chignon soigneusement dressé, une robe en taffetas de soie havane brodé de motifs floraux, un corsage moulant admirablement le buste, garni de tresses et de dentelle, un grand châle triangulaire en dentelle noire.

– Bonjour, Monsieur ! fait une petite bouche finement ourlée.

Henri observe un instant les dents blanches, la ridule au coin des commissures.

– Amérieux, ma femme ! jette négligemment le commandant, tandis qu'il prend place sur un canapé aux formes torturées.

Il y a des années qu'une femme n'a pas appelé Henri « Monsieur », mot magique, mot merveilleux, mot majestueux. Elle a dit « bonjour, Monsieur » et Henri redécouvre soudain un univers perdu au moment de son arrestation à Lyon au printemps 1871.

Monsieur Henri Amérieux accepte les gâteaux et le vermouth qui lui sont proposés, puis son hôtesse exprime ses scrupules de mère concernant la formation scolaire de son fils Benjamin. Tandis qu'il dévore les petits gâteaux à base de noix de coco, Henri se prend à songer, les yeux fixés sur les lèvres pâles de la femme du commandant, qu'il donnerait beaucoup en cet instant pour baiser sauvagement cette bouche.

- 11 -

C'est un mardi que, vers onze heures, depuis la mairie de Koéville, Henri Amérieux entame l'expédition qui doit le conduire au nord-est de l'île des Pins, dans une zone encore peu ou mal connue. Avec lui se trouvent le lieutenant Marcou, officier de l'administration pénitentiaire, un homme d'une quarantaine d'années aux cheveux poivre et sel et qui traîne un accent rocailleux du sud-ouest, le sergent Le Guen, un breton râblé et chauve, et deux Canaques « prêtés » par le père Goujon pour porter le ravitaillement.

Pour rejoindre la cinquième commune par la route circulaire, il leur faut, compte tenu de la halte opérée pour déjeuner à la sortie de Ouameu, une bonne paire d'heures. En arrivant à cette destination, ils essuient une ondée qui ouvre des fondrières dans la route. Ils étaient déjà rouges de poussière, ils se découvrent crottés jusqu'à l'échine. Le poste d'infanterie situé aux limites du territoire de la déportation leur adjoint deux fusiliers marins et c'est donc une escouade de sept hommes qui grimpe jusqu'au « camp des Arabes ».

Il n'y a pas d'Arabes au camp du même nom, mais des Kabyles. Ceux-là ont été déportés en Nouvelle-Calédonie et plus particulièrement à l'île des Pins à la suite d'une rébellion qui a éclaté en Algérie dans le courant de l'année 1871. Ils viennent de Bougie, Bordj Bou Arreridj, Takitount, Dra-el-Mizan, Tizou-Ouzou, Alma, Fort National... Ils ont été embarqués pour la Nouvelle-Calédonie depuis Quelern sur l'*Orne*, la *Loire*, le *Calvados*. Pour la plupart, ils sont là depuis 1874. Ils élèvent des chèvres et on en voit souvent, en burnous blanc, venir dans la cinquième, la quatrième ou même la troisième commune, pour y vendre du fromage de chèvre.

C'est Mokrani, l'un des leaders de la révolte kabyle, qui accueille le petit groupe dès que celui-ci parvient, en fin d'après-midi, sur les pentes de Gadji, là où les berbères se sont installés. Le jeune et talentueux chef rebelle, après leur avoir offert du thé, l'incontournable fromage de chèvre, des figues et des goyaves, leur propose de les loger pour la nuit dans un gourbi un peu à l'écart, jouxtant un enclos vide. Le lieutenant Marcou accepte.

Les cinq Européens veillent une bonne heure autour d'un petit feu, le temps de griller quelques morceaux de viande au bout de baguettes de bois et de se gâter le palais avec un mauvais tafia, puis chacun va s'allonger. La nuit est pleine de bruits divers, en particulier lorsque les « vampires » - c'est ainsi que le sergent Le Guen appelle les roussettes - se livrent à un combat particulièrement brutal dans un banian voisin, réveillant un troupeau de chèvres.

A cinq heures trente du matin, on se remet en route. En chemin, tandis que les hommes dérapent sur le sol rocailleux, Henri découvre ou plutôt a la confirmation de ce qu'il soupçonnait déjà : le lieutenant Marcou n'est pas là seulement pour l'accompagner dans une expédition de nature journalistique ; à la demande du commandant de l'île des Pins, qui suit les instructions du gouverneur de Nouvelle-Calédonie, il est également chargé de mener une enquête approfondie sur la possibilité d'accueillir au nord de l'île et dans toute la région de Ouapan, c'est-à-dire à l'est du plateau de fer, de nouvelles cohortes de déportés. Pour une fois, le gouverneur veut prendre les devants et ne pas se trouver, comme son prédécesseur, complètement pris au dépourvu : en février 1872, lorsque ce dernier a été prévenu par le gouvernement français qu'il lui fallait accueillir des déportés sur l'île des Pins, non seulement aucune disposition n'avait encore été arrêtée vis-à-vis des occupants de cette île, mais encore les mille quatre cents déportés qu'on lui annonçait étaient déjà en route sur trois bateaux. En catastrophe, il a entrepris une négociation avec la reine Hortense, souveraine des Kouniés, et le père Goujon, leur précepteur. Moyennant une indemnité sous forme de vivres, les Kouniés ont accepté de libérer la bande de terre située à l'ouest, représentant à peu près un tiers de la superficie, entre le ruisseau de Komagna au sud et le ruisseau de Gadji au nord, en tout quatre mille hectares. C'était du reste une très mauvaise affaire pour les autorités puisque la superficie ainsi libérée était la moins fertile. Quant aux réfugiés en provenance de l'île Maré, des Canaques christianisés qui avaient fui les massacres perpétrés par ceux qui ne l'étaient pas, le gouverneur les a envoyés à l'île Lifou, une île Loyalty, dans un jeu assez curieux de chaises musicales.

Le gouverneur Gauthier de La Richerie a été fort mal remercié de sa diligence puisque, après l'évasion du député Henri Rochefort, retenu dans la presqu'île Ducos, en mars 1874, il a été remplacé par Alleyron. Un colonel succédait donc à un capitaine de vaisseau pour gouverner la Nouvelle-Calédonie. En 1875, c'est Pritzbuer, autre capitaine de vaisseau, qui est arrivé. Henri sait combien ce zélé serviteur de la toute jeune Troisième République française entretient dans une même détestation les rouges communards et les noirs Canaques et ne verrait aucun inconvénient à refouler les seconds pour mieux encore enfermer les premiers.

Marcou est un homme intelligent, sans a priori ni préjugés. Mais quelque chose en lui met Henri mal à l'aise, une froideur, une indifférence, une distance par rapport à la misère et à la souffrance. Henri a d'ailleurs rapidement l'occasion de constater à quelles dérives ce caractère peut aboutir. L'un des Canaques accompagnant l'expédition, durant la première nuit passée au camp des Arabes, a, semble-t-il, abusé du tafia : le lendemain, il faut user de la manière forte pour qu'il consente à se lever et prendre sur son dos le ravitaillement. L'homme roule des yeux exorbités, injectés de sang, et marmonne en permanence dans sa barbe tandis qu'il suit en queue la colonne engagée sur un sentier assez difficile. De toute évidence, il continue à boire tout en marchant car, à la fin de la matinée, tandis que le groupe atteint une forêt assez dense, il s'effondre dans la poussière. Le sergent ordonne aux deux fusiliers marins de le remettre sur ses pieds, ce que les deux soldats ne réussissent jamais à exécuter compte tenu du poids de l'indigène.

C'est alors que Marcou, revenant sur ses pas, s'approche du Canaque immobile au milieu de ses bagages, le visage enfoui dans une herbe rase. Henri voit une sorte de frémissement sur les joues du lieutenant, et immédiatement après perçoit le coup sourd de la grosse chaussure cloutée enfonçant les côtes de l'indigène. Celui-là pousse un grognement, se redresse sur un bras, avise l'officier qui se tient à un mètre à peine, se met debout avec une célérité tout à fait inattendue étant donnés sa corpulence et son état, et commence à lancer injures et imprécations.

C'est un spectacle très particulier que cet homme noir, entièrement nu à l'exception d'un étui pénien, d'un bracelet de coquillages et d'un collier en poils de roussettes, d'un côté, et, de l'autre, un soldat portant pantalon, tunique et képi, un face-à-face singulier au milieu d'une nature vierge. Alors que la fureur du Canaque redouble en puissance, le lieutenant Marcou, impassible, pose la main sur l'étui de son revolver et l'ouvre. Voyant ce geste, le Canaque se met à agiter sa chevelure, une boule noire et impressionnante qu'Henri lui a vu peigner soigneusement le matin avec une griffe de bambou et qui est à présent ornée d'un turban de tapa. Après la tête, ce sont les épaules qui commencent à se mouvoir, tandis que, solidement campé sur ses jambes, l'homme enfle la voix.

L'assaut du Canaque est aussi imprévu que brutal et le lieutenant tombe lourdement sur le sol quand la balle tirée par son revolver perce le sternum, brise une vertèbre cervicale et fait exploser l'occiput de l'homme.

Le Guen et les deux soldats dégagent les deux corps emmêlés. Marcou, sonné par le choc et plus encore la chute, est couvert de sang, celui de sa victime qui gît à présent sur le dos.

– Ce naturel était fou, fait simplement le lieutenant à l'adresse d'Henri, qui a la gorge serrée. J'espère que l'autre n'est pas aussi dégénéré.

Le deuxième Canaque de l'expédition s'est enfui pendant l'action, craignant sans doute de subir le même sort que son compagnon.

– C'est sur ces naturels que vous voulez faire un article ? interroge encore Marcou, la lippe mauvaise.

Henri ne répond pas. Il serait d'ailleurs bien incapable de prononcer un mot.

Le sergent et les deux soldats se répartissent les sacs de ravitaillement. Marcou reprend sa marche vers le nord-est.

– On ne l'enterre pas ? demande Henri en désignant le cadavre du Canaque.

– Ce n'est pas la peine répond Le Guen. Quand on sait ce qu'ils font du squelette !

Henri reste un instant la tête tournée vers le corps inanimé. Il sait que les Canaques ne pratiquent pas l'inhumation et n'ont aucun cimetière : ils déposent les cadavres dans la terre aride, la tête affleurant la surface du sol et, lorsqu'il ne reste plus que le squelette, ils prélèvent le crâne et le déposent dans une grotte sacrée, là où ils consultent les ancêtres. « J'aurais du insister pour qu'au moins on mette le cadavre en terre », songe-t-il, mécontent de lui-même et de sa lâcheté. Puis il rattrape la colonne, qui a entamé une marche soutenue. En arrivant à la hauteur des deux soldats, les derniers mots de leur conversation lui font froid dans le dos :

– Ça fera de la viande fraîche pour les cannibales !

- 12 -

Au nord-est de Gadji, au sommet d'un petit plateau, Henri Amérieux et ses compagnons découvrent un village canaque d'une vingtaine de cases serrées les unes contre les autres, basses de mur et hautes de toiture. Entre les cocotiers, on aperçoit la mer et un chapelet d'îlots. D'abord, des enfants nus courent à leur rencontre, les entourent, palpent leurs vêtements en riant et jacassant. Ensuite, des femmes, le crâne entièrement rasé et vêtues seulement d'un petit pagne d'écorce, s'approchent, suivies à courte distance par des jeunes filles habillées d'une sorte de jupe courte et sombre. Beaucoup ont des lobes d'oreilles qui, déformés et allongés par des coquillages, tombent sur les épaules. Tout ce comité d'accueil parle, crie, semble danser.

Le groupe est invité à avancer jusqu'à une case un peu plus importante que les autres. Henri a le temps de remarquer l'écorce de niaouli qui couvre les murs, la paille savamment agencée de la toiture. Ses compagnons et lui franchissent une porte basse, se retrouvent dans une atmosphère sombre et enfumée, les pieds foulant un sol couvert de nattes de pandanus ou de coco. Près d'un énorme poteau central, des femmes sont affairées à des travaux qu'Henri ne peut identifier. Au fond, des hommes entièrement nus sont assis en tailleur autour d'un petit foyer, certains d'entre eux tétant de la canne à sucre tandis que d'autres fument la pipe.

– Tayo ! dit le lieutenant Marcou en inclinant légèrement la tête et en invitant le sergent Le Guen à s'approcher.

L'un des hommes, très noir de peau, le cou décoré d'un énorme collier de cuir et de coquillages, se met à parler d'une voix grave et lente. On l'écoute respectueusement puis le sergent Le Guen lui répond, butant sur chaque mot, mais, semble-t-il, en étant compris. Henri devine qu'il présente chacun des membres de l'expédition quand il se tourne successivement vers le lieutenant, lui-même, les fusiliers marins.

– Dites à cet homme que nous souhaiterions passer la nuit dans son village avant de reprendre notre route demain matin, s'il veut bien nous accorder l'hospitalité, ordonne Marcou. Insistez aussi sur le fait que nous avons la mission de rencontrer toutes les tribus du nord pour que le commandant de l'île et le gouverneur de la Grande Terre les connaissent mieux et connaissent mieux leurs besoins.

Le Breton reprend son discours, l'agrémentant de gestes amples de ses mains ouvertes. En l'observant, Henri se surprend à penser que toute maladresse dans le propos pourrait déboucher sur une catastrophe, surtout après la mort du Canaque, une fin tragique que peut-être certains des hôtes ici présents ont déjà apprise. Puis sa pensée vagabonde vers les endroits les plus sombres de la case avant d'être submergée par l'odeur épouvantable qui règne en ce lieu et qui rappelle le pourrissement de poissons.

Le journaliste s'avise aussi que les fusiliers marins ont conservé leur arme sur l'épaule, un grand fusil chassepot. Mais, apparemment, les indigènes n'en ont cure.

Enfin, le chef des Canaques invite les Européens à s'asseoir en face de lui, ce qui se fait dans un certain désordre compte tenu des bagages et de la difficulté naturelle pour un Blanc à adopter la position du tailleur. Sur un ordre, des femmes déposent devant Henri et ses compagnons, dans des calebasses, des figues, des mangues, des bananes, ainsi que, dans des pots de terre, une tisane certainement à base de feuilles de niaouli. A présent, Henri voit mieux les objets et meubles décorant la case et il découvre, à la fois surpris et curieux, une canne faite avec des tiges de salsepareille, un petit siège en bois de rose ou d'acajou, un repose-tête en dragonnier, un tapis de fleurs jaunes sur une natte, un casque colonial – sans doute un cadeau.

Le lieutenant sort d'un havresac une bible à la couverture de vieux cuir, la tend avec un commentaire approprié au chef canaque, attend que finisse la traduction de son sergent, puis avance encore le bras et pose le livre délicatement dans la main de son hôte. Ce dernier lève le livre à hauteur des yeux, l'ouvre avec précaution, effleure délicatement les pages de son front, puis remercie d'une inclinaison de la tête, découvrant des dents immenses, d'autant plus éclatantes qu'elles émergent d'une barbe noire épaisse qui, un peu à la manière d'une crinière de lion, se confond avec la chevelure en boule. Henri ignore si l'homme a été évangélisé mais, de toute évidence, le cadeau le ravit : il brandit à présent le livre au-dessus de sa tête, pour que tous les membres présents de la tribu puissent l'admirer et, dans l'assistance, des voix expriment leur contentement en soufflant par le nez, de manière répétitive, le même son.

On fait passer, dans des espèces de courges, du lait de coco fermenté qu'Henri juge écœurant, puis les Européens sont invités à gagner une autre case, sans toutefois y entrer. De toute évidence, à cet endroit, on prépare des plats chauds. Henri reconnaît les gros rhizomes de l'igname, des tubercules de taro, des patates douces, des racines de bananiers, mais aussi, au-dessus d'un foyer, plantés sur des tiges, d'énormes mékouas et des morceaux de tortues. On s'installe à nouveau, mais devant la case, tandis que les femmes, en riant, répètent les mots « tayo » ou « caï-caï », signifiant respectivement « ami » et « manger ». On mange effectivement, beaucoup, Blancs et Canaques réunis dans une même fête de l'estomac, et les barbes prennent des couleurs d'arc-en-ciel.

Cette noria de femmes nues, le pubis pudiquement couvert par une frange végétale, finit par aiguiser d'autres sens d'Henri, d'autant que les plus jeunes n'hésitent pas à frôler de leurs seins la tête de ces Blancs tellement habillés. Les mâles de la tribu paraissent, eux, indifférents. Henri ne peut s'empêcher d'admirer la feuille enroulée autour de leur pénis et redressée grâce à des liens de poils de roussettes entourant la taille. Il songe que, si les Européennes ont souvent à supporter l'aspect flasque et indolent du sexe au repos de leurs compagnons, les Canaques ont quant à eux inventé l'image permanente de l'érection, ce qui doit nécessairement entretenir les fantasmes de leurs femmes voluptueuses et grasses.

Henri en est là de ses pensées lorsqu'une vieille femme, une poitrine battant sur sa cage thoracique et une pipe passée dans le lobe troué de l'oreille, s'approche de lui avec un énorme bol de bois dans lequel il identifie des daurades, du goueybou, des lamproies. Souriant de ses quelques dents, elle l'invite du doigt à se servir, saisit même sa main alors qu'il parait hésiter.

– Caï-caï ! Caï-caï !

Et posant le gros bol sur le sol, elle entreprend de se caresser le ventre pour signifier que le met est succulent.

Henri choisit un petit poisson inconnu, mord dedans à pleines dents. C'est alors que la femme, sans coup férir, pose la main sur l'entrejambe du communard, tâtant comme pour vérifier la présence du sexe. L'examen est bref et apparemment concluant puisque la vieille, se redressant, part d'un grand éclat de rire, vite imité par les autres femmes. Henri rougit, risque un regard vers les jeunes filles, découvre qu'elles l'observent à la dérobée, certaines avec un doigt dans la bouche. Lui qui n'a pas approché de femmes depuis quatorze mois, c'est-à-dire, depuis une brève étreinte avec l'épouse d'un surveillant dans...un poulailler, derrière la prison d'Ouro, se sent brutalement envahi, submergé, par des désirs et émotions. Il en arrive même à trouver que ces lobes d'oreilles transformés en boucles de chair sont beaux et ressemblent à des sexes féminins.

Quand le repas est terminé, quelques hommes de la tribu commencent à taper sur des instruments assez rudimentaires, ainsi qu'à chanter. Immédiatement, sur l'espace dégagé devant la case, des jeunes indigènes, hommes et femmes, entreprennent de danser.

– Un pilou ! lance le sergent

Il est donc permis à Henri et ses compagnons d'assister à cette fête qu'on appelle un « pilou ».

Les danses sont très rythmées. Les figures, non parce qu'elles sont accomplies par des êtres nus mais parce qu'elles se veulent telles, apparaissent rapidement très érotiques, très excitantes.

Marcou et Henri suivent les évolutions des danseurs avec une fascination grandissante. C'est beau et insupportable pour ces célibataires. Henri ressent douloureusement la situation.

La nuit est tombée depuis longtemps et seules les flammes des brasiers allumés sur la place éclairent les danseurs, irisant la poussière soulevée par leurs pieds ou les fumées des mets qui continuent de cuire. Il n'y a aucun contact entre les danseurs, mais tout est embrassement, fusion des corps, union des sexes, accouplement. Aux cuisses musclées des filles qui s'ouvrent sur des pieds tendus à rompre répond le mouvement reptilien des crinières noires s'enfonçant doucement dans l'espace ainsi ouvert. Devant le fourreau pénien, agrandi pour la circonstance, chaque danseuse, bras ouverts et tête rejetée en arrière, offre le berceau de ses seins, tandis qu'elle s'insinue doucement sur ses genoux entre les jambes de l'homme. Puis les corps se pourchassent, se rattrapent, s'épousent sans se toucher, glissent un instant en parallèle, se séparent dans les notes basses de la mélopée, se rapprochent avec un cri extatique dans les notes hautes. Tout cela s'accomplit sur un rythme de plus en plus envoûtant où les pieds battent fort le sol. La sueur dessine sur la poussière des corps des arabesques compliquées.

Henri observe longtemps l'une des danseuses, non qu'elle soit la plus jolie mais parce qu'elle a une manière tout à fait extraordinaire de pencher le tronc vers l'avant et de tracer ensuite dans l'espace des mouvements circulaires, tandis qu'elle offre au regard de l'assistance, entre les deux lobes des fesses rebondies et à peine couvertes par la petite jupe végétale, l'univers mystérieux, secret, de son sexe noir. Henri s'imagine qu'elle vient danser exprès devant lui, qu'elle choisit exprès l'angle de son regard.

La vieille édentée peut revenir tâter l'entrejambe du journaliste : elle découvrira que son érection n'a rien de l'artifice d'un étui pénien.

- 13 -

Le soleil jaillissait de la mer, enflammant l'horizon derrière une ligne de pins colonnaires, lorsque le lieutenant a donné le signal du départ. En toute hâte, les hommes de l'expédition ont avalé quelques fruits, déchiré un morceau de viande séchée, bu du lait fermenté de noix de coco, plus aigre que la veille. Des enfants riaient des ablutions du sergent Le Guen et d'Henri dans l'eau au goût ferrugineux d'un grand tronc évidé.

D'un pas vif, la colonne, à laquelle se sont joints cinq Canaques porteurs de filets en fibres de cocotier et armés de sagaies, se dirige vers une petite anse, aux eaux clapotantes et vertes, bordée au nord par la mangrove et son lacis de palétuviers, et dominée au sud par une grande dune de sable roux que couronnent des cocotiers curieusement entrecroisés. Le chef du village a très généreusement donné à ses hôtes des bananes, des patates douces, des tubercules d'ignames, ainsi que des pains de figues.

Henri a très mal dormi, comme d'ailleurs tous ses compagnons. Ils ont été invités à passer la nuit dans une case particulièrement chaude et, de plus, située à quelques mètres d'un enclos à porcs. Mais, surtout, les exhibitions du « pilou » avaient mis les sens du journaliste en ébullition.

– Vous ne touchez pas aux filles ! avait ordonné le lieutenant en surprenant le regard brillant d'Henri. Ce serait beaucoup trop dangereux.

Le communard avait protesté : l'une des danseuses, voire deux danseuses, paraissaient n'attendre qu'un signe pour réaliser ce que leur corps avait mimé sur le rythme de la danse.

– C'est un ordre : vous ne touchez pas aux filles ! avait répété Marcou. Sinon, je vous fais reconduire à votre gourbi.

Le vieux chef ne pourrait pas tolérer qu'on vienne ainsi dépuceler ses nubiles.

– Le lieutenant a raison, avait renchéri le Breton. Dam ! vous trouverez bien des occasions plus loin.

– Vaut mieux se branler que prendre une branlée ! avait osé l'un des fusiliers marins.

Quand ils parviennent à la mer, Henri découvre une plage de sable aux courbes harmonieuses et, derrière des cotonniers, au milieu de grandes herbes aux tons mauves, deux pirogues à balancier taillées dans le bois brut. On met les embarcations à l'eau, non sans mal compte tenu de leur poids. La première à se lancer vers la barrière corallienne est occupée par le sergent Le Guen, un fusilier marin et trois Canaques. On entend très distinctement le roucoulement des poules de marais, un son plus agréable à entendre que les grognements des boccas que l'expédition a dû supporter toute la nuit. Henri met son chapeau de paille, l'enfonce sur sa tête. Les Canaques montent un mât et hissent une voile faite de nattes en cocotier. Au plus grand étonnement des Blancs, les deux embarcations saisissent immédiatement une légère brise.

– Caï-caï !

Un Canaque tend à Henri une sorte de légume blanc, à la forme indistincte.

– Caï-caï ! insiste l'indigène, aussi barbu qu'il est nu.

– Vous devriez essayer, conseille le lieutenant Marcou. Je ne sais pas comment ça s'appelle ni ce que c'est exactement, mais il m'a été rapporté que ça empêchait le mal de mer.

Henri décline l'offre. Il n'a pas envie de recommencer l'expérience de la veille, quand une espèce de naine à gros ventre lui a proposé un poisson assaisonné d'une mixture à soulever le cœur le mieux accroché. C'est après avoir goûté et failli vomir que Le Guen, en riant, lui a expliqué la nature du condiment : une bouillie de sauterelles confites et fermentées dans le tronc creux d'un arbre.

En cet endroit de la côte, la barrière corallienne est très irrégulière et comporte de multiples passes : elle est franchie rapidement. Ensuite, les pirogues prennent cap au sud, vers deux petits îlots couverts d'une végétation luxuriante et sur laquelle un gros nuage blanc aux formes voluptueuses (selon la perception qu'en a Henri) paraît s'être posé comme pour une halte.

Il fait de plus en plus chaud et la réverbération du soleil sur la mer brûle les yeux. Une courge remplie d'eau passe de main en main, à laquelle on boit à la régalade. L'un des Canaques répare le filet qu'il a emporté. Le fusilier marin fume la pipe. Henri note dans un carnet les impressions de la veille, sans rien omettre des désirs allumés dans sa chair par les danses indigènes. Il s'avise que beaucoup de pages ont déjà été noircies depuis son départ de la deuxième commune : il aura la matière d'une chronique dense dans les numéros à paraître du journal hebdomadaire qu'il projette de lancer.

De temps à autre, l'étrave de la pirogue fait jaillir des poissons volants. Un oiseau de mer suit les embarcations pendant un certain temps puis renonce. Quand ils ne sont plus qu'à quelques centaines de mètres du premier îlot, des oiseaux bleus et jaunes, qu'Henri ne peut identifier, viennent tourner au-dessus d'eux puis s'en retournent en jacassant comme des pies qu'ils ne sont pas.

Les deux pirogues abordent ensemble une grande plage de sable ocre, bordée au premier rang de cocotiers immenses. Entre les troncs, on peut apercevoir le bleu sombre d'une forêt dense. Un des fusiliers marins, qui a retiré ses godillots, se blesse sur des rochers madréporiques lorsqu'il saute à l'eau. Les pirogues sont tirées au sec, faisant fuir une armée de crabes et de puces de mer.

Le lieutenant, debout près du tronc noir, durci par les vents et le sel, d'un cocotier arraché à la grève, ordonne un

regroupement de tous les Européens autour de lui, déplie avec précaution une carte.
– Nous allons suivre la plage où nous sommes sur une centaine de mètres, peut-être un peu plus, puis nous couperons à travers la forêt pour rejoindre…
Son doigt cherche sur la carte.
– Pour rejoindre une toute petite crique de rochers qui se trouve au nord. A ce moment là, nous filerons vers la droite en suivant le rivage. Entre les deux îlots, de ce côté-là, il n'y a pratiquement pas de fond. En suivant une langue de sable, on peut passer d'un îlot à l'autre. La langue est là….
Et son doigt montre, entre deux grosses taches brunes et vertes, une zone étroite.
– Gardez vos chaussures. Sinon vous risquez de vous blesser. Comment va le pied ?
Il se tourne vers le fusilier marin qui, coupé sous le gros orteil, examine la plaie en tentant de la nettoyer avec un morceau d'étoffe à la couleur très suspecte.
– Ça va, mon lieutenant, répond le soldat.
Son visage grimaçant dit tout le contraire.
– Les Canaques ont un vieux remède, à base de compresses de feuilles de bois de rose. Sergent, demandez-leur donc s'ils n'ont pas ça dans leur pirogue !
Le Guen se lève, rejoint les Canaques, qui, à côté de leurs pirogues, préparent les filets. Ils ont l'intention de pêcher pendant tout le temps où le groupe du lieutenant Marcou sera absent.
– Ils n'ont rien, dit simplement le sergent quand il est de retour.
– L'objectif, continue Marcou, c'est évidemment le deuxième îlot, le plus intéressant. On y a signalé la présence de naturels venant de Maré, peut-être de Aneityum.
– Mais Aneityum est au moins à quatre cents kilomètres d'ici ! s'exclame Henri.
– C'est exact !

Henri, d'un seul coup, ne se sent pas très à l'aise. Le chef du village, hier soir, a vaguement parlé de sauvages venus de très loin et qui sont cannibales. N'est-il pas dangereux de vouloir rencontrer des populations venues d'Aneityum sans rien connaître de leurs mœurs ?

Le groupe se met en route. La plage est suivie sur deux bonnes centaines de mètres puis, résolument, la petite colonne s'enfonce dans la forêt. Si la lumière a du mal à pénétrer en raison de la densité des frondaisons, entretenant une atmosphère humide et musquée, la progression s'avère finalement plus facile que prévu et c'est en à peine vingt minutes que l'îlot est entièrement traversé. La côte nord est grise d'aspect, impression due sans doute à la présence d'importants rochers frangés d'écume par une mer plus agitée. Ainsi que le lieutenant l'avait prévu, le groupe reprend son cheminement le long du rivage et atteint, au détour d'une butte couverte de taillis colorés, l'isthme qui réunit, sous une pellicule d'eau, les deux îlots.

– Nous allons traverser puis nous ferons halte pour manger un morceau de l'autre côté, indique le lieutenant.

Un serpent au corps vert crénelé s'enfuit à l'approche des hommes. Il y a à peine dix centimètres d'eau. La colonne s'engage. Quelques petits requins de récifs, curieux, s'approchent puis gagnent des eaux plus profondes. Tandis qu'il progresse dans l'eau tiède, Henri se fait la réflexion que le deuxième îlot a la forme d'un chapeau de mamelouk sur lequel on aurait planté un bouquet de plumes. A la base, on peut apercevoir une couronne de pins maritimes, cocotiers ou palétuviers, avec, entre les troncs, des herbes hautes, des taillis couverts de lianes et de fleurs. Au sommet, la lumière découpe des rochers gris, déchiquetés par endroits, et des buissons. Et sur le côté, au sud, une espèce de promontoire, un jaillissement de lave noire piquetée de taches jaunes et vertes, environné par les oiseaux, parait gratter un ciel bas légèrement orangé. « Superbe ! » applaudit intérieurement le journaliste.

Il est un peu plus de midi lorsque Henri et ses compagnons se laissent tomber sur le sable et commencent à manger. L'endroit est riche en grosses mûres et en noix de coco : ils peuvent, à défaut d'un festin, faire un repas suffisant.

– Nous aurons une heure pour faire le tour de cet îlot, annonce Marcou. Après, il faudra reprendre le chemin du retour et retrouver les pirogues. Nous devrons embarquer au plus tard à quinze heures. D'autant plus que les pirogues seront chargées si les naturels ont fait une bonne pêche.

Tout est tranquille. Chacun se sent pris par une sorte de torpeur. Rien alors ne peut laisser soupçonner les évènements à venir, brefs mais d'une brutalité inouïe.

- 14 -

D'abord, il y a eu ce chant rauque, heurté, à plusieurs voix, avec une note finale douloureuse et grave venant buter sur le silence. Puis, alors que le groupe escaladait un petit monticule herbeux, semé de grands résédas, c'est une fumée épaisse, à la fois jaune et grise, qu'il a pu apercevoir entre les pins colonnaires qui fermaient l'accès à la plage. Instinctivement, tous se sont mis à progresser plus lentement, le tronc légèrement fléchi. Les fusiliers marins ont chargé leurs chassepots. Le Guen a ouvert son holster et glissé le revolver entre le ceinturon et la tunique.

Le chant vient de la plage, poussé par des voix nombreuses. On entend également distinctement le battement régulier d'une baguette sur un tronc creux. Une odeur de viande grillée ou d'huile brûlée titille les narines.

Le lieutenant est le premier, en se glissant dans un pli de terrain, à découvrir le spectacle qui se donne sur le sable blanc de la plage. Il bat en retraite précipitamment.

– Des cannibales ! souffle-t-il d'une voix blanche à Henri.

Ce dernier a tout juste le temps d'apercevoir un grand brasier dégageant une fumée épaisse, des indigènes assis en cercle et dont la peau noire parait couverte de cendres, et, dans un mouvement des volutes de fumée, des membres humains grésillant sur des espèces de perches, tandis que gisent, un peu à l'écart, des troncs ensanglantés et une grosse tête.

Dans la seconde suivante, d'autres indigènes à la peau couleur de cendre jaillissent des fourrés, d'énormes casse-tête en mains, hululant et mugissant, tandis que des sagaies s'abattent sur le groupe.

Henri dévale déjà le monticule qu'il a escaladé quelques minutes plus tôt, glisse dans un ravin au fond humide, arrache tout le côté de son pantalon sur un arbuste. Un coup de fusil claque, suivi de détonations sèches d'un revolver. Il jette un coup d'œil derrière lui, voit qu'il est suivi par l'un des fusiliers et Le Guen, aperçoit Marcou qui court sur un axe parallèle.

– Il faut traverser et rejoindre l'autre îlot ! crie le Breton.

Henri fonce droit devant lui, vers l'autre plage, insensible à cette végétation qui lui fouette la tête et les membres. Derrière, la meute sauvage des poursuivants a grossi et on entend comme des barrissements.

Le journaliste atteint la plage le premier, rejoint la zone la plus ferme sous le pied. Il a le souffle de plus en plus court. Une hanche le fait souffrir. Tournant la tête vers la lisière de la forêt d'où il vient d'émerger, il repère encore le sergent qui, marquant un temps d'arrêt, ajuste posément et fait feu à trois reprises. Sur cette action, Marcou apparaît à son tour, à trente mètres à peine. Lui aussi met un genou à terre, lève son révolver et tire sur des poursuivants qui demeurent invisibles à Henri. Celui-ci a le temps de se dire que cette fuite, cette panique n'auraient jamais dû avoir lieu, face à des naturels qui sont seulement armés de casse-tête et de sagaies, puis il réalise que lui-même a été le premier à courir.

A présent, les trois hommes, à perdre haleine, courent le long de la plage, en direction de l'isthme séparant les deux îlots. Les poursuivants ont été ralentis par les derniers tirs, mais ils n'ont pas renoncé. Henri, qui a de plus en plus mal à la hanche, est rejoint par ses deux compagnons au moment où il entre dans l'eau. Ils traversent sans ralentir le rythme. Le lieutenant fait feu à deux reprises sur les cannibales, en abat deux.

Henri et ses compagnons abordent la terre ferme lorsqu'ils entendent une clameur et voient l'un des fusiliers, celui qui s'est blessé le pied le matin, courir sur la plage du premier îlot, poursuivi par une meute. De toute évidence, il a des difficultés à avancer et la distance entre lui et les indigènes se rétrécit de seconde en seconde. Le malheureux est rejoint quand Henri et les deux militaires disparaissent dans le couvert. Ils sont trop loin et les cannibales hurlent bien trop fort pour entendre les cris du fusilier marin, succombant sous les coups de casse-tête et de becs d'oiseaux.

Marcou et Le Guen profitent du flottement dans la masse des poursuivants pour recharger leurs armes. En courant, on doit compter à peu près dix minutes pour traverser l'îlot et rejoindre les pirogues, à supposer que les Canaques, alertés par les coups de feu, ne se soient pas déjà enfuis. Pour avoir une chance d'échapper aux cannibales, il faut se ménager un peu de temps.

– Je vais les attendre ici, dit le sergent. Je les retiendrai suffisamment longtemps pour que vous puissiez mettre les pirogues à l'eau. Je vous rejoindrai au moment le plus favorable.

Henri et Marcou reprennent leur course éperdue. Ils ont à peine parcouru cinquante mètres que, déjà, les détonations derrière eux se succèdent. Là où il se trouve, Le Guen peut bloquer les indigènes qui leur ont donné la chasse, obligés de se présenter sur un front très étroit en raison des dimensions du passage dans l'isthme. Henri a les poumons en feu. Il court à présent avec une jambe légèrement raide. Une manche de sa chemise est couverte de sang.

Quand Henri débouche sur la plage où doivent se trouver les pirogues, il a tout à coup l'impression que son cœur disparaît et qu'un grand bloc de glace vient se loger à la place dans sa poitrine : il ne voit nulle part les embarcations et les Canaques. La panique s'empare de lui. Puis, enfin, il les aperçoit, un peu à l'écart, flottant déjà sur la crête des vaguelettes. Henri et Marcou se lancent alors dans un dernier sprint, rendu difficile par le sable, s'engagent dans l'eau et agrippent les pirogues. Il faut encore convaincre les Canaques, apparemment affolés, qu'un troisième homme va arriver. Marcou, avec force gestes et vociférations, parvient apparemment à se faire comprendre.

A nouveau des coups de feu retentissent, plus proches, puis Le Guen, bondissant, surgit, marque lui aussi un temps d'arrêt quand il ne voit pas les embarcations, les repère enfin, entame une course folle. Cinquante mètres à peine le séparent de ses poursuivants. Marcou, faisant preuve pour la circonstance d'un grand sang froid, alors qu'il est resté dans l'eau, ajuste son tir et fait mouche à trois ou quatre reprises.

Le Guen rejoint enfin le groupe, se hisse d'un seul mouvement dans une pirogue. Henri est déjà installé dans l'autre et les Canaques se mettent à pagayer furieusement.

– Et l'autre fusilier ? crie Henri.

– On peut plus rien pour lui, répond le sergent.

Le lieutenant, après avoir tiré la dernière balle de son revolver, se coule dans la pirogue où a pris place le sergent Le Guen. Les deux hommes n'ont plus aucune munition. Les trois Canaques s'arc-boutent sur les pagaies en ahanant et roulant des yeux fous de terreur.

Les cannibales continuent d'avancer dans l'eau. Ils hurlent, agitent leurs armes au-dessus de la tête et soulèvent des grandes gerbes de lumière. L'un d'eux lance une sagaie.

Il est trop tard pour les cannibales, qui voient à présent s'éloigner les embarcations. Mais il est trop tard également pour Marcou, qui gît désormais au fond de la pirogue, la tête enfouie dans la pêche des Canaques, entre un goueybou aux dents longues et un poisson lune, une sagaie plantée dans son poumon comme un mât.

- 15 -

Les anthropophages tentent une poursuite en pirogue. Henri dénombre six embarcations, alignées comme à la bataille, portant une foule de guerriers mais surtout un grand nombre de pagayeurs. Il les voit d'abord apparaître, très lointaines, au nord du second îlot. Leur vitesse est au moins deux fois supérieure à celle des fugitifs, mais ceux-ci ont une bonne avance. C'est à deux miles à peine des côtes de l'île des Pins que la chasse s'arrête : après avoir vécu des angoisses épouvantables pendant plusieurs dizaines de minutes, Henri constate avec soulagement que les pirogues lancées à leurs trousses ralentissent puis finalement rebroussent chemin. A quelques mètres derrière, Le Guen lui lance un sourire qui en dit long sur le soulagement qu'il éprouve lui aussi.

Les Canaques continuent de pagayer au même rythme, le corps luisant de sueur. Au nord, le ciel se charge de gros nuages violets. Marcou a dû décéder dans les minutes qui ont suivi le choc de la sagaie. Henri a vu le sergent se pencher vers le fond de la pirogue, a deviné les gestes ultimes et désespérés pour tenter de sauver l'officier. Puis, lorsque le Breton a retiré la sagaie, il a compris que Marcou venait d'expirer.

On aborde à présent la petite plage aux courbes harmonieuses. Les pirogues sont tirées sur le sable. Deux Canaques se chargent de transporter le cadavre du lieutenant, tandis que les autres enferment leur pêche dans de grands paniers.

– Vous avez vu ce qui est arrivé au deuxième fusilier ? demande Henri au sergent.

– Bertholomé ? Bertholomé a été tué dès l'assaut des naturels. Une sagaie lui est passée en travers du corps, de part en part. Mort sur le coup. Je pense, j'espère qu'il est mort sur le coup. Mais vous êtes blessé, vous saignez...

– C'est juste superficiel.

Ce n'est pas une blessure superficielle mais une coupure profonde, sans doute provoquée par un arbuste ou la palme basse d'un arbre.

– D'où venaient ces sauvages ? interroge encore Henri.

– Je n'en sais rien, absolument rien. Ils peuvent venir des îles Loyalty comme de la Grande Terre. Parce qu'ils ont le corps couvert de cendre, je pencherais plutôt pour les îles Loyalty. Mais, vraiment, je n'en sais rien.

– Ils peuvent donc être des Canaques ?

Le sergent ne répond pas. Il se masse l'épaule droite, avec une grimace douloureuse. Le groupe chemine à présent sur le sentier serpentant au flanc du plateau où se trouve le village. Des enfants accourent en riant. Ils s'arrêtent, figés de stupeur, lorsqu'ils découvrent le sang qui macule les vêtements du journaliste et, surtout, le corps inanimé et sanglant du lieutenant Marcou.

– Il était marié ? questionne Henri.

– Non, célibataire. Une sœur, quelque part en Gironde.

A présent, toute une partie du village entoure le petit groupe, dans un délire cacophonique, tandis que le soleil déclinant irise la poussière soulevée par tous ces pieds nus. Henri reconnaît la jeune indigène qui, la veille, a dansé pour lui de manière si agressivement érotique. Elle lui parle, tout en touchant les taches de sang qui constellent l'étoffe de son pantalon ou de sa chemise. Henri, qui ne comprend goutte, pourrait demander à Le Guen de traduire, mais celui-ci est en grande conversation avec le chef du village. Le journaliste se sent soudain très faible. Il a tenu jusqu'à présent sous l'aiguillon de la terreur, de la peur et de l'angoisse. Les mains qui se tendent vers lui, les sourires de ces femmes, ces corps qui se pressent contre son corps, tout le prive de ses dernières forces.

Henri se dirige à pas lents vers une case devant laquelle sont étendues des nattes. Il se laisse tomber sur l'une d'elles, s'allonge. Il ne voit pas les femmes qui s'agenouillent à ses côtés. Il ne sent pas qu'on le déshabille, tandis que la danseuse fait couler sur son front de l'eau tiède. Il n'a pas conscience qu'on applique des plantes macérées sur sa plaie.

Il dort déjà.

- 16 -

Sur la grande place d'armes de la zone militaire, face au drapeau français, le commandant du camp de déportation a aligné sur trois côtés des troupes d'infanterie de marine, des surveillants et des gendarmes. Les délégués des communes, dont Henri Amérieux, sont rangés un peu en retrait, face au débarcadère de la baie de Kuto. Les chefs de camp sont regroupés sur la droite. Le long d'un casernement, prudemment, on a placé un certain nombre d'auxiliaires canaques, vêtus de larges pantalons blancs et d'une chemise ouverte, tous dotés d'un grand gourdin. Le cercueil où repose le lieutenant Marcou est devant la hampe du drapeau, sur des tréteaux. Un grand drap le recouvre, qui flotte doucement au gré de la brise.

Les clairons annoncent l'arrivée du commandant. Celui-ci, pour l'occasion, a revêtu son plus bel uniforme et arbore ses décorations. Il a l'air grave qui sied à une telle circonstance mais Henri croit en outre discerner une certaine nervosité. Du reste, lorsque le journaliste, de retour de l'expédition désastreuse, a été convoqué au « gouvernement », c'est un homme inquiet et désemparé qu'il a trouvé.

– Et vous voulez faire un journal pour rapprocher les deux communautés ! a explosé l'officier. Je n'étais pas très bien disposé à l'égard de ce projet, vous concevrez que j'y sois désormais résolument hostile. Avec les tribus de sauvages qui peuplent la Grande Terre et les îles qui l'entourent, je ne vois pas d'autre solution que d'être en permanence sur ses gardes. Ces sauvages-là ne pourront jamais être comme nous, même si on leur bourre le crâne avec des bondieuseries et qu'on les oblige à la prière trois fois par jour. Il y a quelques mois, ils nous ont tué quarante ou quarante-cinq fantassins sur la Grande Terre, voilà qu'ils nous tuent trois hommes parce qu'ils sont surpris à se dévorer entre eux !

– Ce ne sont peut-être pas des Canaques, a objecté Henri.

– Que voulez-vous que ce soit ?

La conversation s'est poursuivie sur ce ton pendant encore quelques minutes puis le commandant a fait part à Henri de sa décision de ne pas l'aider à créer un journal, en même temps qu'il lui annonçait l'envoi d'une compagnie d'infanterie de marine dans le nord-est de l'île, pour sécuriser la zone.

– On va leur apprendre le respect dû à l'autorité ! a répété le militaire.

Celui-ci avait alors les lèvres si blanches qu'Henri a éprouvé un frisson.

A présent, le commandant, d'une voix forte et sentencieuse, lit un discours dont seuls les premiers rangs sont en mesure de comprendre le sens, les autres ne pouvant capter que quelques mots. Bien que l'heure soit matinale et qu'une violente ondée se soit abattue sur l'île peu avant la levée du jour, le soleil chauffe déjà les corps et blanchit le sol de la cour jusqu'à l'éblouissement. Henri redoute le moment où il faudra retirer le chapeau de paille pour saluer le mort que l'on honore par cette cérémonie.

Tournant légèrement les yeux, Henri voit la *Vire* qui, face à la presqu'île de Kuto, attend de recevoir le cercueil pour le transporter à Nouméa, où il sera pris en charge par un bateau en partance pour la France. Il aperçoit aussi le noir bâtiment stationnaire qui, avec ses canons menaçants, croise à quelques encablures comme un chien de garde. Indifférents à la solennité du moment, des oiseaux de mer virevoltent au bout de la presqu'île, au-dessus de l'enceinte, en poussant des cris perçants.

Le discours du commandant n'en finit pas. Henri se met à songer à ce jour d'octobre 1873 où il a débarqué à l'île des Pins. Le *Calvados*, il s'en souvient, avait franchi les récifs qui entourent la Grande Terre le samedi 27 septembre 1873, au crépuscule. Il avait mouillé dans la grande rade, entre Nouméa et l'île Nou. Le lendemain, aux alentours de midi, le navire s'était déplacé et était allé s'ancrer en plein port, à proximité de deux transports français et de plusieurs bateaux battant pavillon anglais. Le lundi, alors qu'il faisait encore nuit, les « blindés », c'est-à-dire ceux qui avaient été condamnés à la déportation en enceinte fortifiée et devaient donc se rendre à la presqu'île Ducos, avaient été installés dans des chaloupes que tirait un remorqueur crachant une épaisse fumée noire. Il pleuvait sans discontinuer, une pluie chaude et fade que pleurait un ciel de traîne sur un océan qui avait pris les reflets du minerai de fer. Depuis le pont, pour ceux qui étaient dehors, ou le plus souvent depuis les sabords, les hommes destinés à l'île des Pins avaient longuement salué ceux en partance pour la presqu'île Ducos. Les visages étaient cireux, les yeux brillaient au fond d'orbites creuses, les os tendaient la peau, mais il y avait une grande émotion dans ce départ d'une partie des déportés. Quelques heures plus tard, on avait transféré le reste de la cargaison humaine du *Calvados* sur le *Cher*, qui allait faire le voyage de Nouméa à l'île des Pins, en empruntant le canal Wooden, étroite langue de mer entre l'extrémité sud de la Grande Terre, couverte de forêts denses et noires, et l'île Ouen, désertique et rougeâtre. Le *Cher* aurait pu atteindre rapidement l'île des Pins, il avait choisi de mouiller à quelques lieues, dans la rade du Prony, entre des montagnes au sommet pelé et aux flancs verts. C'est le lendemain qu'on était reparti et Henri se souvient encore des récifs à fleurs d'eau.

Le commandant a enfin terminé son discours. Le Père Jannin s'approche du cercueil, le bénit. Des clairons entament alors une sonnerie de salut aux morts qui se répercute entre les casernements, l'hôpital, le château d'eau.

Les délégués déportés se découvrent, comme les civils présents et les auxiliaires canaques.

Tandis que six hommes soulèvent le cercueil et commencent à avancer doucement vers le débarcadère, Henri avise la chaloupe qui, depuis la *Vire*, approche. De nouvelles impressions anciennes reviennent, très nettes. Sur le pont du *Cher*, ce fameux jour de septembre 1873, alors que le transporteur approchait de la baie de Kuto, Henri avait été frappé par ce plateau rougeâtre qui dominait toute l'île, planté au milieu d'une forêt sombre de cocotiers, pandanus, pins colonnaires et cicas, et déséquilibré au sud-est par le pic N'Ga, un furoncle aux flancs escarpés et gris.

Plusieurs chaloupes avaient été nécessaires pour emmener tous les déportés au débarcadère. A chacun d'eux, on avait distribué des matelas et des draps, et, pour ceux qui n'avaient pas d'argent, une tente-abri. Puis on avait affecté chaque déporté à une commune.

Les surveillants étaient brutaux, arrogants, mécaniques. Heureusement, il y avait l'accueil chaleureux, effervescent, exubérant des déportés résidents qui avaient fait le voyage jusqu'au territoire militaire et qui, agglutinés autour de l'entrée, attendaient dans une impatience bruyante les débarqués du jour. Une livraison de déportés, c'était l'occasion d'avoir des nouvelles fraîches en provenance de France, en tout cas des nouvelles ayant tout au plus… quatre ou cinq mois, ou de retrouver un compagnon perdu, ou de découvrir de nouveaux visages.

Deux hommes, un ouvrier imprimeur et un cordonnier, avaient réservé à Henri, Nicolas et Edouard l'accueil le plus généreux qui fût, dans leur modeste case bâtie tout en haut de la deuxième commune, une case où les lianes remplaçaient souvent les clous et où les paillasses étaient faites de mauvais sacs récupérés ici ou là. Ces hôtes improvisés ne les connaissaient absolument pas, mais ils avaient souffert eux-mêmes sept mois auparavant de l'abandon dans lequel l'administration laissait les nouveaux exilés et ils voulaient simplement, dans un premier temps, leur éviter les affres qu'ils avaient connues. Il fallait au moins que la première nuit fût une nuit où des hommes tendaient la main à d'autres hommes. Les difficultés viendraient après et il serait toujours temps de construire une paillote sur une concession après une procédure bureaucratique, tatillonne et absconse.

Lorsque le cercueil, suivi du commandant, des chefs de camp, du surveillant-chef et des différents officiers, parvient au bout du débarcadère, la dispersion est ordonnée et Henri peut repartir vers son gourbi.

Sans trop savoir pourquoi, l'ancien journaliste se sent mal à l'aise. Le lieutenant Marcou n'était certes pas l'homme le plus sympathique de la terre, mais il est mort, d'une certaine manière, pour rien, et de la main de ceux qu'il tenait pour quantité négligeable.

- 17 -

– Mon mari m'a dit que vous avez suivi pour votre journal l'exposition universelle de 1867.

Adélaïde, la femme du commandant, est entrée sans bruit dans la pièce qui sert de salon et où Henri, depuis quatre semaines déjà, six jours par semaine, le matin, dispense à Benjamin, son fils, des cours de français, d'histoire ou de géographie. « Ne vous occupez pas de moi ! » a-t-elle murmuré avec un petit geste de la main. Elle s'est assise dans le fauteuil grenat trônant auprès d'un guéridon. Elle a immédiatement entamé un travail de broderie et, semble-t-il, n'a plus relevé les yeux. Elle est vêtue d'une tarlatane de coton assez simple mais son corsage s'orne d'une rosette en satin de soie rouge.

Pendant quinze minutes encore, Henri a expliqué à Benjamin les grandes mutations scientifiques, économiques et sociales intervenues en France depuis la Monarchie de Juillet. Benjamin est un adolescent attentif et appliqué : ces dispositions compensent une intelligence lente et une grande timidité. De temps à autre, Henri lance un regard à la dérobée vers sa mère assise à quelques mètres, tout à son ouvrage, et il savoure tour à tour les lèvres pâles, aux commissures desquelles apparaît de temps à autre un petit bout de langue rose, la blancheur du cou, la fermeté des seins sous l'étoffe. Quel âge cette femme peut-elle avoir ? « Trente-six, trente-sept ans tout au plus », se dit Henri, tandis que, sur un mouvement du corps d'Adélaïde, un petit jupon plissé dépasse sous la robe.

– Mon mari et moi étions alors en Algérie, ajoute Adélaïde, avant même qu'Henri puisse répondre. J'aurais tant aimé ! Racontez-moi.

Elle fixe à présent le communard, la tête légèrement penchée. Ses yeux semblent plus clairs, mais on y trouve toujours ces éclats dorés, cet effet de paillettes qui a tant séduit le jeune journaliste lors de la première rencontre. Les rayons du soleil filtrant à travers les jalousies poudroient derrière ses épaules et jettent des étincelles dans ses cheveux.

– Je suis allé tous les jours sur le site de l'exposition pendant une semaine, répond Henri. Le monde entier était rassemblé sur quarante hectares : je ne voulais à aucun prix en perdre une miette.

Adélaïde pose son ouvrage sur le guéridon, redresse le buste, tendant le tissu sur les seins. Des yeux, elle l'encourage à poursuivre.

– Pour l'exposition, on avait bâti un palais absolument sans grâce, circulaire, immense. Apparemment, les architectes avaient voulu surtout mettre en œuvre les dernières techniques.

– C'était au Champ de Mars, je crois ?

– Tout à fait. Entre la Seine et l'Ecole Militaire.

Henri a arpenté vingt fois, cent fois, ce gigantesque édifice. Selon la volonté de ses concepteurs, à partir du centre, on empruntait des voies qui conduisaient de l'esprit vers la matière, de l'abstrait vers le concret, tandis que des galeries suivaient autour de ce même centre des orbites concentriques, chacune d'elles étant consacrée à une gamme de l'activité humaine. Là où les voies rayonnantes coupaient les galeries, se trouvaient les limites de chaque îlot affecté à une nation. Le journaliste avait pu admirer les œuvres d'art des origines géographiques les plus diverses. Il s'était extasié devant les modes vestimentaires. Il avait examiné avec soin tout ce que le génie humain pouvait produire de machines, d'engins, de systèmes mécaniques, de dispositifs techniques, remarquant au passage les derniers-nés de l'artillerie prussienne – les canons des aciéries Krupp. Il avait essayé les spécialités gastronomiques de la Russie, de l'Espagne, de l'Italie, goûté les thés anglais, dégusté quelques punchs, apprécié les mérites de la vodka.

– Autour du palais, poursuit Henri, se trouvait le parc de l'exposition. Au milieu des arbres et des pelouses fleuries, chaque nation y avait planté un exemple de son génie architectural. Avec cependant le souci de donner vie à ce qui était finalement un décor. Au milieu de ce théâtre d'illusions, le visiteur déambulait Il passait des arabesques orientales du pavillon turc à l'isba, du cottage britannique au bazar égyptien, d'une chapelle gothique à une fermette suédoise, d'une maison de bambou à un moucharabieh... Et tout cela au milieu des chants et danses folkloriques, des costumes traditionnels et encore des dégustations gastronomiques. J'ai vu, j'ai vu...
– Comment devient-on journaliste ? interroge brutalement Adélaïde.

Quelque chose dans sa voix est plus grave.

– Parce que son père l'est déjà ! réplique Henri du tac au tac, avec un large sourire. Mais c'est une mauvaise réponse : s'il est vrai que mon père était journaliste et m'a poussé vers cette profession, le père de mon père était canut, à Lyon, sur la colline de la Croix-Rousse, vous savez, la colline qui travaille, par opposition à la colline de Fourvière, la colline qui prie. Rue de la Grande-Côte, dans un vaste immeuble au crépi ocre, mon grand-père avait installé son domicile et son atelier. Le métier occupait la plus grande partie de la pièce principale, très haute de plafond. La famille mangeait dans un coin, là où se trouvaient la cuisinière et le vaisselier. Deux chambres avaient été aménagées dans la soupente, une pour les parents, une pour les quatre enfants, et on accédait aux deux par une échelle de bois. Les deux apprentis dormaient à côté du métier, sur une paillasse que l'on installait le soir et rangeait le matin. Mais je vous ennuie avec tous ces détails...
– Non, je vous en prie, continuez. Je ne connais que les garnisons, les casernes, les forteresses, les ...
– Les prisons ?
– Continuez, je vous en prie !

– Tout ce que je vous dis là, c'est mon père qui me l'a raconté. Le métier à tisser était monumental. C'était une machine impressionnante, une Jacquard. Des années durant mon père a vu son père s'asseoir devant le rouleau, de guingois, actionner la pédale de bois pour soulever les fils de la chaîne, repousser le battant, lancer la navette entre les fils, la recevoir, tirer de nouveau le battant, serrer les coups et recommencer, recommencer encore, des milliers de fois, dix à treize mille fois par jour. Quand mon grand-père allait se coucher, il avait les yeux rouges de fatigue et ne distinguait plus rien. Toute l'enfance de mon père a été rythmée par le bruit monotone de la navette, le grincement des poulies, le battant frappant la trame en cadence.
– Benjamin ! écoute donc Monsieur Amérieux.

Depuis quelques minutes, l'adolescent, qui se sent délaissé par les adultes, manifeste quelques signes d'impatience.
– Maman, je peux me lever ?
– Ce serait grossier vis-à-vis de ton professeur. Attends qu'il ait terminé !
– Mais j'ai terminé, Madame, intervient Henri.
– Non, vous n'avez pas terminé. Je ne sais toujours pas comment votre père est devenu journaliste en dormant auprès d'un métier à tisser.

Adélaïde sourit, dévoilant ses superbes dents blanches, tandis qu'une chaude lumière illumine son regard.
– Très tôt, mon père a aidé aux menus travaux, poursuit Henri, complaisant. Puis, à quatorze ans, son père a fait de lui, officiellement, après une petite cérémonie, un apprenti. Mon père a alors connu les dures et longues journées de travail, souvent prolongées à la lueur des chandelles. Mais, plus ou moins encouragé par des amis de son père, des hommes qu'il rencontrait à intervalle régulier, mon père a appris à lire et à écrire, a dévoré tous les livres et journaux qui lui tombaient sous la main. Et un jour de juin, alors qu'il venait de fêter ses dix-neuf ans, mon père a dit brutalement à ses parents : « Je veux être journaliste ». Et il l'a été. Il a

écrit son premier article comme journaliste lorsque Charles X a fait appel à Polignac pour former un nouveau cabinet. Mon père, dans le petit journal provincial où il travaillait, s'est contenté de gloser autour d'une interrogation fort pertinente servant de titre : *« Où va-t-on ? »*.

– Où va-t-on ? répète Adélaïde, soudain songeuse.

Puis se ressaisissant, elle se lève, s'empare de l'ouvrage de broderie, le repose. Durant un bref moment, elle paraît hésiter sur ce qu'elle va faire, tandis qu'elle croise les doigts.

– Venez ! dit-elle finalement, en se dirigeant vers la grande salle commune, le jupon - la balayeuse - traînant avec un bruit de frou-frou. Je vous ai préparé une tourte. Vous pourrez la manger avec les autres déportés dont vous partagez la case.

– Le gourbi, voulez-vous dire ?

Adélaïde se retourne vivement. Son regard s'est assombri. Les mains chiffonnent la robe d'un geste nerveux.

– C'est avec le plus grand plaisir que j'accepte la tourte, s'empresse de dire Henri. La dernière que vous avez eue la bonté de préparer était absolument succulente.

– La bonté de préparer ? interroge Adélaïde en haussant le sourcil. Il n'y a pas de bonté dans ce que j'ai envie de faire... Non, certainement pas de la bonté. En tout cas, ce n'est pas le mot qui convient...

Et Adélaïde insiste sur les mots, comme si le propos était grave.

- 18 -

Toute la matinée, les alizés de l'est ont soufflé très fort, agitant les jalousies. Benjamin, contrairement à son habitude, a été nerveux, distrait. Selon sa mère, c'est paraît-il habituel lorsque son père quitte l'île des Pins pour aller à Nouméa, ce qu'il a fait la veille avec le *Coëtlogon.* Son absence doit durer au plus huit jours.

– J'aurais souhaité vous parler.

Adélaïde a surgi silencieusement alors qu'Henri fermait soigneusement l'encrier portable, rangeait les porte-plumes dans une boîte en bois rouge, empilait les cahiers.

– Benjamin, le Père Jannin t'attend devant l'infirmerie.

Benjamin, l'air maussade, salue rapidement Henri puis sort la tête basse.

– Vous vouliez me parler, disiez-vous !

Henri, debout, observe Adélaïde. Elle a les cheveux tirebouchonnés à l'anglaise, une robe à corsage plat. Mais la jeune femme ne regarde pas le communard : elle a pincé entre ses doigts le devant de sa robe et elle concentre toute son attention sur les reflets du tissu.

– Je voulais… commence Adélaïde sans relever la tête.

Henri s'approche de deux ou trois pas. Il a encore sous le bras un carton de papiers : il le repose prestement sur la table.

– Vous vouliez ?

Le journaliste croit deviner un frémissement dans les épaules de la jeune femme, qui continue de pétrir le petit bout d'étoffe saisi entre ses longs doigts. Puis Adélaïde pousse un long soupir, comme si elle se libérait, et enfin relève la tête. Un pli marque son front et arque les sourcils. Il semble à Henri que les yeux sont légèrement mouillés, mais les paillettes d'or sont toujours aussi admirables.

– Je voulais vous dire que je ne désire plus...Je veux que vous arrêtiez de donner des cours à mon fils. Vous avez fait un admirable travail et, comme mère, je vous suis très reconnaissante, infiniment reconnaissante. Jamais je ne pourrai vous remercier de tout ce que vous avez fait pour Benjamin, des progrès que vous lui avez permis. De tout cœur, je ...

– Vous ne voulez plus que l'on se voie ?

Henri s'est approché : il est désormais à un mètre à peine d'Adélaïde.

– Non ! Ce n'est pas cela du tout que je veux dire ! Vous vous trompez !

Adélaïde a presque crié.

– Vous ne voulez plus que l'on se voie, c'est donc ça ?

Et tandis qu'Adélaïde agite la tête, en fermant les paupières, la bouche légèrement ouverte, incapable de répondre à cette interrogation pressante, Henri fait le dernier pas qui le sépare encore de la jeune femme, pose les deux mains à plat sur ses épaules, les fait remonter lentement vers la nuque, immobilise enfin le visage. Une larme coule, glisse jusqu'à la petite ridule, s'arrête un instant sur la lèvre inférieure. C'est là qu'Henri, avec une infinie douceur, vient la boire. L'haleine d'Adélaïde est chaude et légèrement parfumée aux senteurs d'acacias. Elle ne fait rien pour éviter ce baiser à demi chaste. Elle ne résiste pas plus quand Henri, avec une infinie douceur mais en maintenant la fermeté de l'étreinte, prend dans sa bouche toute la lèvre inférieure.

– Adélaïde ! murmure-t-il.

Jusqu'à présent, Adélaïde est restée toute droite, le menton relevé, les bras le long du corps. Quand toute sa bouche fusionne avec celle d'Henri, ses mains se posent sur les hanches de l'homme, remontent doucement puis, glissant sur le dos, resserrent les deux corps à présent enlacés. Désormais, langues emmêlées dans un tourbillon d'émotions, les yeux fermés, le souffle court, Henri et

Adélaïde s'évadent dans cet instant en dehors du temps que tous les amants connaissent lors de leur première étreinte.

– Nous ne devons pas.... parvient à prononcer Adélaïde lorsque Henri, quittant sa bouche, lui mord le lobe de l'oreille et l'embrasse dans le cou, tandis que, d'une poigne puissante, il la serre contre lui et plaque son ventre sur le sien.

– Henri, nous ne devons pas ...

– L'important est ce que nous avons envie de faire, réplique Henri. C'est toi-même qui me l'as dit un jour.

Et sans attendre de réponse, Henri soulève Adélaïde entre reins et saignée des genoux, la transporte ainsi jusqu'à la porte donnant sur la chambre, une porte qui est restée légèrement entrouverte, va droit jusqu'au grand lit, là où la moustiquaire est relevée, allonge la jeune femme. Celle-ci, paupières closes, a choisi résolument de se laisser faire : seuls les mots doivent encore exprimer une protestation.

Sur le lit, Henri embrasse la bouche d'Adélaïde. De la main, par-dessus l'étoffe, il caresse ses seins. Mais leur désir partagé est trop violent, trop exigeant pour autoriser de longs préliminaires.

– J'ai envie de... souffle Henri, la bouche sèche.

Il repousse la robe, un organdi de lin blanc imprimé de rayures bleues, le jupon, dénoue le ruban qui retient à la taille la culotte de coton, découvre le ventre plat jaillissant du coutil, le pubis et l'épaisse toison brune, la peau blanche des longues jambes, les grains de beauté de l'aine. Puis Adélaïde, sur une légère pression, ouvre complètement les jambes et redresse le bassin, révélant aux regards enflammés de l'homme les pétales ambrés d'une fleur mystérieuse, déjà ouverte et luisante du suc du désir.

Henri a trop soif de ce corps offert, calice de promesses délicieuses : saisissant à deux bras la taille de la jeune femme, il plonge la bouche entre les lèvres chaudes et humides, s'empare aussi loin qu'il peut du sexe d'Adélaïde. Celle-ci pousse un petit cri, se met à haleter. Le jardin secret d'Adélaïde a le goût et le parfum – il est des moments où la bouche et le nez mêlent leurs sensations – de menthe et de goyave, avec jusque ce qu'il faut de saveur musquée pour faire de la perception une véritable émotion. Le fouillis de la robe et du jupon, depuis longtemps, est retombé sur la tête du journaliste et c'est d'une manière étouffée qu'il entend les soupirs ou le râle de sa maîtresse.

Son excitation devient trop forte. Il fait glisser en hâte son pantalon de toile écrue, baisse de même le caleçon, mais sans prendre le temps de le retirer complètement et, d'un seul mouvement des reins, il pénètre Adélaïde, qui à nouveau pousse un cri, plus rauque.

Adélaïde enserre le corps de l'homme dans ses jambes, l'immobilisant au fond d'elle-même. Puis, lentement, elle entreprend de dérouler de puissantes contractions de son bassin. Elle a parfaitement deviné qu'Henri, dans son état d'excitation et en raison de son abstinence forcée pendant de nombreux mois, ne pourra pas tenir plus de quelques secondes. A présent, c'est elle qui mène le jeu.

– Tu jouiras en moi quand je le voudrai.

Les quelques minutes qui suivent sont un pur délice. Se guidant au souffle de son amant, attentive au rythme de ses soupirs, sensible aux plus subtiles vibrations, elle le conduit lentement vers ce sublime moment où, dénouant l'étreinte de ses cuisses, elle lui dit simplement :

– Maintenant !

Alors Henri, libéré, soulève le bassin d'un seul mouvement, reste ainsi un bref instant d'éternité, se cambre tout aussi brutalement. Adélaïde pousse un premier hurlement. Déjà, Henri recommence le mouvement, les mains des deux amants s'étreignent convulsivement. Il y a un deuxième hurlement d'Adélaïde. C'est lors du troisième cambrement que leurs cris se mêlent.

- 19 -

La petite bouche, soulignée par l'éventail, s'agitait au gré des paroles que prononçait la jeune femme, paroles adressées à une autre femme dont Nicolas Moreau voyait simplement les épaules dénudées. Au moment où il s'attardait sur l'œil et la pommette, il se demandait pourquoi l'inconnue ne portait pas de masque, tout en admettant que c'eût été bien dommage. Quand un nouveau quadrille était relancé, plus haletant que les précédents, il sentait ses jambes partir vers l'avant et il se dirigeait tout droit vers la demoiselle à l'éventail.

– Puis-je vous inviter ?

L'éventail se baissait légèrement, la pupille noire se posait sur Nicolas, la petite bouche frémissait un instant et puis les mots tombaient, comme des perles.

– Volontiers, Monsieur.

La main était douce, quoiqu'un peu maigre. Nicolas la tenait ferme. La jeune femme dansait bien, avec souplesse et élégance. Le menuisier se sentait un peu gauche. La petite bouche ne disait plus rien et la pupille noire regardait droit devant elle. Une goutte de sueur perlait sur la tempe, entre deux mèches de cheveux…

Combien de fois Nicolas a-t-il revu cette scène, les yeux fermés ? Vingt, cinquante, cent, cinq cents fois, chaque fois que, depuis son arrivée à l'île des Pins, il vient s'installer, solitaire, sur ce rocher gris aux reflets bleutés. Cette scène colorée flotte devant ses yeux dès qu'il s'isole dans cet endroit sauvage de la baie de la Corbeille, au niveau de la deuxième commune. Il quitte sa case de Koeville, quand les crêtes du plateau de fer se frangent de lumière orange, il suit la route de ceinture sur deux cent cinquante mètres puis il s'enfonce dans la forêt, peu épaisse à cet endroit, atteint vite la plage. Son rocher est là, niché en partie sous des racines de palétuviers comme un nourrisson dans les bras de sa mère, fumant encore de l'haleine de l'aube. Il l'escalade, en enfonçant les doigts dans les trous taraudés de la roche, s'assied jambes écartées et visage tourné vers l'océan, puis, fermant les yeux, il prend une profonde inspiration, toutes narines dilatées entre ciel et eau, n'écoutant plus que le soupir lent et régulier de la vague léchant la grève. C'est alors que surgit la même scène, *la* scène du bal.

– Comment vous appelez-vous ?
– Virginie. Et vous ?
– Virginie ? Je trouve ce prénom fort beau.
– Et vous, comment vous appelez-vous ?

La petite pupille noire était attentive. Les dents blanches, légèrement brillantes, apparaissaient derrière les lèvres.

– Nicolas. Nicolas Moreau. C'est la première fois que je viens ici. Je suis menuisier-ébéniste.
– Ah bon ?

Nicolas ne savait comment interpréter la moue.

– Oui ! Je travaille dans le Faubourg Saint-Antoine.
– Moi, je suis ici avec ma sœur et mon frère. Là-bas. Vous le voyez, là-bas ?

Nicolas jetait un rapide coup d'œil vers un grand gaillard à chapeau claque et qui portait un masque de diablotin…

Dans ces moments de solitude, des parfums mêlés viennent titiller ses narines, effluves de la mangrove tout proche, bouquets d'eucalyptus, arômes poivrés des herbes folles, fragrances des résédas, fumets des foyers éteints, exhalaisons des acacias et cerisiers. Peu à peu, son corps se détend, la masse qui pèse sur son cœur se fait plus légère. Il s'apaise, se délivre, se pacifie. Et le même tableau, toujours se grave sur l'envers des paupières.

La petite bottine de Virginie semblait animée d'une vie autonome. Nicolas ne pouvait s'empêcher d'y jeter de brefs coups d'œil, passant ainsi de la bottine à l'œil et de l'œil à la bottine.

– Vous dansez bien.

Elle souriait, et Nicolas aimait déjà ce sourire.

– Dans toute cette foule, c'est vous que j'ai remarquée.

Elle riait puis fronçait le sourcil.

– Vous me faites déjà la cour !

– Mais je vous fais la cour depuis le début !

Alors, ils s'esclaffaient tous deux et repartaient dans leur quadrille, plus enthousiastes et plus heureux encore…

A l'île des Pins, l'ennui et la lassitude pourrissent toute énergie, l'oisiveté gâte toute volonté, la misère morale est partout. L'errance des corps, le désespoir, le découragement, les lenteurs du courrier, le dénuement, le regret de la patrie lointaine, l'alcoolisme ravagent la vie des déportés. On ne compte plus les suicides, les cas de folie. Certains voient la sixième commune – le cimetière - comme une délivrance. On se lève au son du clairon à cinq heures trente et on se couche au son du clairon à six heures, mais, entre les deux sonneries, les oreilles n'entendent plus que le bruit de plus en plus assourdissant du néant.

Masquer le désespoir, l'oublier, s'assommer dans le tafia, errer sans but, c'est le lot de beaucoup. Nicolas, quant à lui, a choisi de supprimer l'éloignement en entretenant, nourrissant les images surgies de sa mémoire.

C'est à l'Opéra, rue Lepelletier, que Nicolas a rencontré pour la première fois Virginie, celle qui devait devenir son épouse quelques mois plus tard. Dans cet établissement, à l'époque, on donnait des représentations lyriques absolument éblouissantes. Mais il s'y déroulait également, pendant la saison d'hiver, des bals masqués, l'Académie de Musique ne dédaignant pas de renforcer l'équilibre du budget en louant la salle, préalablement débarrassée des sièges du parterre, à un organisateur de bals. Semaine après semaine, saison après saison, ce bal avait de plus en plus de succès. Il est vrai qu'il était l'occasion de mélanger, dans un cadre grandiose et prestigieux, toutes les classes sociales du Second Empire, avec en plus les audaces, la licence, le laisser-aller, la gourmandise canaille qu'autorisent le masque et le déguisement. Certes, beaucoup de grisettes et lorettes venaient y chercher l'aventure, au sens que le mot avait au temps de la course en mer, certes la grivoiserie, l'indécence et l'hypocrisie épousaient le temps d'un soir l'élégance et la timide pudeur. Mais cette liberté, ces excès, ce déploiement énorme, trivial, fascinaient et, dès la tombée du jour, alors que les portes ne devaient s'ouvrir qu'à minuit, les queues s'allongeaient devant l'Opéra, brillantes et colorées.

Un soir de décembre 1868, Nicolas Moreau, après avoir acquitté la somme considérable de dix francs (les femmes payaient seulement la moitié), s'est mêlé à la foule nombreuse. Il avait mis pour l'occasion ses vêtements les plus habillés et portait simplement un masque noir. Les danseurs s'agitaient sur la piste mais il y avait un monde considérable dans les loges, de la soie, de la moire, du velours sur des épaules nues, des vestes, des redingotes. Le rideau de scène avait été levé. Tout était inondé de lumière. Mille couleurs, plus chatoyantes les unes que les autres, agressaient le regard, l'enivraient. Les rires, les cris fusaient de toutes parts. Des femmes en maillot ou avec des pagnes de cuir agitaient des bracelets de bimbeloterie. Un gros homme déguisé en enfant de chœur faisait virevolter les surplis de sa chasuble, en jetant en l'air une calotte rouge sang. Une marquise peinturlurée de farine montait sur les épaules d'un jeune homme vêtu d'un débardeur à grosses rayures.

On éprouvait le sentiment que tout était possible et ce sentiment gonflait la poitrine de Nicolas. Il suivait du regard un quadrille endiablé quand son attention a été attirée par une jeune femme agitant doucement un éventail. Apparemment, elle était habillée comme une espagnole. En tout cas, son costume évoquait pour Nicolas le costume traditionnel des femmes de ce pays. Seule une partie du visage était visible car le reste disparaissait dans une coiffure compliquée. Nicolas, bientôt, n'a plus vu que l'œil, un œil à la pupille noire, avec un arc presque parfait du sourcil. Il a suivi l'arête du nez et s'est arrêté sur une petite bouche légèrement enflée au niveau de la lèvre inférieure, absolument charmante. Et la petite bouche s'agitait, s'agitait...

Sur son rocher de lave, Nicolas vit un moment exceptionnel d'intimité, de recueillement. Il est bien au-delà de la mélancolie ou de la nostalgie. Il y a quelque chose de mystique, d'initiatique dans cette immobilité du corps partageant avec la nature environnante, comme dans une union charnelle, le secret de la paix retrouvée, de l'harmonie reconstituée.

– Je travaille chez Dusautoy, une maison de confection. Je crée des modèles. Je dessine des robes, des nouveautés.
– Vous êtes donc la personne la plus importante de cette maison de confection, appréciait Nicolas, enthousiaste.

Virginie riait de sa naïveté, de ses jugements juvéniles.
– Nous sommes nombreux à dessiner chez Dusautoy. Il y a trois mille trois cents personnes qui y travaillent.
– Non ?

Il la regardait, bouche arrondie et yeux étonnés, prenait conscience que le quadrille venait de prendre fin. Il aurait tout donné pour croquer dans cette bouche comme dans un fruit mûr. Son regard s'égarait sur la courbe des seins, plantés haut, la ligne des hanches. Virginie était toute de séduction naturelle. Il suivait les bottines qui trottinaient vers un groupe. Sa main effleurait le dos, hésitait sur le creux des reins. Il avait chaud. Il était heureux.

Que n'était-il venu plus tôt en ce lieu ?

C'est sur le boulevard de Clichy, à la *Reine Blanche*, que Nicolas a trouvé pour la première fois l'occasion de se déniaiser. Il avait tout juste vingt ans. Ce bal populaire connaissait alors un très grand succès. La grisette qui l'a accueilli dans sa chambre, un galetas petit mais ordonné, était blanchisseuse. Les trente-cinq francs par mois que lui versait la patronne de la boutique où elle travaillait étaient évidemment insuffisants et la jeune femme - une petite brune au nez mutin - ne voyait pas grand mal à arrondir cette maigre paie en s'abandonnant moyennant « un petit cadeau » à un cavalier après le quadrille. Nicolas a été maladroit et pitoyable, mais la demoiselle avait sous sa robe rouille des fesses du plus délicieux dessin et surtout un grain de peau des plus doux.

Le jeune menuisier a eu d'autres aventures, avec d'autres grisettes, puis il a consommé un peu plus vite sa maigre épargne en fréquentant le *Bal Mabille*, établissement des Champs-Elysées ratissé par des lorettes tout aussi complaisantes mais certainement plus exigeantes.

Le *Bal du Château Rouge* lui a laissé un goût amer. Si elle dansait le can-can avec une ivresse communicative, la grande blonde qu'il y a rencontrée et avec laquelle il a passé une nuit sportive lui a laissé des souvenirs plus coûteux en soins que les trois francs cinquante acquittés pour accéder à cet établissement finalement si mal fréquenté…

Nicolas ouvre les yeux quand il entend le roucoulement de deux poules de marais qui, à pas comptés, approchent de son rocher en suivant la ligne du sable mouillé. Mais ce ne sont pas ces gallinacés qui mettent fin à son rêve éveillé, c'est le désir soudain d'éjaculer, d'évacuer tout ce sperme dont il se sent lourd. En une autre occasion, sans doute se masturberait-il. Il l'a déjà fait, ici, sur ce refuge de pierre. Mais ces poules de marais, assez curieusement, l'en dissuadent, comme s'il ne voulait pas que ces imbéciles volatiles soient témoins de la misère sexuelle dans laquelle tous les déportés sont confinés et d'où certains ne sortent qu'à un prix très élevé.

Nicolas ne comprend pas comment d'autres déportés peuvent céder à la tentation d'une liaison avec la femme d'un surveillant ou d'un officier de l'infanterie de marine, ou peuvent accepter de se livrer à ces accouplements avec les femmes indigènes, pour ne pas parler d'autres déviations. Par exemple, le jeune homme a du mal à concevoir que Prosper Desfossés puisse se résoudre à « lâcher la purée » - c'est son expression favorite - dans des copulations bestiales avec ces femmes canaques qui, autant qu'il a pu en juger, puent épouvantablement, du bec comme du reste. Quant aux Européennes qui se sont risquées à venir rejoindre qui son mari, qui son compagnon, elles servent pour la plupart à trop d'hommes pour mériter le respect d'un seul. Pour le jeune menuisier, la fidélité est une chose sacrée, comme le serment de franc-maçon qu'il a prêté il y a quelques années.

Prosper et d'autres se moquent de la rigueur, voire de la rigidité, affichée par Nicolas dans le domaine sexuel, le premier à occuper les esprits après celui - fondamental - de la subsistance. En particulier, Prosper répète à l'envi que « le cul du naturel vaut mille fois mieux qu'une bonne branlette », même s'il avoue que les femmes indigènes n'ont aucune sensualité, aucune disposition pour les choses de l'amour, et rendent tout insipide par leur servilité mécanique de femelles dédiées aux travaux les plus lourds et à la reproduction. Un déporté, natif de Puteaux, toujours prompt à lancer quelques saillies - sans jeu de mot - sur le sujet du sexe, partage totalement la position de Prosper mais avec une nuance :

– N'oubliez pas, a-t-il dit un jour, que les naturels ont été jusqu'à une date récente, et sont peut-être encore aujourd'hui pour certains d'entre eux, des anthropophages. Alors soyez prudents quand vous demandez à votre popinée de jouer de la flûte : elle risque de faire des fausses notes.

Un autre compagnon d'infortune, comme Nicolas, considère quant à lui qu'il manquerait gravement à Jeanne, sa femme, et plus encore peut-être à sa dignité, s'il avait une relation sexuelle avec une Canaque. Mais il y a dans l'opinion de cet homme un fond détestable qui met Nicolas mal à l'aise : c'est que l'individu n'est pas loin de penser que l'accouplement d'un Blanc avec une Canaque est de la même nature que les pratiques zoophiles de certains déportés.

Tandis qu'il reprend la route circulaire, prenant garde à ne pas soulever trop de poussière rouge, Nicolas songe qu'il est bien difficile d'oublier son corps, de s'élever au-dessus de la chair. Il soliloque encore à propos du même sujet, tout en s'étonnant de partager certaines interrogations des religions, lorsqu'il est hélé par un déporté, passablement essoufflé, qui lui lance :

– Ils ont découvert la baleinière. Apparemment, le commandant a été prévenu par une lettre anonyme. C'est la battue générale. Il y a des gendarmes à cheval partout. L'infanterie de marine est sous les armes. Il y a des patrouilles de surveillance le long de la mer.

Le dernier projet d'évasion a donc été éventé. Nicolas, Edouard, Henri et leurs fidèles ont depuis longtemps fait valoir que l'on ne peut pas s'évader de l'île des Pins, mais certains déportés, sourds à tous les conseils et aux mises en garde, veulent quand même tenter l'aventure. Ils ont fabriqué en secret, nuit après nuit, dans du bois de kohu et accessoirement du bois de buni, une embarcation qui tient à la fois de la baleinière classique et de la pirogue. Ils ont finalement été victimes d'une délation. Aucune évasion de l'île des Pins n'a jamais abouti. La seule évasion qui ait réussi est celle de Rochefort, en mars 1874, avec quelques compagnons, mais c'était à partir de la presqu'île Ducos. Pour les déportés de l'île des Pins, cette « cavale » du député a entraîné surtout des interdictions complémentaires, des mesures de sécurité renforcées, des vexations de plus. Le docteur Rastoul, de son côté, était parvenu avec d'autres à se lancer à l'assaut de l'océan, mais on avait retrouvé quelques jours plus tard, échoués sur la plage, des débris de son embarcation et quelques cadavres.

Henri, comme délégué auprès des autorités, va encore devoir négocier, discuter, traiter, compromettre. « Si son idylle avec la femme du commandant lui laisse quelque loisir », songe Nicolas, soudain amer.

- 20 -

Pour ceux que ne tentent ni la culture d'une mauvaise terre dans le cadre d'une concession, ni le concassage de cailloux pour couvrir des routes qui n'aboutissent nulle part, ni l'importation et la vente de produits de première nécessité pour une clientèle désargentée, il reste aux déportés de l'île des Pins l'enseignement, quelques fonctions très particulières ou l'aventure sur la Grande Terre.

Henri Amérieux, en dehors de ses fonctions de délégué de la deuxième commune, donne des cours particuliers au fils du commandant de l'île et aux deux filles d'un sous-officier, mais assure également des formations régulières, pour enfants et adultes, dans l'école de la première et de la deuxième communes. La Grande Terre n'a jamais représenté pour lui une tentation quelconque, même avant sa liaison avec Adélaïde.

Nicolas Moreau, Edouard Deval et Prosper Desfossés, dès qu'ils ont été en droit de le faire, c'est-à-dire dès le début de 1874, ont demandé à aller travailler sur la Grande Terre. Pour cela, il fallait présenter une requête, envoyée au Garde des Sceaux, lequel la transmettait au ministre de la Marine et des Colonies, lequel demandait ensuite au gouverneur de la Nouvelle-Calédonie de faire une enquête sur l'impétrant et d'examiner si une telle autorisation présentait un inconvénient. Lorsque l'enquête avait été réalisée, le gouverneur répondait au ministre de la Marine et des Colonies, qui répercutait l'information au Garde des Sceaux, et ainsi de suite. Tout cela évidemment prenait beaucoup de temps et il arrivait que l'impétrant fût déjà l'hôte de la sixième commune, mangeant les pissenlits ou leur équivalent calédonien par la racine, quand la décision lui était notifiée.

Par malchance, leur requête a été présentée quelques semaines seulement avant l'évasion d'Henri Rochefort de la presqu'île Ducos. Après cet événement sans précédent, Mac-Mahon, président de la République, a dépêché en Nouvelle-Calédonie un commissaire spécial, l'amiral Ribourt, un homme violent et dur. Celui-ci a frappé fort dès qu'il est arrivé à Nouméa. Gauthier de la Richerie, gouverneur de la Nouvelle-Calédonie, Chambon, directeur de la déportation, Pouzol, commandant de la presqu'île Ducos, Duchet, commandant de l'île des Pins, et plus de trente officiers ou fonctionnaires ont été révoqués du jour au lendemain. Le gouverneur ayant regimbé, il a été embarqué de force sur un bâtiment de guerre. Leurs remplaçants se devaient d'être et ont été impitoyables. Alleyron, le nouveau gouverneur, s'était illustré pendant la Semaine Sanglante comme un spécialiste des exécutions sommaires et avait conservé de l'événement le surnom révélateur de « boucher » de la caserne de la rue Lobau. Ces mutations ont eu notamment l'effet concret d'entraîner le retour à l'île des Pins des déportés qui travaillaient sur la Grande Terre (sauf ceux qui résidaient à Nouméa) et de geler tous les départs de l'île des Pins vers la Grande Terre.

Nicolas, Edouard et Prosper ont donc dû prendre leur mal en patience.

Nicolas, par sa connaissance du bois et de la manière de l'utiliser, n'a jamais connu le moindre répit. Quand une paillote n'était pas à construire, il fallait fabriquer des châlits, des tables et des bancs, toutes choses que l'administration aurait dû normalement fournir à ceux qu'elle retenait contre leur gré. La difficulté n'était pas de fabriquer mais d'obtenir la matière première car il était en principe interdit de couper des arbres de la forêt et les livraisons en provenance de la Grande Terre ou de l'Australie subissaient les incohérences de réglementations absconses successives, sans parler de tout ce dont un menuisier-ébéniste peut avoir besoin pour exercer son art, à commencer par les clous. Nicolas donnait également un coup de main à la scierie hydraulique, dont l'administration, en particulier sur ses recommandations insistantes, avait favorisé la création. Nicolas, enfin, a été amené à réaliser - avec d'autres déportés faisant taire pour l'occasion leur stupide anticléricalisme - des travaux pour la Mission du sud puisqu'il a participé à la construction de la chaire, de la table de communion et des fonds baptismaux de l'église de Vao, ce qui lui a permis à l'occasion d'avoir avec le Père Goujon de vifs mais toujours courtois échanges sur la vérité révélée du croyant confrontée à la vérité recherchée de l'initié.

Edouard poursuit à l'île des Pins ce qu'il avait l'habitude de faire en métropole : il conseille et assiste ceux qui veulent bien faire appel à ses services pour la rédaction de courriers, requêtes, demandes, mémoires, dossiers, il aide à la solution des problèmes juridiques nés pour certaines familles de l'éloignement du mari, du fils, du frère, notamment dans le domaine des successions. Par l'entremise de son cabinet parisien, désormais administré par un délégué du Bâtonnier, il peut conduire sur le territoire français une série de démarches, remplir des formalités indispensables, engager des procédures. A cet égard, son fidèle collaborateur, Antonin Leroux, et le confrère qui l'a défendu devant le troisième conseil de guerre, René Jublain, lui sont depuis Paris d'un inestimable secours. Cette aide apportée aux autres déportés, Edouard la dispense la plupart du temps sans demander pour lui-même quelque compensation financière que ce soit, non pas que les bénéficiaires soient incapables de la donner, mais parce que sa fortune personnelle - son père et plus encore sa mère lui ont laissé en héritage, et à sa sœur et à lui, plus qu'il n'est nécessaire - lui permet, grâce aux paiements réguliers qu'il reçoit, de servir gratuitement ses congénères. De toutes les communes, on vient à la « case de l'avocat », le matin à partir de neuf heures et jusqu'à midi, et le soir à partir de seize heures, la sieste étant un rituel auquel Edouard ne déroge en aucun cas, pour consulter, faire compléter le formulaire ou rédiger le document, demander l'intervention, recueillir l'information.

Progressivement, et tout naturellement, Edouard en est venu à régler, un peu comme un conciliateur, les petits litiges survenant entre les déportés : parce qu'une société se recrée à l'île des Pins, tous les problèmes habituels d'une société se posent nécessairement, que les intéressés ne souhaitent pas soumettre au chef de bataillon - le commandant de la commune sur le territoire de laquelle ils résident - ou au commandant de l'île des Pins.

Prosper Desfossés, quant à lui, après s'être gâté la santé à étaler des granulats sur les chemins et l'épisode tragique du bain, s'est lancé résolument dans l'élevage de poules et gallinacés, et a si bien réussi qu'il vend « les produits de son exploitation » - c'est une expression qu'il aime à utiliser avec un air faussement modeste - sur tout le territoire de la déportation et en particulier aux Kabyles du camp des Arabes, près de Gadgi. On le voit souvent, avec deux ou trois compagnons, conduisant un chariot attelé d'un mulet qui fait plus de bruit que la basse-cour empilée à l'arrière.

A la fin de 1875, l'administration omnipotente a commencé à réviser sa politique en matière de départs vers la Grande Terre, le système gelé par l'évasion de Rochefort s'est réchauffé. On a enregistré les premiers départs pour la mine d'or de Fern Hill, appartenant au magnat Higginson, pour d'autres mines encore, à Pouébo, Dumbéa, Ouéga, Poya. La Grande Terre est riche en or, nickel, cuivre, fer, manganèse, chrome, plomb argentifère, cobalt, et il faut des bras : l'île des Pins est de ce point de vue un réservoir peu coûteux dans lequel il est aisé de puiser une main d'œuvre soumise.

Pour Nicolas et Edouard, l'autorisation leur est parvenue fin février 1876, après que l'île eût essuyé un cyclone pendant neuf heures, catastrophe qui a entraîné la destruction d'un tiers des paillotes, arraché des arbres gigantesques, enlevé la toiture de l'hôpital et de la prison. Nicolas, crotté jusqu'à l'échine et marchant pieds nus, traversant les fondrières et enjambant les ornières, a eu l'impression durant ces heures tragiques de revivre l'enfer du camp de Satory, près de Versailles, et cette nuit terrible de 1871 durant laquelle l'orage et les mitrailleuses avaient mélangé morts et vivants dans la même glaise sanglante[1]

Pour Prosper, la décision a tardé un tout petit peu. Mais il était fixé sur son sort dès le début du mois de juillet 1876.

Nicolas et Edouard ont été envoyés à Nouméa, l'un dans une menuiserie, l'autre dans un service administratif du gouvernorat. Prosper a été affecté à une ferme située du côté de Thio, à cent kilomètres de Nouméa, dans le nord.

---

[1] Lire, du même auteur, *Les noces rouges* (L'Harmattan, 2003).

- 21 -

Cela se passe un mardi. Trois jours auparavant, le vaguemestre a remis à Henri un courrier de Nicolas et Edouard posté onze jours plus tôt de Nouméa et que vient d'apporter le *Sendre*, qui mouille encore en baie de Kuto : tout va bien sur la Grande Terre, le travail est intéressant et bien rémunéré, les occasions de s'amuser ne manquent pas.

Comme tous les jours, Henri a franchi la barrière du territoire militaire pour venir donner son cours quotidien à Benjamin. Il fait très beau, les alizés ayant jeté très loin vers l'horizon les nuages qui s'étaient amoncelés au crépuscule de la nuit précédente du côté du pic N'Ga.

Au moment où, tournant comme d'habitude tout de suite à droite des magasins aux vivres, entre l'enclos réservé aux bœufs et la forge, il se dirige vers la maison du commandant, il voit venir vers lui le Père Jannin, marchant d'un pas vif dans sa soutane blanche.

– Elle n'est pas là ! fait l'ecclésiastique, sans autre préambule et apparemment mal à l'aise. Le jeune Benjamin non plus. Ils sont tous les deux à l'hôpital.

Comme Henri ouvre des yeux étonnés, le Père Jannin ajoute :

– Il ne leur est rien arrivé, rassurez-vous ! Ils ne sont pas là, c'est tout !

Henri observe un bref instant les mains de son interlocuteur, agitées d'un mouvement de rotation comme si leur possesseur se savonnait.

– Je vais attendre leur retour, dit Henri.

– Je ne pense pas que vous puissiez donner ce matin votre cours, précise le mariste.

Et il s'en va, sans plus d'explications, courant presque sur ses sandales rouges de poussière.

Henri reprend sa marche dans la direction de la maison du commandant. « Que peut-elle bien faire à l'hôpital ? » s'interroge-t-il. L'attitude du Père Jannin est pour le moins curieuse. Parvenu à la maison du commandant et ayant pénétré dans le hall, Henri a la surprise d'y découvrir le chef de camp de la deuxième commune et trois surveillants, dont un chargé des vivres. Ils ont l'air tendu. Henri les salue, vaguement inquiet.

– Nous aimerions vous interroger à propos d'un vol de viande, dit le chef de camp, un certain Berthomé.

Henri n'a même pas le temps de poser la moindre question. Les trois autres surveillants l'entourent, lui tordent les bras pour les placer derrière le dos et appliquent les menottes.

– Mais enfin ! peut-on m'expliquer ? proteste-t-il alors que les fonctionnaires le poussent vers la sortie.

La seule réponse est un ricanement.

Devant la maison du commandant, des soldats de l'infanterie de marine et un sous-officier, sans un mot, se joignent aux surveillants pour escorter Henri jusqu'à ce bâtiment connu à l'île des Pins sous le nom *Hôtel Bardoux* - la prison. Bardoux, principal geôlier, n'est pas là, mais son adjoint accueille Henri et son escorte avec un sourire méchant. Il est vrai qu'Henri, en qualité de délégué, a eu l'occasion, un an plus tôt, de dénoncer les violences de ce fonctionnaire à l'égard des déportés placés pour leur malheur sous sa responsabilité, ce qui a amené le commandant à faire quelques remontrances à son subordonné mais a aussi transformé l'individu en ennemi mortel.

La prison est une bâtisse sommaire, aux dimensions réduites. On conduit Henri, toujours menotté, jusqu'à une cellule éloignée de l'entrée principale et servant de cachot. Le couloir est éclairé par des jours étroits percés en hauteur, mais le mitard ne reçoit qu'une très faible lumière par des interstices du plafond.

Henri sent une poigne ferme qui le retourne, lui enlève les menottes et, d'un coup sec, fait tomber son chapeau.

– Déshabille-toi ! ordonne l'adjoint, que deux gardiens viennent de rejoindre, tandis que les surveillants et les fusiliers marins se postent à l'entrée.

– Je voudrais bien comprendre ! Où est le commandant ?

L'inquiétude d'Henri grandit, devient panique.

– Ta gueule ! Déshabille-toi ! Tout de suite !

Henri distingue à peine les traits de l'adjoint, mais il a vu l'éclat de lumière sur son bâton. Henri commence à déboutonner sa chemise. Il fait frais. Dans une cellule voisine, on entend tousser.

– Le pantalon aussi ?

– Le pantalon aussi ! Tout ! Magne-toi le cul ! On va pas rester ici cent sept ans !

Henri dénoue les lacets, enlève ses chaussures, fait descendre le pantalon et le caleçon. Quand il est entièrement nu, un frisson le parcourt.

– Allonge-toi sur le ventre !

Henri s'exécute. Le sol est une terre battue froide et humide. A peine est-il allongé que trois hommes lui rabattent bras et jambes et emprisonnent les membres ensemble dans des fers. La crapaudine ! Henri est à son tour victime de la crapaudine, un supplice prisé des garde-chiourmes bien qu'il soit interdit.

– Vous n'avez pas le droit ! hurle Henri d'une voix étranglée.

Mais déjà l'adjoint et les gardiens sortent, referment la porte avec un grand bruit de serrure. Le couloir résonne encore pendant quelques secondes du pas de l'escorte. Quelque part, un homme crie une protestation incompréhensible. Puis le silence retombe.

Henri sent que sa cuisse droite se contracte sous l'effet d'une crampe. La douleur est telle qu'il pousse un cri. Il essaie de soulager la tension de la jambe en tordant le tronc sur la gauche mais la douleur persiste et même enfle. Il respire très fort, nuque cassée pour que la bouche ne soit pas écrasée sur le sol. Il entame un mouvement de balancier, de plus en plus fort, avec une amplitude de plus en plus grande : il veut se mettre sur le côté. Il y parvient après une demi-minute d'effort. La douleur s'apaise. Mais son cœur bat à tout rompre et il a l'impression que son ventre est glacé.

Perçant à travers les interstices du plafond, une lumière bleutée de poussière jette une tache pâle sur le mur qui fait face, un mur couvert de graffitis autant qu'Henri puisse en juger. Toutes sortes d'interrogations tourbillonnent dans sa tête, des plus futiles au plus graves. Aucune ne reçoit une réponse. L'angoisse s'installe, prend possession de son être. L'épaule sur le sol, de plus en plus glacée, s'ankylose. Par leur élasticité naturelle, les jambes repliées tirent sur les bras en une douloureuse élongation.

« Combien d'heures, combien de jours ces scélérats vont-ils me laisser dans ce cul-de-basse-fosse ? » Henri réalise que sa bouche est desséchée, que sa langue colle au palais. Il a la terrible impression que ses poumons se déchirent, un peu à la manière d'un journal, tant sa respiration craque. A un moment, il sent que quelque chose, sans doute un insecte, court sur sa jambe, dégringole sur la hanche. Il se dit que les bestioles de l'endroit, elles au moins, sont libres de leurs mouvements.

« Combien d'heures encore dans ce trou à rats ? »

Henri a connu les cellules de la prison Saint-Paul à Lyon, les wagons cellulaires du ministère de la Justice avec leurs caisses grillagées, la paille des sous-sols de la prison de la Rochelle avec sa vermine grouillante, les casemates de la forteresse du Château d'Oléron, les cages du *Calvados* et sa barre de justice, mais jamais il n'a été aussi proche du désespoir. L'absence de toute explication, l'obscurité du mitard, cette douleur lancinante des membres tétanisés, la froide humidité du sol, le silence presque total de l'endroit, tout concourt à vider son énergie et sa confiance habituelle en la vie.

Même à Oléron, lorsque l'eau montait dans la casemate, noyant les châlits, tandis que les déportés hurlaient leur panique, même là Henri ne s'était pas senti aussi vide.

Henri tente de pivoter sur l'autre côté, échoue. Il esquisse quelques mouvements des bras, pour soulager la tension. « Ils vont me laisser crever ! »

Le jeune journaliste est pourtant loin d'avoir touché le fond.

- 22 -

Ils sont trois, peut-être quatre, commandés par l'adjoint. Ils surgissent brusquement, sans un mot. Il y a d'abord un grand bruit de serrure puis la porte va cogner contre le mur. La lumière du couloir ruisselle dans le mitard et Henri a le temps d'apercevoir des insectes bruns et jaunes qui fuient en tous sens.

Le journaliste sent que l'on passe une corde dans les fers qui emprisonnent ses chevilles et ses poignets puis son corps est brutalement tiré vers le haut. Il se retrouve suspendu, à un mètre cinquante à peine du sol. Dans le même temps, il éprouve une vive douleur au niveau des vertèbres lombaires, cassées par la position, et sa respiration devient extrêmement difficile.

Alors seulement l'adjoint parle.

– Le commandant n'a pas du tout aimé que tu baises sa femme. Il a même, je dirais, détesté. Il t'avait fait confiance, à toi, une petite merde. Tu donnais des cours à son fils. Bougre de salopard de communard, canaille, ordure, tu en as profité pour te jeter sur sa femme ! Le commandant m'a dit toute sa peine. Et moi, je peux pas supporter que le commandant ait de la peine. Je pense que tu as besoin d'une leçon, espèce de fumier, une leçon qui te privera définitivement de l'envie de baiser la femme d'un autre.

Henri entend les mots de l'adjoint comme s'il avait été plongé dans un liquide visqueux noyant ses oreilles. La douleur dans la région lombaire est absolument insupportable et irradie à présent dans tout le dos. De plus, l'un des fers lui cisaille un poignet.

– Tu as bien compris ? Tu as bien compris ce que j'ai dit, saloperie ? Alors toi qui donnes des cours, tu vas apprécier la leçon.

Le premier coup l'atteint à l'épaule, faisant un bruit mat. Son cri déchire l'espace clos, tandis que son corps commence à tourner.

Le deuxième coup frappe la jambe, au niveau du tibia, et il se met à tournoyer en beuglant comme un animal.

Puis les coups se succèdent, des coups de bâton que les tortionnaires appliquent avec méthode et régularité, consciencieusement, en veillant à ne pas interrompre le mouvement harmonieux de ce manège de chair meurtrie, brisée, rouée. Les bâtons tombent d'abord sur les épaules, le dos, les flancs, les bras, les mains, les pieds, les tibias, puis ce sont le thorax, le ventre, les parties génitales, les cuisses.

Henri voudrait crier, hurler sa souffrance et sa douleur, mais il ne fait que hoqueter, baver une salive ensanglantée. Ses poumons, où l'air pénètre mal, ne sont plus qu'incendie et déchirure. Il a l'impression que ses yeux vont sortir de leurs orbites, tandis que les larmes coulent. Son tronc implose, ses membres éclatent, il étouffe, se noie dans le feu de la torture. Il n'appelle plus que la mort, la désire.

Il tourne, tourne, longtemps, une éternité, des minutes sans début, des secondes sans fin. La souffrance n'a pas de durée.

Il devient objet, matière.

Seuls ses hurlements, tout droit sortis de l'Enfer, font encore de cette chose tournoyante un être vivant. Mais eux aussi, à leur tour vaincus par la violence du supplice, ne deviennent bientôt qu'un vague écho.

Quand les bourreaux ne perçoivent plus aucun cri, ils lâchent la corde et le corps martyrisé d'Henri s'affale sur le sol.

– Il se passera du temps avant qu'il puisse à nouveau se faire sucer, commente simplement l'adjoint, en assénant un dernier coup sur un bras.

Les bourreaux quittent la place.

Tous suent abondamment : on ne tourmente pas son prochain sans efforts. Leur respiration siffle. Le supplice n'a pourtant duré que quelques minutes.

L'ombre complice et veule recouvre le corps inanimé d'Henri, dont les membres sont toujours emprisonnés dans les fers.

Il y a suffisamment de plaies pour la curée des insectes.

- 23 -

Quand Henri reprend connaissance, sa première perception est un grattement, furtif et nerveux à la fois. Puis il ouvre un œil, le gauche, l'autre, trop enflé et collé au sol, refusant apparemment de réagir. Il découvre alors, à un mètre à peine, un rat qui ronge ce qui parait être un quignon de pain, en le frottant contre une espèce d'écuelle à chaque fois qu'il y plante les dents. Filtrant sous la porte, la lumière du couloir jette sur ce tableau des reflets jaunes, en allongeant démesurément les ombres. Henri veut bouger un bras, réalise qu'il est toujours entravé en même temps qu'une douleur fulgurante vient vriller son épaule. Couché sur le sol froid et humide, il ne sent rien au niveau du thorax et du ventre, mais ses épaules, son dos, ses reins, ses bras, ses jambes le font affreusement souffrir. Il remue les doigts, constate qu'un pouce ne répond pas. Parce que tout son flanc gauche le brûle affreusement, il essaie, en tournant la tête, de voir quelle est la cause, mais, n'y parvenant pas, il renonce.

Il a soif. Sa salive lui parait solidifiée, collée contre sa langue et son palais. Quelque chose s'est coagulé entre ses narines et ses lèvres. Il a froid, aussi, un froid qu'il ressent sans frisson, sans tremblement, un froid intérieur, comme si son corps était vide de ses organes.

Devant lui, le rat continue de grignoter le pain. Il y met de l'entrain, en s'aidant de ses pattes antérieures. Il ne se soucie pas de l'homme allongé, n'en redoute rien. De temps à autre, un mouvement plus brusque déséquilibre l'écuelle et un peu de liquide s'en échappe.

Il faut qu'Henri parvienne à ce récipient, il le faut maintenant. Il faut que lui aussi, après le rat, puisse mordre à pleines dents dans le pain. Si son corps ne réagit plus ou réagit mal, tout son être lui crie de lutter, de lutter encore, pour donner tort à tous les tortionnaires. Il entreprend un mouvement lent de reptation. Au début, pour chaque millimètre, son corps est parcouru d'ondes de souffrance. Puis, s'aidant de son menton, de ses épaules et de ses genoux, dominant sa douleur, il parvient à avancer plus rapidement. Le rat, surpris, le regarde de ses petits yeux ronds et froids, revient au quignon, fait à nouveau volte-face quand Henri geint, puis s'enfuit.

Pour franchir ce mètre qui le sépare de l'écuelle et du quignon, Henri met un temps infini, peut-être dix minutes, peut-être vingt. C'est une épreuve terrible, qui lui arrache des cris, porte son rythme cardiaque à une vitesse impressionnante. Mais il réussit. De nouvelles épreuves l'attendent alors. Comment boire dans une gamelle quand la crapaudine serre les poignets et les chevilles derrière les reins et qu'une bastonnade a réduit les muscles à de la chair déchirée et pantelante ? Comment soulever le menton et approcher les lèvres du liquide quand une douleur atroce risque à tout moment de faire chuter la tête dans l'écuelle, au risque de la renverser ? Pourtant, Henri, avec une infinie lenteur, triomphe des obstacles. Il n'y a pas d'eau dans la méchante assiette mais une sorte de soupe froide et puante. Henri n'en a cure : il aspire, lape, lèche jusqu'à ce qu'elle soit vide, récurée.

Epuisé par l'effort, Henri choisit de se reposer quelques minutes puis il attaque le quignon de pain. Mais celui-ci est trop léger et trop dur pour permettre à un homme d'y mordre et en prélever des bouchées. Henri réalise qu'il lui faudra à nouveau faire un effort considérable puisque c'est en poussant le quignon contre le mur qu'il pourra l'immobiliser. Cela représente encore au moins un mètre, un mètre de reptation larvaire, un mètre de souffrances, un mètre d'élancements douloureux. Mais le communard n'a aucun choix, aucune alternative. En poussant le morceau de pain, il recommence donc, joint enfin le mur, y coince la croûte, mord puis arrache une bouchée. Bouger les mâchoires lui tire des larmes, mais il mâche, longuement, imbibant la mauvaise croûte du peu de salive qu'il a pu reconstituer et du sang de ses joues. Sa faim doit être calmée et cela exige qu'il prenne son temps. Est-ce du pain qu'il absorbe ainsi ? Il n'en sait rien et s'en moque totalement. Le goût est un luxe de nanti.

Quand il a avalé la dernière miette, ce qui l'a quasiment obligé à lécher l'angle que fait le mur avec le sol, Henri prend conscience que toute l'atmosphère du mitard est empuantie. Sans doute, pendant ou après la bastonnade, ses sphincters se sont-ils relâchés. Il sait que c'est chose courante, à défaut d'être naturelle. Mais ces effluves le mettent mal à l'aise : il n'a pas eu d'hésitation lorsque l'ordre de se déshabiller a été lancé par l'adjoint, mais il se sent atteint dans sa dignité d'homme, avili, en découvrant qu'il a déféqué devant ses bourreaux.

- 24 -

Henri passe quatre jours et trois nuits dans les liens de la crapaudine et l'enfer de sa cellule perdue avant que le docteur Bertrand, médecin attaché à l'hôpital de la première commune, opérant une visite à l'un des détenus, n'apprenne par hasard la présence au mitard d'un homme qui délire depuis deux nuits et qui a été battu sauvagement le premier jour.

Bertrand exige de Bardoux, patelin et buté comme à son habitude, qu'on ouvre l'infecte geôle. Il y découvre Henri dans un état semi-comateux, glacé, tremblant de tous ses membres dans son urine et ses excréments. Il insulte les gardiens qui l'accompagnent, menace, réclame des lampes, fait détacher le prisonnier.

Un examen minutieux, sur place, révèle de multiples hématomes, deux plaies ouvertes, cinq fractures et peut-être un éclatement d'un testicule.

– Il faut conduire cet homme immédiatement à l'hôpital ! ordonne-t-il.

L'un des gardiens croit devoir protester, invoquer des difficultés.

– Cet homme doit être immédiatement conduit à l'hôpital ! Et je vous avertis que mon rapport décrira très précisément les blessures qui lui ont été infligées. Allez me chercher une civière ! Tout de suite !

L'autre barguigne.

– J'ai dit tout de suite ! hurle encore Bertrand. Vous n'êtes que des porcs, des sauvages, pires que les cannibales !

En attendant la civière, il applique sur tout le corps du journaliste de l'huile camphrée. Puis il couvre Henri d'une mauvaise blouse de lin, le seul vêtement qu'il ait pu trouver à proximité.

Henri pousse un léger râle, comme s'il avait voulu à la fois remercier le médecin et le rassurer.

« Ces ordures le paieront, et cher ! Ils vont entendre parler de moi ! »

Bertrand s'étrangle de rage, écume.

Ce n'est pas la première fois qu'il est confronté à la violence des surveillants. Mais il a épuisé sa force de résistance.

- 25 -

Lorsque le docteur Bertrand rend visite à Henri deux jours plus tard - c'est la quatrième fois -, celui-ci, après ce qu'on peut appeler une bonne nuit en dépit de tout ce que son corps a enduré et doit surmonter, et grâce à de puissants traitements, est presque souriant.

– Je vous prie de croire que j'entends dénoncer Bardoux et ceux qui vous ont mis dans cet état, dit le médecin en vérifiant la fixation d'une attelle. Le commandant saura tout, je vous le garantis !

– Bardoux n'est pas en cause, répond simplement Henri. C'est son adjoint, cette brute, et deux ou trois autres gardiens dont j'ignore le nom, qui se sont acharnés sur moi... Quant à les dénoncer au commandant, je ne vois pas...

Henri réprime un élancement dans le bras. Il parle avec un léger chuintement : toutes les muqueuses internes de sa bouche ont été mordues au sang lors de la bastonnade.

– Qu'est-ce que vous voulez dire ? interroge le docteur Bertrand.

– Je veux dire que cela ne sert à rien de dénoncer ces tortionnaires au commandant. C'est le commandant qui a ordonné la bastonnade.

Le docteur Bertrand, soudain inquiet, regarde derrière lui, puis se rapproche du journaliste.

– Le commandant du camp a ordonné la bastonnade ? Comment pouvez-vous dire cela ?

Henri réalise qu'il accuse peut-être à tort. Même si l'adjoint a invoqué sa liaison et la fureur du commandant pour expliquer le supplice, rien ne prouve que l'ordre soit venu de ce dernier : son subordonné a pu faire un excès de zèle en satisfaisant au passage son désir de vengeance et le goût de torturer ses semblables. Mais on imagine mal par ailleurs que l'adjoint ait été informé de cette liaison autrement que par le commandant.

– Comment va Adèl… la femme du commandant ? interroge Henri.

– Elle est partie ce matin pour Nouméa avec la *Vire*. Elle retourne en France. Avec son fils. Le commandant estime que …

Brutalement, le jeune médecin s'interrompt : il découvre ou comprend la situation, son visage s'éclaire.

– On va bien vous soigner ! lance-t-il à Henri. Vous ne pouvez pas encore écrire, mais désirez-vous que j'écrive à un ami ?

– Je voudrais, puisque vous le proposez, je voudrais que l'on écrive à mes amis Nicolas Moreau et Edouard Deval. Ils sont à Nouméa à l'heure actuelle. Mais je ne veux aucun courrier qui puisse les alarmer. Merci, merci en tout cas docteur. Sans vous, je croupirais sans doute encore dans ce cul-de-basse-fosse.

Le docteur Bertrand regarde Henri. Ses yeux sourient. Lui sait que, sans son intervention, Henri serait déjà mort.

- 26 -

Deux jours encore s'écoulent puis, un peu avant le déjeuner, une jeune femme canaque, vêtue d'une robe de lin trop grande pour elle, est amenée jusqu'à Henri par l'un des déportés qui travaillent à l'hôpital.

– Elle insiste absolument pour te voir en personne, dit l'employé. J'ai compris qu'elle a quelque chose à te dire ou à te remettre. Quelque chose d'important qu'elle dit.

La jeune femme, très noire de peau, a le crâne rasé, les lobes d'oreilles déjà largement échancrés. Elle roule des yeux inquiets dans des orbites luisantes de sueur. Elle dit s'appeler Suzanne, avoir été baptisée par le Père Goujon. Elle ajoute qu'elle est domestique dans la maison du commandant, la grande case au-delà des magasins aux vivres. Elle parle en balançant les mains, en butant sur chaque mot, mais elle est compréhensible dans son français.

– Suzanne a lettre pour toi. Madame commandant donné Suzanne lettre pour toi. Madame dit Suzanne faire très attention. Madame partie maintenant. Madame Nouméa. Madame dit très important donner lettre. Très important toi lire.

Et Suzanne, plongeant la main entre ses seins, en sort une enveloppe crème, qu'elle tend à Henri. L'enveloppe est close et ne porte aucune indication. Le journaliste, non sans difficulté, la déchire. Elle ne comporte qu'un seul feuillet, écrit de toute évidence très vite, recto verso.

Il lit.

« Mon amour,

« Je ne sais pas comment il l'a découvert. Le fait est qu'il le sait. Il m'a fait une scène terrible. Pour la première fois, il m'a giflée, il m'a fait mal. Il était comme fou.

« Je n'ai rien pu faire, rien pu empêcher. Il me renvoie en France, chez sa mère, avec mon fils. Je dois prendre le premier bateau. Le premier bateau, c'est aujourd'hui.

« Je n'ai pas réussi à savoir ce que l'on avait fait de toi. J'ai peur. J'ai peur qu'on te fasse du mal. Je redoute le pire. Il y a tant de haine.

« Je t'ai aimé. Je t'aime. Et je ne te reverrai plus. Tu as été les plus doux instants de ma vie. Tu as été tout ce que j'ai désiré.

« Tu seras toujours dans mes pensées. Tu continueras de vivre avec moi dans mes pensées. Nous partagerons encore ensemble. Même si je n'ai plus ton visage à caresser, ta bouche à embrasser.

« Tu es le trésor que j'ai découvert. Je le veux égoïstement garder pour moi. J'y puiserai tout le reste de mon existence.

« Je remets cette lettre à Suzanne. Fais-lui confiance.

« Adieu, mon amour. Je t'aime plus que jamais. Je t'aimerai toujours. Les mots me manquent. Mon cœur est vide.

« Adieu.

« A. »

Henri approche la lettre de ses lèvres tuméfiées, y dépose un doux baiser. Suzanne a déjà quitté les lieux depuis longtemps. Il essaie de plier le feuillet en quatre, n'y parvient pas, le glisse finalement sous sa chemise, là où la peau a pris la couleur du charbon.

Alors seulement, il se met à pleurer.

- 27 -

Parce que les lettres de Virginie soit se perdent, soit lui parviennent avec un considérable retard, Nicolas, à plusieurs reprises, lui a conseillé de faire acheminer le courrier par l'intermédiaire du Ministère de la Marine. C'est paraît-il une voie plus sûre et plus rapide. Virginie n'y croit guère et, au contraire, redoute de confier à ces fonctionnaires de l'administration centrale les mots et les pensées qu'elle adresse à son mari exilé. Finalement, après deux lettres « égarées » sur les cinq mille lieues qui la séparent de Nicolas, elle se résigne à prendre l'omnibus qui la conduit à la Place de la Concorde.

C'est un jeudi, au milieu du printemps 1876. Paris bruit de son habituelle agitation. Une petite pluie a mouillé les trottoirs et les pavés des rues, et quelques flaques luisent ici ou là sous le soleil de onze heures. Virginie franchit sans difficulté les premiers cordons de gardes. Il lui faut un peu plus de temps pour éclairer un concierge sur l'objet de sa démarche. La jeune femme doit gravir un escalier, suivre un long couloir, frapper à une première porte, s'excuser, chercher un panneau, finir par le découvrir décroché et simplement posé sur le sol, frapper à une nouvelle porte portant l'indication *« Outre-Mer. Service Postal »*.

– C'est bien ici ma petite dame ! dit en riant l'employé myope assis derrière une sorte de grand comptoir et cerné par un empilement de bacs gris ou noirs. Les eaux bleues de la Kanaquie ! Le soleil ! Ah, s'il n'y avait pas tous ces nègres ! Mais votre mari est là-bas pour les mater, n'est-ce pas ? C'est qu'il faut les surveiller, ces sauvages. Ils vous tuent par derrière. Et même ils vous mangent quelquefois. L'île des Pins... Y a des communards. Ceux-là aussi, il faut les surveiller. Ah ! ce n'est pas toujours drôle d'être la femme d'un militaire. Donnez-moi donc ce courrier. Trois lettres.

Avec tous les bateaux qui vont là-bas, il faudra trois mois, peut-être quatre. Vous avez bien fait de vous adresser au Ministère. Avec nous, le courrier est une chose sacrée. Mais vous devriez aller là-bas ! C'est trop dur pour une jeune femme ! C'est comme en Algérie. Ma cousine a son mari qui…

Virginie n'écoute plus. Elle remercie en forçant le sourire. L'homme la prend pour une femme de militaire : il n'est pas question de briser ses illusions.

Elle se dépêche de sortir.

- 28 -

Il est en train de monter l'escalier principal, seul, l'air absent. Ce sont ses bottes que Virginie repère en premier. Quelques poils gris apparaissent dans la moustache et les tempes semblent moins noires. En même temps qu'elle le reconnaît, Virginie, en un quart de seconde, revoit les deux occasions où elle l'a rencontré : aux Grandes Ecuries, d'abord, quand elle faisait la queue angoissée qui conduisait à un sous-officier de la Garde nationale mobile ; au camp de Satory, ensuite ; à la fin du mois de mai ou au début du mois de juin 1871 dans les deux cas, alors qu'elle cherchait à retrouver son mari disparu dans la tourmente de la Semaine Sanglante[1]. L'homme était capitaine à l'époque, médecin aide-major. Il avait un prénom composé et une particule : Jean-Charles ou Jean-Philippe de Richemont ou Villemont ou quelque chose d'approchant. Il l'avait écoutée, rassurée et, surtout, lui avait prêté l'aide qu'elle demandait pour revoir son mari avant son départ en train pour Cherbourg. Elle ne pouvait pas l'avoir oublié. Grâce à lui, elle avait pu embrasser une dernière fois le doux visage de Nicolas à la gare de Versailles, lui donner des chemises et de l'argent. Et puis, lors de chaque rencontre avec l'officier, elle avait senti quelque chose de très trouble, une émotion inconnue. L'officier avait un charme très particulier. Même si elle se refusait à le reconnaître.

C'est en arrivant à sa hauteur, dans le coude de l'escalier, que le regard du médecin se pose sur elle, un regard brun, et instantanément ses lèvres s'ouvrent sur des dents éblouissantes.

– Vous… Vous êtes la femme qui cherchait son mari à Satory ! En 1871 !

---

[1] Lire, du même auteur, *Les noces rouges* (L'Harmattan, 2003).

Et il s'incline.

– Je suis le commandant Jean-Dieudonné d'Audremont, ajoute-t-il immédiatement. La dernière fois que nous nous sommes vus, c'était à Satory. Vous cherchiez votre mari. J'espère que tout va bien, Madame. Madame… ?

Bien qu'il continue à sourire, rien dans son attitude ne peut indisposer Virginie.

– Madame Moreau. Mon mari a été déporté en Nouvelle-Calédonie, répond-t-elle en le fixant droit dans les yeux.

– Je suis désolé, sincèrement désolé, fait l'officier.

Virginie le sent troublé, perturbé par cette nouvelle.

– Après quelques pérégrinations en Bretagne, mon mari a été condamné à la déportation simple et il est dans un camp à l'île des Pins depuis la fin de 1873.

– Je suis profondément, profondément… Y a-t-il quelque chose que je puisse faire pour vous, pour vous aider ? Je comprends que ça doit être terrible.

– Vous m'avez aidé à un moment où je cherchais à retrouver mon mari et je vous en suis reconnaissante. Je ne vois pas ce que vous pouvez faire maintenant.

Il y a une forme de rage contenue dans le ton de Virginie. D'Audremont l'a sentie et c'est avec énormément de chaleur qu'il prononce les mots suivants.

– Me permettez-vous - mais je sens bien que cela peut avoir un côté inconvenant - de vous inviter à déjeuner ?

– Là, maintenant ?

La proposition de d'Audremont est tout à fait incongrue et déplacée. Mais il y a quelque chose de feint dans la surprise exprimée par Virginie et l'officier le perçoit immédiatement.

– Tout de suite ! Si vous le voulez bien. Nous n'avons pas eu beaucoup le temps de parler la dernière fois. C'est au lieutenant Crouteau que vous avez donné tout le plaisir de …

Il ne finit pas sa phrase, comme s'il voulait lui laisser imaginer l'ampleur du plaisir dont il dit avoir été privé.

En entendant le nom de Crouteau, Virginie se souvient de cet officier qui portait une tenue de zouave et lui avait dit qu'il appartenait au corps franc formé par les Volontaires de l'ouest, un homme blessé à la bouche. Elle a gardé également en mémoire son extrême courtoisie quand il l'a conduite à la gare de Versailles

– Qu'est devenu cet officier ? interroge vivement Virginie, comme pour changer de conversation.

– Il est mort, Madame, mort en Algérie. Un excellent officier. Un homme d'une grande humanité… Ce déjeuner ? Vous l'acceptez ?

– Mais vos rendez-vous ? Je ne sais pas si je dois…

– Accordez-moi dix minutes, seulement dix minutes. Si vous voulez bien m'attendre dans le hall, près de la conciergerie. Faites-moi ce plaisir ! Je vous en prie, acceptez !

Il reprend son ascension, mais plus vivement. Virginie reste les bras ballants, en se demandant ce qui vient d'arriver et pourquoi elle a accepté de déjeuner avec cet officier. Déjà, aux Grandes Ecuries, d'Audremont avait eu cette voix à la fois autoritaire et chaude, suave et ferme. Elle a reconnu aussi les fines rides autour des yeux, la sensualité des lèvres.

« Que m'arrive-t-il ? se demande-t-elle en se dirigeant vers le hall d'entrée. Je ne connais pas cet homme. Je l'ai vu deux fois, brièvement. Je ne le connais pas et j'accepte son invitation à déjeuner. Je suis folle. »

Elle perçoit un léger tremblement de son doigt lorsque, se regardant dans une immense glace murale, elle redresse les mèches qui s'échappent de son petit chapeau, un « bibi ».

- 29 -

En sortant du Ministère, Jean-Dieudonné d'Audremont hèle un fiacre.

– Au *Café Anglais !* lance-t-il au cocher.

Pendant le trajet, qui est très court, Virginie explique les motifs qui l'ont conduite jusqu'au Ministère, insiste sur les difficultés qu'elle éprouve dans ses échanges épistolaires, dénonce la censure qui oblige Nicolas à remettre des enveloppes ouvertes et bannit toute liberté et toute intimité. Le commandant l'écoute, attentif et souriant. Virginie ajoute qu'elle espère beaucoup de Clémenceau, que les Républicains viennent à nouveau d'envoyer triomphalement à la Chambre.

– Je l'ai rencontré, souffle Virginie. Je sais qu'il fera tout pour l'amnistie. Il sait bien, lui, ce qu'est la prison. Il demandera l'amnistie des déportés politiques, j'en suis sûre !

– Il l'a fait ce matin, Madame. J'étais à l'Assemblée. Clémenceau est monté à la tribune et il a demandé l'amnistie. Je dois dire qu'il a été très émouvant.

– Et alors ?

Virginie se redresse sur la banquette.

– La proposition a été rejetée. Gambetta ne s'y est pas associé.

La déception de Virginie est palpable. Elle regarde à présent par la fenêtre la foule qui déambule sur le trottoir du grand boulevard.

– Gambetta … Gambetta ne pense qu'à lui, fait-elle d'une voix étranglée.

D'Audremont saisit la main de la jeune femme, une main sagement posée sur la jupe en tartan, simple mais élégante, qui mélange harmonieusement le beige et le vert d'eau. La main de l'officier est chaude, ferme et douce à la fois.

Virginie regarde les poils noirs qui ombrent la première phalange, le lacis des veines bleues et saillantes.

– Clémenceau reviendra à la charge, assure d'Audremont. L'homme est tenace, têtu et, surtout, courageux. Vous auriez vu comment ce matin il a menacé le marquis de Castellane d'un duel ! Il a fallu toute l'intelligence du Président Grévy pour calmer le jeu et régler l'incident. Vous voulez savoir ce que Clémenceau a dit en conclusion ?

Virginie lève les yeux sur le visage de l'officier.

– Il a dit en substance - je vous parle bien sûr de mémoire : « Vous serez toujours fort si vous gouvernez avec le pays. Vous serez toujours faible si vous gouvernez contre lui. » Il faut garder l'espoir. L'exil des déportés ne devrait pas durer encore longtemps.

Alors seulement d'Audremont retire sa main, laissant celle de Virginie orpheline, désemparée. La jeune femme se met à lisser le tissu de sa jupe, doucement, pour occuper ses doigts qui viennent d'être immobilisés, confinés dans un tiède cocon. En même temps, elle regarde le commandant dans les yeux, en se disant que ce n'est pas seulement pour vérifier le crédit à accorder à ses propos optimistes mais qu'il y a autre chose, quelque chose de plus trouble, de plus ambigu, de plus équivoque, quelque chose qui en même temps l'alarme et l'enflamme, quelque chose qu'elle redoute et qui l'enfièvre, quelque chose qui ressemble fort à ce regard posé par le capitaine - il n'était alors que capitaine - sur sa silhouette, il y a des années de cela, aux Grandes Ecuries. L'émotion qu'elle sent naître en elle - pour rien au monde elle n'emploierait le mot « sentiment » - la met mal à l'aise et en même temps l'enivre. « C'est de la folie ! »

– Vous êtes… commence Jean-Dieudonné d'Audremont.

– Je suis ? interroge Virginie sur un ton cabotin.

– Vous êtes… celle qui ne m'a pas encore dit comment elle se prénomme.

– Dois-je vous dire mon prénom ?

– Ne me le dites pas. Vous me le direz tout à l'heure, lorsque nous serons à table. Assis et après m'être sustenté, je supporterai mieux le poids de la révélation.

Virginie part d'un grand éclat de rire. La fraîcheur et la juvénilité de la réaction amusent l'officier. Virginie le regarde à la dérobée, voit qu'il a fermé les yeux un bref instant en levant le menton, comme s'il voulait savourer, se délecter du moment. Une grosse veine saille du col raide de l'uniforme, entre une petite cicatrice et une légère rougeur : il lui semble qu'elle bat fort.

« De la folie ! »

- 30 -

Manifestement, Jean-Dieudonné d'Audremont est connu au *Café Anglais*. Le maître d'hôtel le salue avec beaucoup de chaleur et Virginie l'entend l'appeler « Monsieur le Baron ». La jeune femme comprend aussi que l'officier avait réservé une table pour une seule personne mais qu'il n'y a aucune difficulté pour dresser une table de deux dans le cabinet David Livingstone.

– Livingstone est mort en 1873, précise d'Audremont. Le patron de ce restaurant, qui est un infatigable voyageur, a voulu rendre hommage à ce grand explorateur britannique.

Virginie n'est jamais venue dans ce restaurant. Elle n'en connaissait d'ailleurs pas l'existence. Mais elle devine qu'elle est ici dans un endroit particulièrement élégant, privilégié. Partout, sous les lumières dorées, entre les scintillements de l'argent ou du cristal, les reflets des faïences et porcelaines, le regard accroche des habits, des redingotes, des capes de chinchilla, des polonaises, des traînes bordées de volants plissés, de ruches ou de passementeries, des tuniques drapées faisant pouf, des manches-pagode agrémentées de nœuds, des falbalas, des taffetas de soie, des corsages garnis de dentelle blanche et de franges, des organdis de lin ou de coton, des tournures, et puis des bagues, des colliers, des bracelets. En un coup d'œil, retrouvant ses réflexes professionnels de styliste, elle saisit le luxe vestimentaire des clients attablés ou debout au bar qui garnit le fond de la salle. Elle reconnaît aussi ces couleurs de la mode sur lesquelles elle travaille : le vert grenouille, le caroubier, le lapis-lazuli, la mandarine, le bleu de lumière, le violet monseigneur, le vert paon.

Elle réalise soudain qu'on la regarde, certaines femmes avec une insistance déplacée. Est-elle suffisamment bien habillée pour cet endroit ? Elle tourne un visage inquiet vers d'Audremont.

– Vous êtes belle et elles sont jalouses, susurre d'Audremont à l'oreille de sa compagne.

Elle frissonne. Son corps réagit, mais en trichant : il traite le compliment appuyé comme un petit coup de froid. « Mais comment fait-il donc pour comprendre si vite ? »

Un maître d'hôtel les guide vers un escalier. Virginie remarque les boiseries, les lambris, les parquets, les corniches : le bois est partout, merveilleusement éclairé par un nombre considérable de petites lampes. Au moment où elle gravit les premières marches de l'escalier, Jean-Dieudonné d'Audremont lui prend le bras, simplement. « Je ne devrais pas me laisser faire, songe Virginie, et je ne fais rien. Pire, je l'encourage. De quoi le charme de cet homme est-il fait pour que je résiste si peu ? » L'officier a une main ferme et douce, impérieuse et attentive.

La table est dressée dans un petit cabinet particulier, tendu de velours sur un bois blond veiné de brun rouge. La fenêtre, légèrement entrouverte, donne sur une cour où les murs sont couverts de lierre. On n'entend aucun bruit en dehors du gazouillis de quelques oiseaux jouant dans les grimpants. Au sol, un épais tapis dissimule à moitié une délicate mosaïque de bois où le créateur s'est ingénié à mélanger toutes les essences.

Ils s'asseyent.

– Il y a deux heures, commence l'officier, je n'imaginais pas un instant que ce déjeuner serait partagé avec vous. Je dois ce merveilleux moment au hasard le plus trivial. Voulez-vous que nous trinquions à ce hasard qui, cinq ans après notre dernière rencontre, elle aussi due au hasard, nous réunit aujourd'hui ?

Virginie aimerait répondre avec la même distinction mais le silence de la pièce, le luxe du décor, depuis les tableaux accrochés aux murs jusqu'aux couverts étincelants sur la nappe jaune, la sensualité paisible de l'officier, tout la rend empruntée et gauche. Il lui semble aussi qu'il fait chaud, que ses joues s'empourprent, que ses aisselles se mouillent.

– J'ai chaud, dit-elle avec une moue d'excuse.

D'Audremont se lève, va ouvrir en grand la fenêtre, revient prestement à la table et, debout, lui tend l'un des verres qu'un maître d'hôtel a empli avant de s'esquiver.

– Du vin de Champagne, annonce-t-il.

Ils trinquent. Elle ne se souvient pas d'avoir déjà goûté ce vin mais elle sait que c'est un vin de fête et un grand vin.

– Savez-vous que Livingstone a cherché toute sa vie les sources du Nil ? demande le commandant pour briser un silence qui devenait pesant.

– Je vais vous décevoir mais j'ignorais jusqu'au nom de ce personnage avant d'entrer dans ce restaurant, dit Virginie en fixant l'officier.

– Vous avez raison. Peu importe Livingstone, ce qui compte c'est ce qu'on cherche ou qu'on ne cherche pas. Que cherchez-vous dans la vie ?

Le maître d'hôtel revient, accompagné d'un serveur.

– Vous aimez les écrevisses ? Ici, elles sont succulentes.

Virginie a déjà goûté ce crustacé lors d'un petit voyage qu'elle a fait avec Nicolas et ses beaux-parents à Orléans. Elle n'a pas conservé du met un souvenir impérissable en dehors de la facture de l'aubergiste. Elle fait un petit mouvement de la tête.

– Mais vous n'avez pas répondu à ma question, que cherchez-vous dans la vie ? insiste d'Audremont.

Virginie explique alors que, licenciée des établissements Dusautoy après le déclenchement de la guerre franco-prussienne, elle n'a pas encore retrouvé un travail où elle peut complètement s'épanouir.

– Vous comprenez, chez Dusautoy, je dessinais, je créais des robes, des modèles. Là où je suis désormais, c'est plus petit, plus modeste. Nous faisons des choses plus courantes. Je voudrais retrouver les joies que j'ai éprouvées chez Dusautoy.

Virginie songe à part elle qu'elle souhaite aussi et surtout retrouver rapidement son mari, cet homme épousé au début de 1869 et dont elle est maintenant séparée depuis cinq années, cinq terribles années. Elle se surprend à constater que ce n'est pas de cela dont elle a parlé en premier lieu à son interlocuteur, comme si Nicolas n'était pas au centre de ses préoccupations.

– Bien sûr, il y a ce long exil de mon mari, là-bas à l'île des Pins, ajoute-t-elle avec un sourire triste et l'impatience de réparer un oubli. Cinq ans déjà.

D'Audremont hoche la tête. Il ne semble pas vraiment ému par la situation de Nicolas.

– Vous m'aviez promis de me dire votre prénom quand nous serions à table, dit-il en avançant le cou.

– Je n'avais rien promis, minaude Virginie. C'est vous qui avez ...

Brutalement, elle n'a plus envie de dire autre chose que son prénom : parce qu'il la regarde, parce que son regard l'enveloppe complètement, parce que sa main est à plat sur la table, tendue dans sa direction, avec ce lacis de veines, elle ne se sent plus la force de déclarer autre chose que son prénom.

– Virginie, murmure-t-elle.

Doucement, il appuie son dos contre le dossier de la chaise. Sans cesser de la regarder, ses yeux rient, tandis que la bouche s'ouvre sur un sourire tendre. Il paraît prêt à dire quelque chose puis se ravise. Virginie remarque alors les décorations qu'il porte. Il y a un silence, non pas gênant mais troublant, non pas pesant mais vivifiant.

– Ce prénom est comme vous, lance d'Audremont.

Comme il ne donne pas plus de précisions, elle avance à son tour le menton avec un air interrogateur et grave.

– Ce prénom est comme vous, il me trouble, ajoute l'officier.

Une onde chaude irradie le ventre de Virginie, vient mourir quelque part entre ses seins. Son corps, cette fois, n'a pas triché.

- 31 -

Son pied ripe quand elle monte dans le fiacre. Jean-Dieudonné d'Audremont la retient d'une main ferme posée sur la hanche et d'une autre glissée sous l'aisselle. Elle se sent grisée – c'est le mot qu'il a employé tout à l'heure quand il parlait de la marquise de Sévigné. Il faisait chaud dans le cabinet Livingstone et un vent humide a refroidi l'air de la rue : le contraste est trop brutal. Elle n'a pas non plus su refuser, après le champagne, le vin de Bordeaux que lui proposait son hôte. Elle s'installe. Il s'assied près d'elle. Elle perçoit sa chaleur.

Comme d'habitude, beaucoup de monde circule boulevard des Italiens, une foule élégante et distinguée, habits ou redingotes, cravates-plastrons, capes de chinchilla, robes se relevant en pouf sur une tournure, taffetas de soie, organdis, agents de change, spéculateurs et femmes du monde. C'est la même chose boulevard Montmartre et boulevard Poissonnière, mais la foule qui se presse sur cette immense promenade, à pied ou en voiture, est plus populaire et plus bruyante.

Elle éprouve un curieux sentiment tandis que la voiture avance doucement au milieu du flot des équipages qui se poursuivent, se dépassent, s'effleurent, se touchent, glissent, se séparent, se rattrapent, crinières contre crinières, lanternes contre lanternes, roues contre roues. Dans le fiacre aux grandes roues fragiles, alanguie par le balancement léger, à peine troublée par le craquement de la moleskine rouge, vernissée, elle est comme en dehors d'elle-même. Ce frottement des êtres et des choses est pour elle une étreinte sensuelle, un enlacement charnel, un effleurement lascif.

Le commandant lui parle, doucement, d'une voix à la fois chaude et gaie. Il lui raconte des épisodes drôles de sa carrière de médecin militaire, des polissonneries de carabin.

Elle rit, s'entend rire, rougit du bruit que fait ce rire, pose de temps en temps une question à contretemps ou simplement absurde, se gausse de sa surprise ou de son embarras.

Depuis quelques minutes, elle respire plus vite, la pression du corset se fait plus sensible. Tout son être vibre à l'unisson de l'univers sensuel qui l'entoure. Alors qu'une voiture découverte arrive à sa hauteur, dans laquelle un couple se dévore des yeux en silence, elle pousse un profond soupir pour tenter d'évacuer cette émotion qui la submerge. Elle a la bouche sèche, les mains moites, devine que, sous le busc, le tricot doit marquer quelques plis de sueur. C'est devant le Théâtre de l'Ambigu Comique, alors qu'elle s'étonne de voir une file d'attente accrochée à la billetterie, qu'elle sent la main de l'officier sur sa cuisse, juste avant le genou, une main qui creuse doucement sa jupe en tartan, presse sur l'intérieur de la jambe, là où la peau est plus innervée. Dans le même temps, elle perçoit le souffle de l'officier sur son cou, sent la bouche qui vient presser sa nuque, un peu en dessous de l'oreille. Elle se raidit puis, instinctivement, penche la tête pour ouvrir aux lèvres du commandement un champ d'exploration plus vaste, provoquant un déplacement malencontreux du « bibi ». A présent, la main remonte doucement de son genou vers l'aine, avec des petits mouvements en arrière, des poses, des repentirs d'esthète. De son torse, Jean-Dieudonné enveloppe une partie de son dos, son épaule.

Est-ce bien elle qui, dans une rotation lente du corps, progressivement plaque son dos, ses reins, ses épaules contre le corps de l'officier quand celui-ci mordille la nuque, fourrage dans ses cheveux, remonte la jupe et le jupon, découvre les bottines de tissu à bouts vernis, une culotte en coton blanc ? Est-ce elle qui cambre reins et fesses, les applique contre le bas-ventre de l'officier, devine son excitation ? Est-ce elle encore qui, en tâtonnant, cherche du bout du doigt le rideau de la portière, le découvre enfin, le tire d'un coup sec, comprend que l'officier a déjà fait la même chose de son côté, tandis que l'obscurité mystérieuse et complice s'empare de l'intérieur de la voiture, zébrée de temps à autre par quelques éclairs de lumière ?

Le reste suit avec une force et une brutalité inouïes lorsque, sans autres préliminaires, il la pénètre d'un seul mouvement. Les premières secondes sont presque douloureuses mais, à peine esquisse-t-il un mouvement de retrait, elle sent monter en elle une vague immense, une sorte de raz-de-marée. Quelque chose explose, littéralement. Elle pousse un cri, mouille la banquette de sa salive.

D'Audremont, apparemment surpris par un orgasme aussi rapide, s'est immobilisé un bref instant. Puis il commence un lent mouvement, tandis que, des deux mains, il presse sur ses hanches. Au début, ce qu'elle éprouve est une perception de simple toucher, comme si son corps avait épuisé toutes ses ressources de volupté. S'il ne tenait qu'à elle, elle demanderait au commandant d'arrêter là. Mais elle l'entend haleter, sait qu'il n'a pas encore atteint la crête du plaisir, et elle s'abandonne de nouveau, cambrant un peu plus les reins. Elle fait bien.

Jamais elle n'aurait imaginé qu'elle pouvait jouir une seconde fois après un orgasme aussi violent : c'est pourtant ce qu'il advient, même si son extase est alors différente. Des ondes, des vagues de plus en plus rapides, de plus en plus fortes viennent balayer ses reins, son dos, ses seins. Elle a la vision d'une mèche brûlant à toute allure jusqu'à un baril de poudre. Puis son sang arrête de tourner, ses membres se raidissent, elle se sent glisser le long d'une pente inondée de soleil, croit s'enfoncer dans une argile chaude et bienfaisante. Sa chair enregistre la chaleur du sperme, elle entend le râle de l'officier tandis que, d'un dernier mouvement de reins, il vient buter sur le fond de son corps. Il émet comme une sorte de sanglot. Elle expire doucement, avec une petite musique des lèvres.

Ils restent ainsi plusieurs minutes, une éternité, silencieux, leurs deux sexes unis. Les cahots de la voiture provoquent en elle des élancements, des vibrations brèves. Le rideau d'une portière s'est légèrement déplacé et un rayon de lumière filtre, qui éclaire en plein son « bibi » égaré et solitaire sur le plancher.

Le fiacre s'arrête, grince, se balance. Le cocher crie quelque chose.

Comme si elle était prise soudain d'une peur panique, elle se redresse autant que le permet l'habitacle, rajuste sa culotte et sa jupe, remet d'aplomb son corsage, coiffe son « bibi ».

– Il faut que j'y aille, tout de suite ! dit-elle, essoufflée.

– Vous reverrai-je ? interroge le commandant.

Elle cherche quelque chose mais l'obscurité est trop grande et elle n'ose pas tirer le rideau d'une portière.

– Je ne sais pas, je ne sais pas, répond-t-elle.

Elle s'affole, a des mouvements désordonnés. Une forme d'épouvante s'est emparée d'elle.

– Je veux vous revoir, dit d'Audremont.

Elle le distingue à peine, n'ose de toute façon le regarder.

Elle trouve enfin ce qu'elle cherchait depuis une minute, un ruban.

Elle ouvre la portière, saute en bas de la voiture.

Elle court. On dirait qu'elle est terrorisée par quelque chose, qu'elle fuit. Elle ne s'arrête que lorsque la distance entre elle et le fiacre lui parait suffisante.

Elle se sent sale.

Elle s'essuie la bouche d'un revers de main puis se hâte vers la rue de son domicile à quelques pas de là, une rue dans laquelle le cocher n'a pas voulu s'engager parce qu'elle est encombrée par des étals de maraîchers.

Elle a l'impression que les hommes et les femmes la dévisagent. Les femmes surtout, avec cet air de la juger et de la condamner.

Pendant une petite heure, elle a été une autre, une femme qu'elle ne connaissait pas, dont elle ne soupçonnait même pas l'existence. Même si son corps porte les multiples traces des étreintes sublimes qu'elle vient de vivre, c'est une étrangère qui, dans ce fiacre, n'a écouté que les pulsions, les appétits, les ressorts de sa chair.

Elle, c'était une autre. Virginie reprend ses droits et sa place.

Virginie chasse l'autre. Mais pour combien de temps ?

- 32 -

Durant les dix semaines qui ont suivi le déjeuner au *Café Anglais*, Jean-Dieudonné d'Audremont s'est manifesté auprès de Virginie par des billets très courts que des gamins venaient apporter à son domicile, le soir. Il signait *JDA*. Il disait ne plus penser qu'à elle, demandait un signe, n'importe lequel, décrivait le « bouleversement » – c'était son mot – qu'elle venait de provoquer dans sa vie, la priait de lui pardonner, prétendait finalement qu'il recommencerait, se disait désespéré, décrivait son errance. Elle n'a répondu à aucun de ces messages, même si chacun d'eux l'a fait respirer plus vite et a séché sa bouche. Elle les a tous jetés dans le poêle de la cuisine, sans les déchirer.

L'officier n'a été qu'un écart, une parenthèse, une note anecdotique de l'éditeur ou du traducteur en bas de page d'un roman. C'est du moins ce qu'elle veut. Le commandant n'est pas en cause, elle ne lui reproche d'ailleurs rien, même pas son audace : c'est elle – et elle seule – qui a quitté la route toute droite de sa vie pour un bref instant. Probablement est-ce d'ailleurs une partie d'elle-même, la partie trouble que chacun porte en soi.

Cette étreinte avec le médecin n'a été qu'une digression, elle est étrangère à sa vie, elle relève de l'accessoire, de l'incident.

Mais, dans le même temps où elle tente de se persuader de cela, tout son être, dans un mouvement inverse, lui rappelle les instants partagés avec l'officier. Il y a d'abord sa mémoire, précise, impudique, qui jette à tout moment devant ses yeux des scènes colorées où se mêlent des faïences bleues et des cuivres rouges, du bois blond et des velours azur, des chairs carmin et des perles de salive ; des scènes brassant également les bruits, les mots et les soupirs, des cris de cocher et les aboiements d'un crieur de journaux, les râles de plaisir et le grincement des roues d'une voiture ; des scènes qui confondent tous les mouvements, les cahots et la main qui se lève, le jupon qui tombe et la joue qui s'écrase sur un bras, le rein qui se cambre et la fenêtre qu'un médecin ouvre parce que vous avez chaud.

Il y a les rêves de ses nuits, des rêves où un homme sans visage, toujours habillé de la même façon, lui prend la main, l'attire vers lui, s'enfonce avec elle dans une sorte de cocon et disparaît de sa vue jusqu'à un moment très particulier, le moment où elle se réveille et découvre ses doigts entre ses cuisses.

Quand le rêve a été trop haletant, quand elle a trop souvent ressenti les morsures infligées à son corps, quand sa mémoire l'a trop fréquemment accaparée, elle écrit à Nicolas, des lettres longues, presque sans paragraphes, où elle dit tout de son quotidien, à son travail, avec ses beaux-parents, chez elle, tout de l'absence douloureuse que représente l'exilé, tout de l'amour véritable, énorme, torrentueux qu'elle a pour ce jeune menuisier, mais rien de ce qui est arrivé un jour de mai, alors qu'elle allait au Ministère de la Marine.

Au départ, elle n'a pas eu le sentiment de mentir en celant ainsi l'événement. Elle ne voulait pas qu'il eût de l'importance et il ne pouvait donc, en étant tu, provoquer le moindre malaise. Mais, progressivement, la dissimulation des instants passés avec Jean-Dieudonné lui a paru déguiser les mots qu'elle jetait sur le papier, les rendre faux.

Après la période des billets, il s'est passé à peu près deux mois durant lesquels Virginie n'a plus reçu aucun signe quelconque de la part de Jean-Dieudonné d'Audremont. Elle en a été à la fois soulagée et inquiète, apaisée et mécontente, ce qui soulignait bien - elle s'en est fait un jour la remarque en discutant avec une amie - toute l'ambiguïté de son attitude. Elle s'est imaginé qu'il était parti pour une lointaine contrée, là où les hommes se battaient. Après tout, c'était un militaire, et les besoins de médecins étaient permanents.

Elle a pensé aussi qu'il pouvait être malade, alité, hospitalisé. Pas un instant elle n'a eu l'idée que l'officier avait tout simplement, devant son silence, renoncé à la revoir : cette hypothèse, elle ne l'a jamais imaginée.

En réalité, Jean-Dieudonné d'Audremont, de manière méticuleuse, préparait les conditions d'une nouvelle rencontre fortuite, du moins en apparence.

- 33 -

Depuis trois ans environ, Virginie aime par-dessus tout, le dimanche, flâner dans le vingtième arrondissement. Elle en connaît toutes les courbes : les grandes étendues du cours de Vincennes, le plateau de Belleville, d'où l'on profite d'une vue panoramique sur Paris, la haute colline du Père-Lachaise et les pentes de Ménilmontant. Lorsqu'elle emprunte la rue descendante du Ratrait, l'un de ses plaisirs secrets est, tout en marchant, de voir grossir progressivement l'église de Charonne, qui est à fleur de champ du côté du nord mais surplombe au sud la place du village. La jeune femme imagine alors le sanctuaire au temps de Saint-Germain, planté sur sa hauteur avec quelques chaumières à ses pieds. Elle ferme les yeux et croit entendre les clochettes des troupeaux de moutons paissant sur les coteaux. Puis elle traverse la déclivité du petit cimetière en zigzaguant entre les tombes, longe la façade occidentale du vieil oratoire, tourne à gauche, pousse le portail, et va s'asseoir près du cœur, au pied d'un pilier sur lequel une inscription difficilement lisible rappelle une vieille rencontre entre l'évêque d'Auxerre et Sainte-Geneviève. Elle reste là, souvent plus d'une heure, immobile, les narines palpitant aux effluves d'encens, l'oreille attentive aux bruits familiers d'une église. Puis elle se lève, descend lentement la nef centrale, ouvre le portail avec précaution, avance sous le porche. C'est là qu'elle observe pendant quelques minutes le moutonnement des toits d'ardoise du village de Charonne, les fumées d'usines, le chemin de fer de Lyon et la gare aux marchandises de Bercy, les vergers du Bel Air, les fortifications, la masse sombre du bois de Vincennes, puis, sur la droite, la Seine, la gare d'Orléans et le quartier de la Salpêtrière, le Jardin des Plantes, la Halle aux vins.

Quand elle est rassasiée de ces paysages souvent bleutés, Virginie dévale enfin les marches, prend à droite dans la rue de Paris à Bagnolet, longe la gare du chemin de fer de ceinture. Commence alors le secteur des industries.

La gare de Charonne, qui permet de relier toutes les lignes sortant de Paris, a depuis son ouverture drainé les fabriques de toutes sortes. Houy-Navarre, rue Saint-Germain, fabrique des papiers et toiles à polir. La sœur de Virginie y a travaillé longtemps. Rue Aumaire, on trouve une manufacture de bougies. Il y a également une usine à gaz, une manufacture de tissus caoutchouteux, une fabrique de ressorts pour crinolines et qui tente de se reconvertir pour satisfaire au changement de la mode.

Le paradoxe est que, au milieu de toutes ces usines bruyantes et nauséabondes, laides et polluantes, on remarque dans ce quartier de Charonne, encore, de très nombreux paysans qui cultivent l'oranger. Il ne s'agit pas évidemment de produire le fruit, mais d'exploiter la fleur et les feuilles, très demandées pour de multiples applications.

Virginie sait qu'elle est au terme de sa longue promenade lorsque, aux abords des fortifications et de la voie stratégique qui les longe, elle rejoint les carrières à plâtres à ciel ouvert, grouillantes d'ouvriers, avec leurs fours brûlant jour et nuit et attirant alors tous les sans-logis. Mêlée aux carrières, dans les sections qui ne sont plus exploitées, l'industrie du champignon fait sa place.

Un seul secteur échappe à la curiosité toujours renouvelée de Virginie : le cimetière du Père-Lachaise. Elle ne peut considérer sans une certaine aversion cette haute colline boisée, d'où émergent caveaux tarabiscotés, mausolées empruntant leurs formes à l'antiquité, chapelles inspirées de la Renaissance, stèles monumentales, colonnes prétentieuses, cénotaphes couverts d'inscriptions sentencieuses, mastabas signés des meilleurs architectes à la mode, sépulcres inspirés de l'art oriental.

Quand on l'interroge sur ce curieux sentiment, elle répond volontiers :

– Je n'aime pas quand la mort se donne en spectacle, quand le décor de la mort est trop luxueux. Moi, j'aime le petit cimetière autour de l'église, avec une croix de bois pourrie par les vers, une stèle qui s'est affaissée légèrement et qui a verdi sous la mousse, la petite pierre sur laquelle on a simplement marqué un nom, un prénom et deux années. C'est plus vivifiant pour l'imagination que toute cette débauche taillée, sculptée, gravée, qu'on trouve au Père-Lachaise.

Jamais Virginie n'ose avouer que le cimetière du Père-Lachaise est aussi pour elle l'endroit où les Versaillais ont massacré les derniers combattants de la Commune.

Elle n'a jamais franchi les portes de la grande nécropole parisienne. C'est devant elles, pourtant, qu'elle revoit Jean-Dieudonné d'Audremont cent trente jours – elle les a comptés - après le déjeuner du *Café Anglais*.

Ce jour-là, elle marche vivement. Parce que le temps est maussade et que souffle un petit vent frais, elle a baissé la tête. Quand elle le heurte, elle le reconnaît à peine : il est en civil et a un peu vieilli. Une émotion brutale la fige sur place, tétanisant ses muscles. La chaleur monte à ses joues et une petite ombrelle bien inutile tombe de sa main. Jean-Dieudonné ramasse l'objet mais le garde.

– Je me rendais sur le tombeau d'Héloïse et d'Abélard, dit-il simplement. Vous dirait-il de m'accompagner ?

Il ne lui donne pas le temps de répondre. Saisissant sa main, il la pose sur son bras, met l'ombrelle dans l'autre main. Elle observe tous ses mouvements, comme s'ils ne la concernaient pas, hébétée et consentante. Ils pénètrent dans le cimetière, se dirigent vers l'avenue des Acacias.

– Pierre Abélard a mené la vie qu'il voulait, malgré tous les obstacles semés sur sa route par la bêtise, la haine ou la jalousie, dit l'officier. A vingt-deux ans, il avait déjà ouvert sa propre école, à Melun, puis ensuite à Corbeil, et enfin à Paris, séduisant des milliers d'auditeurs.

Elle a aligné son pas sur le sien, un pas lent, régulier. Sa main dégantée fait une tâche de lumière sur la redingote noire. Elle admire la cravate-plastron, d'un bleu lumineux.

– Abélard a décidé de vivre pleinement sa passion pour Héloïse, poursuit son compagnon, indifférent au trouble qui agite sa compagne. Il a fui avec elle en Bretagne. Il a choisi de l'épouser après qu'elle eût accouché d'un fils. Un amour comme cela, on en connaît peu.

Il semble que sa moustache soit plus épaisse et que son teint soit plus cuivré. Mais il est toujours aussi séduisant. Elle le regarde à la dérobée, sous son chapeau vert.

– Abélard a combattu courageusement contre Saint-Bernard, qui lui reprochait de penser librement. On ne pense jamais assez librement.

Virginie respire des odeurs de buis, de terre mouillée, de lilas, mais il y a aussi des effluves de tabac.

– Abélard a enfin choisi d'être moine, à l'abbaye de Cluny, lorsqu'il a senti que quelques années seulement le séparaient de la fin.

Il s'arrête, elle se retrouve face à lui dans le coude d'une allée déserte. De ses deux mains, il lui saisit les épaules. Elle s'abandonne à son baiser. Elle est dans la parenthèse. *Toute* sa vie est en parenthèse.

- 34 -

Quand il sort de l'hôpital, Henri Amérieux boite toujours de la jambe droite et le pouce de sa main gauche ne fonctionne plus. Le docteur Bertrand ne lui a laissé aucun espoir, même s'il dit volontiers, un peu sur le mode de la provocation, qu'il croit aux miracles et qu'un miracle est toujours possible. Ce seront donc là pour le journaliste les séquelles définitives de la crapaudine, dont l'administration, du surveillant de base jusqu'au ministre, nie farouchement l'usage.

L'adjoint de Bardoux a été renvoyé en France, ainsi que deux surveillants. Le commandant territorial, inquiet des lettres de protestations écrites par le jeune médecin au gouverneur et à différents ministres, a sanctionné ses sbires.

Si l'équipée tragique dans le nord de l'île a temporairement suspendu son projet de création d'un journal distribué aux déportés pour un prix modique, les souffrances endurées dans la prison, loin d'éteindre la volonté d'Henri, l'ont dopé, électrisé, et il se sent désormais plus enthousiaste et plus résolu que jamais. Une information reçue alors qu'il était encore grabataire sur son lit d'hôpital a enflammé ses rêves. Les déportés Hacquard et Meslin, en secret, ont construit de toutes pièces une presse à bras avec du bois collecté dans la forêt. Ils ont également fabriqué une encre qu'ils peuvent encore perfectionner mais qui, déjà, sur feuilles de zinc, donne d'excellents résultats.

Il y a à l'île des Pins un grand nombre de déportés issus de l'imprimerie et de la presse. Quand il est sûr d'avoir repris ses marques, Henri, secrètement, rencontre beaucoup de ces ouvriers imprimeurs pour réunir autour de lui une petite équipe. A cette occasion, il fait plus amplement connaissance avec Léonce Rousset et Charles Pages. L'administration restant vigilante, il s'agit d'être discret et rien ne transpire du projet avant la sortie d'un premier numéro, début 1877, un mensuel de huit pages intitulé très sobrement *Déportés*. Vendu au prix de vingt centimes, il en a été imprimé cent exemplaires. Mais, compte tenu du succès immédiat, un second tirage est effectué dès le lendemain.

Pour ce premier numéro de *Déportés*, Henri, en plus d'un éditorial, a entamé une chronique historique (pour ne pas effaroucher les autorités, elle porte sur la découverte de l'île des Pins par le Capitaine Cook en 1774). Il est également l'auteur d'un article sur les tribus canaques, qui insiste sur les traditions de ces peuplades indigènes. Une dizaine d'autres déportés ont participé à la rédaction avec un conte, des poèmes, une liste des commerçants et artisans installés sur l'île (et qui précise pour chacun d'eux, dans le détail, les spécialités), une biographie résumée de quelques grandes figures de la Commune.

Henri redoute une réaction négative, voire violente, des surveillants. Rien ne se passe. Sans doute parce que Paris résonne de plus en plus du débat sur les grâces et l'amnistie, le commandant de l'île des Pins a, semble-t-il, choisi de laisser faire et en tout cas de laisser se reconstituer une société à peu près normale.

Du reste, après avoir été longtemps cachée dans une case, la presse des déportés Hacquard et Meslin peut rapidement être exploitée au vu et au su de tous, Hacquard créant même une entreprise pour toutes prestations d'impression.

A partir du mois de mars 1877, Henri doit lutter contre des fièvres sur lesquelles le docteur Bertrand réserve longtemps son diagnostic pour finalement avouer son ignorance. Assommé, il reste cloué au lit pendant plusieurs semaines. Léonce Rousset reprend le flambeau derrière Henri et lance le journal qui aura le plus grand succès, l'*Album de l'île des Pins*.

Il y a place, dans cette île peuplée de plus de trois mille déportés, pour plusieurs publications. L'*Album de l'île des Pins* est rapidement concurrencé par *Le Raseur* de Geoffroy,

Veillées du même, *Le Parisien Hebdomadaire* de Louis Barron, *Le Parisien Illustré*, etc… Longtemps contenue, étouffée, la voix des déportés s'élève. Certes, l'expression n'est pas toujours heureuse, mais un besoin incontestable est ainsi satisfait. Dessins, chroniques, poèmes, nouvelles, jeux, critiques, problèmes d'échecs, annuaires, tout ce qui fait le contenu habituel d'un journal se retrouve dans ces feuilles, qui intéressent aussi bien les déportés que les surveillants et militaires. L'abonnement de quatre francs demandé pour douze numéros n'est pas excessif.

Dès qu'il a recouvré la santé, Henri collabore à l'*Album de l'île des Pins*, en assurant deux chroniques, celle de l'histoire et celle des traditions canaques. Pour nourrir la première, il est obligé de consulter de nombreux livres qu'Edouard et Nicolas lui envoient de Nouméa ou que le Père Goujon met gracieusement à sa disposition, trop heureux d'obliger ainsi un communard aussi éloigné des habitudes anticléricales et surtout si objectivement intéressé par les naturels.

Pour décrire les indigènes dans leurs structures, leurs mœurs, leurs traditions, leurs jeux, il entreprend, avec l'autorisation des autorités de l'île, un véritable travail d'enquête journalistique. Ce n'est pas facile pour Henri de tenir la chronique concernant ceux qu'on appelle les « naturels ». D'abord, Léonce Rousset puis ensuite Théophile Bergès, comme d'ailleurs la majorité des déportés, n'éprouvent pas de véritable désir de connaître le peuple canaque, de la même manière que les déportés n'ont avec lui que des relations assez distantes et ponctuelles. Ensuite, sauf quelques exceptions, les missionnaires voient défavorablement les contacts des Canaques avec les déportés, redoutant soit une perte d'influence, soit ce que certains appellent une corruption de l'esprit. Pour Henri Messager, c'est une fort bonne chose que les déportés soient de l'autre côté du plateau de fer car tout est possible, dit-il en parlant des Canaques christianisés, de la part de ces « gens fanatisés ». Achille Ballière, qui a fait quelques incursions dans des villages et en a rapporté d'excellents souvenirs, est de ces trop rares déportés qui respectent les indigènes dans ce qu'ils sont.

Henri est également aidé par le Père Lambert, qui dirige lui aussi une mission au milieu des Canaques. Mais ce missionnaire mariste, dans le même temps où il facilite le travail du journaliste, pousse ses ouailles à vivre comme des Européens dans des cases munies de portes et fenêtres, dotées de hamacs et où l'objet le plus précieux s'avère finalement être la malle des vêtements européens, c'est-à-dire, des blouses et pantalons de lustrine. Henri a été confronté lors de son expédition dans le nord à la réalité d'un peuple : il n'entend pas se faire le témoin privilégié de sa dissolution.

C'est dans ce travail de recherche, d'enquête et de rédaction que le journaliste lyonnais fait la connaissance – épistolaire uniquement - de Louise Michel. Dans la presqu'île Ducos, non loin de Nouméa, cette femme courageuse enseigne le dimanche à une vingtaine d'indigènes, ce qui ne manque pas de provoquer de graves problèmes avec l'administration. Mais, surtout, elle essaie d'établir un glossaire de la langue canaque et de réunir dans un recueil les chants et contes de ces indigènes. Louise, généreusement, recopie pour Henri quelques extraits ou spécimens et, de temps à autre, le jeune homme les fait reproduire dans l'*Album de l'île des Pins*. Il y a chez cette femme quelque chose d'extraordinairement attachant et en même temps d'inquiétant, tant son exaltation confine à la violence.

C'est sur Louise Michel que le commandant territorial a tenu des propos assez ironiques, voire méprisants. Henri s'en souvient. C'était avant l'expédition dans le nord de l'île, c'était avant qu'Adélaïde l'appelle *Monsieur*.

Adélaïde ! « Où est Adélaïde désormais ? Pense-t-elle à moi ? Moi, je pense sans cesse à elle, à tous ces océans qui nous séparent, à ces instants trop brefs qui nous ont réunis, à ses yeux baissés sur l'ouvrage de broderie, à sa bouche, à nos cris. Est-elle triste ? Rit-elle quelquefois ? Rêve-t-elle de nos étreintes, comme je rêve de son corps ? Prononce-t-elle mon prénom, comme je murmure nuit et jour le sien ? »

Adélaïde n'est plus là, mais *Monsieur* Henri Amérieux est redevenu le journaliste passionné qu'il était avant sa condamnation à Lyon par un conseil de guerre. Communard il a été par opportunité, occasion ou hasard, humaniste curieux il est et sera toujours par toutes les fibres de son être.

– Vous êtes quand même un drôle de type ! lui a dit un jour en souriant un gradé du personnel de surveillance.

– Je ne sais pas si je dois prendre cela comme un compliment, a-t-il répliqué. Un drôle n'est pas forcément un bon sujet.

- 35 -

Edouard Deval donne deux tours de clef : jamais il ne quitte sa chambre sans prendre ces précautions. Il n'a rien de particulier à cacher mais il redoute les voleurs, les petits malfrats qui écument Nouméa au gré des mouvements de bateaux de commerce et navires de guerre relâchant dans le port.

Il habite désormais sur la Grande Terre, à Nouméa, tout en haut de la rue de l'Alma, au fond d'une impasse. Sa maison est une construction basse en bois solidement ancrée sur des fondations de pierres, avec un toit de tôles ondulées et une immense véranda. La case que le jeune avocat a connue dans la petite île des Pins est un lointain souvenir.

Il est tôt en ce dimanche matin et les réverbères à huile sont encore allumés, jetant sur la rue sans asphalte une lumière jaune et chaude qui rappelle à Edouard l'aspect de la confiture d'abricot. La rue de l'Alma est large, plantée d'arbustes. Ici ou là, dominant les toits verts des maisons particulières, des bâtiments en pierres rappellent l'omniprésence de l'administration. Un vent léger agite les palmes des cocotiers qui, autour du *Cercle Civil*, tressent comme une sorte de couronne à ce haut lieu des joueurs de cartes ou de billard. Edouard y vient jouer au billard tous les mardis et jeudis, à partir de dix-neuf ou dix-neuf heures trente, en sortant du bureau. Même déporté, on a ses habitudes ! C'est à Paris, au *Grand Café*, qu'Edouard s'est découvert une véritable passion pour ce jeu et on le voyait souvent alors avec un ou deux de ses amis, dans la vaste salle habillée de superbes colonnes et animée à mi-hauteur d'angelots sculptés dont chacun d'eux maniait un instrument de musique. Le bruit au *Grand Café* était considérable mais la magie du lieu opérait rapidement sur les nombreux joueurs agglutinés autour des tables. Le *Cercle Civil* est un établissement beaucoup plus modeste mais Edouard y éprouve un plaisir aussi fort.

Le *Café Pacifique*, avec ses volets de bois aux couleurs criardes, n'est pas encore ouvert. Devant l'hôtel *Sébastopol*, un couple discute avec animation, comme s'il se disputait. Il y a fort peu de monde dans les rues en dehors des hommes de peine charroyant des marchandises vers le port, des ivrognes regagnant le bateau après avoir cuvé dans un coin sombre et de quelques désœuvrés partant en quête d'un morceau à grignoter ou d'un café à avaler.

Un vol de pigeon accroche le regard d'Edouard. Alors que l'horizon blanchit, les nombreux bateaux mouillant dans le port de Nouméa se dessinent en ombres chinoises. L'avocat les reconnaît, les nomme, parce qu'il va tous les jours au port pour voir les mouvements, se renseigner. Là-bas, vers la Petite Passe, c'est le trois-mâts barque anglais *Pactole*, venant de Sydney avec un chargement de charbon, qui se balance doucement : il déchargera sans doute lundi puis repartira. A quelques encablures, vers la pointe de l'île Nou, on voit un autre trois-mâts barque, français celui-là, le *Ville-de-Frontignan*, à destination de Pam et Newcastle et avec une cargaison dont Edouard n'a pas pu déterminer la nature. Entre eux, le transport français *Fénelon* et l'aviso *La Vire* sont entourés d'un grand nombre de péniches. Dans l'Anse du Tir, deux petites goélettes anglaises, jaugeant à peine cinquante-six tonneaux chacune, *Ephémey* et *William and Julia*, paraissent s'embrasser au gré des mouvements de la mer en provenance de la grande rade. Au premier plan, le trois-mâts goélette à vapeur *Havilah* crache une fumée noire : son départ, dont Edouard sait qu'il a été retardé par différents problèmes administratifs, est imminent.

Le jeune avocat s'engage dans la rue de Magenta, évite un gros chariot tiré par d'énormes bœufs qu'un Canaque, assis à côté d'un Blanc endormi, manœuvre en faisant claquer son fouet. Nicolas Moreau habite dans cette rue, derrière le rideau que forment des pins de Norfolk. Edouard a rendez-vous avec lui.

Les employés municipaux éteignent les réverbères. Une section de la police indigène, commandée par un sous-officier, remonte la rue à vive allure en soufflant fort.

Edouard s'assied sur un banc devant un massif de fleurs. Il a d'ici une très belle vue du port de Nouméa, de l'île aux Lapins jusqu'à la presqu'île Ducos, avec en plein milieu cette espèce de chenille constituée par le bout de l'île Nou - l'île du bagne. Deux chaloupes à vapeur se dirigent vers un transport que Edouard n'a pas tout à l'heure remarqué. Flottent dans l'air des parfums de résédas et d'eucalyptus. Des filaments roses et jaunes apparaissent dans le ciel. Une cloche tinte quelque part, à laquelle un chien répond par un aboiement furieux. Il fera chaud, comme la veille.

Edouard se sent bien. A l'île des Pins, il fallait se présenter chaque dimanche à un fonctionnaire : ici, la formalité est mensuelle. S'il n'est pas passionnant, son travail n'est pas inintéressant. Il y a tant à faire sur cette île, les problèmes sont si nombreux, les colons si turbulents et si indisciplinés, l'administration si lente et si tatillonne. Sur quatre cents kilomètres du nord-ouest au sud-est, on doit régler les problèmes d'occupation des sols, assurer la police, percer des routes, réguler le débit des cours d'eau, mettre en œuvre des moyens de transport, surveiller l'exploitation des mines. Edouard travaille dans le service de gestion des titres miniers, traduction administrative d'une richesse immense.

On s'agite dans le café *The Albion*, véritable institution sur la rade. Tout à l'heure, Edouard et Nicolas s'y rendront. La collation est chère mais l'endroit vaut le coup. Et puis c'est là qu'Edouard a donné rendez-vous à l'agent maritime William Monroe.

Mais il est temps à présent d'aller frapper à la porte de la petite chambre qu'occupe Nicolas.

- 36 -

William Monroe représente à Nouméa les intérêts de trois compagnies maritimes. Il est installé sur la Grande Terre depuis 1872.

Edouard a fait sa connaissance au *Cosmopolitan Hotel* quelques semaines après avoir débarqué à Nouméa. Tout de suite, il a compris quel parti il pouvait tirer des fonctions exercées par cet australien s'il parvenait à le corrompre.

Deux précautions valant mieux qu'une, Edouard a choisi de jouer en même temps sur les deux faiblesses de l'individu : les femmes et l'argent. A cette époque, les bordels et prostituées sont légion à Nouméa – c'est le cas de tous les ports – mais les artistes du sexe, celles que le Second Empire appelle les « grandes horizontales », les hétaïres de l'amour tarifé, les courtisanes de l'empire des sens, ne sont pas si nombreuses, et Edouard, qui peut par son banquier parisien faire transférer sur un compte à Sydney tout l'argent nécessaire, a eu tôt fait de les identifier et d'en retenir une, Rolande Floux, qui a pris le nom de scène - Dieu sait pourquoi ? – d'Alia.

Alia a une trentaine d'années - personne ne connaît son âge exact -, des grands yeux verts ombrés de longs cils qui constituent sa fierté et qu'elle passe des heures à recourber. Elle est arrivée avec un colon aux débuts des années 1870, lequel colon est mort assez rapidement - sans doute épuisé - en lui laissant un pécule suffisant pour démarrer une carrière prometteuse dans l'ordre de la satisfaction des sens. Intelligente et vive, la jeune femme a su rapidement séduire ceux qui comptent sur cette lointaine terre française, le gouverneur, deux ou trois potentats ayant fait fortune dans l'exploitation de mines, un directeur de la transportation, le commandant de la garnison, de gros commerçants. Alia rappelle à Edouard cette jeune femme rousse aux épaules si parfaites qu'il fréquentait autrefois à Paris, il y a longtemps, Anaïs Longuevieille, Anaïs dont l'éducation bourgeoise n'avait pas résisté à une sensualité trop tôt éveillée par un lointain cousin, Anaïs qui aimait les choses raffinées, les mots que l'on choisit, les caresses prodiguées comme des mots, Anaïs à laquelle Edouard récitait des vers de Racine et qui l'écoutait, les lèvres légèrement entrouvertes, les yeux mi-clos, en se caressant du bout de ses longs doigts manucurés.

Comme Anaïs, Alia a dans la pratique de son art cet enthousiasme, cette allégresse, cette fraîcheur, cet émerveillement, cette authenticité, ce naturel qui font oublier son expérience et son métier et donnent à son partenaire le sentiment non pas que la dernière étreinte a été la plus extraordinaire - n'importe quelle roulure ou radeuse peut trouver les mots ou les moues de nature à rassurer le mâle le plus inquiet - mais que, pour elle comme pour lui, cela a été la première fois, un peu à la manière d'une création. Artiste elle est et artiste elle veut être reconnue.

Il n'y a rien de bien étrange à ce qu'Edouard, après une rencontre un dimanche, sur la Place des Cocotiers, alors que la fanfare des transportés jouait une valse endiablée, soit devenu l'un de ses clients habituels. Sa qualité de déporté était effacée par sa condition sociale antérieure. Les confortables revenus qu'il pouvait se faire virer de banque à banque depuis Paris jusqu'à Sydney ouvraient toutes les portes.

William Monroe, marié à un dragon luthérien qui lui a donné trois enfants, a depuis longtemps trouvé dans l'amour vénal les fantaisies et les satisfactions que lui refuse obstinément le grenadier presbytérien qui veille sur son foyer. Mais le bonhomme, trop grossier ou parce qu'il manque de goût, ne connaissait que les fleurs de ports, ces grisettes, gourgandines, ribaudes et autres trimardeuses qui écument les quais et les arrière-cours, le premier étage des bouges et les encoignures de portes, les hôtels de passes et les garnis. Lorsqu'Edouard a provoqué cette rencontre fortuite entre Alia et William Monroe, ce dernier a connu une véritable révélation. Désormais, il ne voit plus, il n'entend plus, il ne sent plus, il ne goûte plus que par Alia. L'incroyable est qu'il ne se demande même pas pourquoi Alia lui consent des tarifs aussi modestes au regard de ses talents, assurée qu'elle est de trouver auprès de son commanditaire Edouard de légitimes compensations financières.

– C'est un grossier bûcheron, dit de lui Alia, abattant à la hache des arbres de haute futaie quand il faudrait délicatement ouvrir les pétales d'une fleur de cerisier pour en mieux découvrir le style et les étamines.

Alia a le sens de la poésie. « Une vraie artiste ! »

– En amour vénal, il ne faut pas seulement du rythme, il faut aussi de la rime, aime-t-elle aussi à dire.

– En amour vénal et en amour tout court ! corrige Edouard.

– Tout amour est vénal !

– Te voilà bien amère !

– Et toi bien naïf !

A partir de cette liaison suivie, Edouard a su absolument tout de William Monroe, de ses habitudes, de ses occupations professionnelles, de ses soucis, des mouvements de bateau, du fonctionnement du port de Nouméa. C'était l'objectif et il a été rapidement atteint. La seule réserve est que les appétits génésiques de l'agent maritime, trop longtemps laissés en déshérence, sont importants et appellent donc, pour leur traitement, un budget conséquent.

La seconde faiblesse de William Monroe est l'argent, une faiblesse qu'il exprime depuis longtemps par de médiocres trafics et quelques malversations, mais qui s'est sensiblement aggravée avec la fréquentation de la courtisane. Là-encore, Edouard n'a pas eu longtemps à attendre : l'Australien, averti par Alia qu'il pourrait, moyennant finances, servir les projets d'évasion de déportés, relancé à plusieurs occasions sur le sujet et alors qu'il était sous la domination totale de l'hétaïre, a fait savoir qu'il désirait avoir un contact direct avec les protagonistes – les *convicts* comme il les appelle. A l'occasion d'un rendez-vous organisé par Alia, Edouard, dans l'ombre d'une arrière-salle de café, a rencontré l'agent maritime. Sa mission est simple : trouver un bateau qui, mouillant dans le port de Nouméa et devant joindre Sydney ou une autre ville d'Australie, pourrait accueillir quatre hommes de manière totalement clandestine, Edouard se chargeant de son côté d'assurer à William Monroe, sur un compte ouvert dans une banque de Sydney, la disposition d'un capital payable au jour où les évadés débarqueraient en Australie. Cela suppose bien évidemment pour l'agent maritime qu'il trouve un commandant de bord complice et, ce qui n'est pas le moindre problème, qu'il imagine une façon de faire passer quatre déportés des quais jusqu'au bateau sans que quiconque s'en aperçoive. La surveillance du port est vigilante et même suspicieuse, avec de nombreux contrôles armés. Les bâtiments stationnaires qui patrouillent à proximité du port de Nouméa ont tôt fait d'arraisonner tout bateau dès lors qu'on signale une disparition, une absence suspecte ou un phénomène inhabituel, ce que beaucoup de candidats à l'évasion ont appris à leurs dépens.

Pour s'évader de la Grande Terre, la meilleure façon est incontestablement de s'introduire dans un bateau battant pavillon étranger pour rejoindre Sydney. L'autre solution consisterait, à partir de Nouméa, en marchant de nuit et en se cachant durant le jour, à suivre la côte en évitant les postes de gendarmes, à nager entre les différents pointes pour gagner du temps et à atteindre ainsi la pointe nord, à s'emparer alors d'une pirogue canaque et, en pariant sur les vents, à gagner les Nouvelles-Hébrides. Cela supposerait qu'on échappe aux poursuites de la police indigène, avec des auxiliaires canaques d'autant plus féroces qu'ils sont appâtés par une récompense substantielle (la prime est de cinquante francs par fugitif repris, sans qu'on sache très bien si ce tarif s'applique aussi à un fugitif mort). Cela impliquerait aussi qu'on n'ait rien à craindre des mœurs anthropophages des indigènes habitant les Nouvelles-Hébrides.

La solution qu'Edouard et Nicolas privilégient a déjà fait ses preuves : Deslande a pu s'embarquer sur le *Fénelon* en novembre 1873 ; Robin a réussi à se cacher sur l'*Egmont* deux mois plus tard ; le député Henri Rochefort a remporté un plein succès avec plusieurs compagnons en mars 1874.

Edouard et Nicolas ont aussi écarté la méthode conduisant à s'emparer d'une chaloupe, d'une baleinière ou d'un cotre pour joindre un gros bâtiment au mouillage : c'est augmenter les risques, en particulier les risques de violences que les autorités civiles ou militaires peuvent aisément mettre en avant pour demander l'extradition des fugitifs. A Sydney ou à Newcastle, on n'extrade pas celui qui s'est évadé sans brutalité, mais on est moins regardant pour les autres.

- 37 -

Ce dimanche-là, Edouard et Nicolas ont de nouveau rendez-vous avec William Monroe. Trois rencontres ont déjà été nécessaires. Il n'est plus temps désormais de prolonger et ce doit être le dernier entretien avant l'évasion.

Un problème a dès à présent été résolu : celui né de l'éloignement de Théophile Bordeleau, occupé dans une mine du sud-ouest, et de Prosper Desfossés, employé à Thio. Grâce aux convois qui font régulièrement la liaison entre Nouméa et les deux sites, ceux-ci pourront être en temps utile prévenus de la date retenue pour l'évasion et rejoindre leurs amis à Nouméa.

Monroe est déjà assis à une table lorsque Edouard et Nicolas franchissent la porte du café *The Albion*. Il a choisi la deuxième salle, celle qui est décorée de marines et maquettes de bateaux. Les murs, le plafond, les tables, les banquettes, tout est de bois rouge foncé. Nicolas, du reste, a prêté ses talents de menuisier et fabriqué certains éléments dans les ateliers où il travaille. Un peu partout, abritant des lampes à huile, des pâtes de verre jaune ou blanc donnent à l'endroit une allure assez mystérieuse. Des banquettes en cuir et, sur le sol, des nattes tissées avec l'écorce de niaouli, achèvent le décor.

L'agent maritime est un homme roux, portant une barbe fournie et une épaisse moustache aux pointes relevées. Sa chevelure très bouffante est séparée en son milieu par une large raie. Il chausse aussi, chaque fois qu'il lui faut consulter un document, de fines lunettes de métal blanc. Son français est parfait, malgré un fort accent anglais. Au moment où ses interlocuteurs s'assoient en face de lui, il déguste une bière, en faisant des ronds de fumée avec un énorme cigare. Il y a très peu de monde aux autres tables car la matinée est encore peu avancée.

Edouard présente Nicolas en quelques mots puis on en vient à l'objet précis de la rencontre.

– Début août, un bateau australien venant de Newcastle déchargera du charbon à Nouméa, commence William Monroe.

– Son nom ?

– *Greywood.* Un trois-mâts barque de trois cent soixante tonneaux. Il viendra livrer du charbon. Puis il doit être chargé avec différents minerais représentant à peu près deux cents tonnes, et des machines à vapeur, deux pour être exact. Ce sont des machines qui ont été jusqu'à présent exploitées dans les mines de Pouébo et Dumbéa. Les établissements Higginson les échangent contre de nouvelles machines qui seront livrées à la fin de l'année, des machines plus puissantes.

L'agent maritime se tait, le temps nécessaire au garçon pour prendre la commande.

– Ces machines vont bien sûr être démontées, pour être acheminées à Nouméa. Certains éléments seront mis dans des caisses dès le départ de la mine, d'autres le seront ici, au port.

William Monroe suce son cigare, aspire, observe quelques secondes le rond de fumée qui file de sa bouche.

– Ici, au port, les caisses seront fabriquées par la caisserie Blantier. C'est toujours à Blantier que les établissements Higginson s'adressent. Ce sont les gens de la mine et l'affréteur qui feront la mise en caisse. Pour un départ le onze août à sept heures, la mise en caisse devra être terminée le huit août à five p.m., je veux dire cinq heures de l'après-midi, et les caisses devront être chargées à bord le neuf août.

– C'est donc dans la nuit du huit au neuf août que nous devons nous introduire dans les caisses, murmure Nicolas.

– C'est cela même. Et j'ai déjà pris quelques dispositions pour que les choses se passent sans… Comment dites-vous déjà ?

– Sans incident, répond Nicolas.

– Sans incident, c'est cela. Les docks où seront les caisses avant leur chargement sont surveillés par des gens que je contrôle.

– Mais comment ferons-nous pour nous introduire dans des caisses si celles-ci sont déjà pleines ? fait remarquer Edouard.

L'Australien le regarde d'un air surpris, comme si la question était incongrue.

– Parmi ceux qui vont faire la mise en caisse, il y a des gens que je contrôle. Ils prépareront dans quatre caisses la place nécessaire et feront de telle manière qu'un homme puisse s'introduire et rester plusieurs jours dans chacune.

– Je suppose que les caisses seront fermées totalement dès le huit août à cinq heures du soir, observe Nicolas. Comment ferons-nous pour les ouvrir et les refermer dans les mêmes conditions ?

– J'ai prévu cela aussi. Pour vous aider, il y aura des hommes à moi…

– Combien ?

– Trois, c'est suffisant. Il y aura des hommes à moi. Ils ouvriront les caisses, avec vos amis, vous vous introduirez dans les caisses, et ils refermeront les caisses. Je précise que des ouvertures discrètes seront ménagées pour permettre à un homme de respirer.

Il s'interrompt car le garçon dépose sur la table trois bières et des petits gâteaux.

Les tables se garnissent. Il faut à présent que les trois hommes parlent à voix basse.

– Bien entendu, reprend l'agent maritime en approchant le visage de ses interlocuteurs, bien entendu, tout cela va coûter un peu plus cher que ce qui avait été envisagé entre nous. Tous ces hommes sous mon contrôle qu'il faut faire intervenir demandent évidemment, étant donné les risques, des … indemnités spéciales, des primes de risque. Les sommes qu'on avait décidées ensemble doivent être sensiblement augmentées.

– Sensiblement ? fait Edouard, la mâchoire serrée.
– Je pense… je pense vingt pour cent. Mais toutes les conditions de paiement restent les mêmes. Le commandant du bateau, à l'arrivée à Sydney, recevra de votre part un ordre signé à remettre à la banque. A cet égard, soyez rassurés, rien n'est changé. Seulement, c'est vingt pour cent plus cher.

Il a presque l'air de s'excuser.

– Je n'aurai jamais le temps, fait Edouard, pour donner des instructions utiles à Paris. Les ordres à donner prennent évidemment du temps.
– Mais je peux vous aider car nous avons à l'agence des moyens rapides de communication, objecte William Monroe.
– Non, à Paris, ils ne suivront que mes ordres. En fait, pour tout dire, si je comprends bien qu'il y ait des frais imprévus à prendre en compte, je ne peux pas augmenter la somme de plus de huit pour cent. C'est tout le capital qui est actuellement sur le compte de Sydney.
– Va alors pour une augmentation de seulement huit pour cent. Mais peut-être alors pourrait-on…
– Je crois que nous devons nous mettre d'accord, maintenant, tout de suite, coupe sèchement Edouard. Je dispose d'un certain capital sur un compte bancaire de Sydney…
– Ce sera donc facile…
– C'est ce capital, et rien d'autre, que je suis prêt à régler le jour où je serai débarqué au port de Sydney. Peut-on conclure sur cette base ? C'est déjà une augmentation de huit pour cent par rapport à ce qui avait été arrêté entre nous.
– Ce n'est que huit pour cent…
– Ce ne sera pas plus !
– Bien, cher Monsieur. Je suis d'accord. Je crois que c'est un bon *deal*. Je propose maintenant que nous allions nous promener sur le port. Je voudrais en effet vous expliquer

certains détails. Je voudrais par exemple vous montrer comment...

Il baisse alors la voix considérablement.

– ... Comment les caisses vont d'abord être chargées sur une barge à vapeur puis ensuite enlevées et déposées par une grue-ponton sur le *Greywood.* Vous devez connaître l'itinéraire et ce que vous autres, Français, vous appelez les ruptures de charges pour, le moment venu, ne pas être trop surpris.

- 38 -

Les entrepôts de la compagnie AMC Calédonie sont situés au creux de l'Anse Bayonnaise, aux limites du quartier Uerendi. C'est là qu'Edouard et Nicolas, portant chacun un sac de marin, doivent être à vingt heures précises. Il y a peu de monde sur les quais, déjà plongés dans l'ombre, même si une très grande animation a régné toute la journée dans le port en raison de l'arrivée de la *Loire* et de la *Creuse*. Edouard a pu observer également que trois avisos, le *Perrier*, le *Curieux* et la *Seudre*, patrouillent à distance.

Entre deux hangars de bois sombre, l'avocat frappe à une petite porte. Ne percevant rien, il cogne plus fort et, cette fois-ci, entend distinctement des pas.

– Monroe nous a dit que vous avez un problème de mise en caisse, dit Edouard quand un individu râblé, le cheveu brun hirsute et le regard soupçonneux, entrouvre la porte.

– Nous avons effectivement un problème d'encombrement avec des machines à vapeur, répond l'homme.

Edouard sourit : les mots de passe sont conformes.

– Vous êtes que deux ? On m'avait dit quatre. Où sont les autres ?

– Les autres n'ont pas pu venir, dit simplement Nicolas. Trop loin, prévenus trop tard.

L'explication parait convenir car l'ouvrier invite les déportés à entrer. En réalité, l'un des absents, Théophile Bordeleau, a renoncé, car il souffre de claustrophobie et craint de ne pouvoir supporter d'être enfermé dans une caisse. Quant à l'autre, Prosper Desfossés, il s'est cassé trois côtes et le radius dans une chute malencontreuse, souffre le martyr dans une immobilisation du thorax et du bras et n'aurait pu tenter l'aventure sans prendre des risques considérables. Lui a une vraie raison de se faire porter pâle, ce qui n'est pas le cas de Nicolas et Edouard, obligés d'inventer pour leurs employeurs des troubles intestinaux.

Sans un mot, les communards sont conduits vers le fond de l'entrepôt. Deux autres individus s'y trouvent, devant quatre caisses ouvertes qui paraissent minuscules à Edouard.

– Ils ne sont que deux ! lance l'homme brun. Fermez deux caisses. On va les installer dans les deux autres.

– On ferme la 225 et la 228 ? demande l'un des dockers. Ce sont les plus petites.

– C'est ça ! On se dépêche ! Il faut que tout soit fini pour la première ronde de Bilowski. Par qui on commence ?

Le chef d'équipe regarde tour à tour Edouard et Nicolas. Ceux-ci sont face à face, comme tétanisés. Pour eux, ce n'est pas le moment où il faut choisir qui des deux sera le premier à être enfermé, mais le moment où il faut se séparer pour une aventure dangereuse. Depuis 1873, depuis qu'ils ont été jetés dans les cages du *Calvados*, ils ont vécu ensemble tous les dangers, toutes les alarmes, affronté les mêmes difficultés, surmonté les mêmes guêpiers, ils se sont aidés dans les mauvais pas, ils ont fait front ensemble contre les mêmes menaces. Et voilà qu'en quelques secondes ils doivent, pour la première fois depuis si longtemps, pour échapper à la Nouvelle-Calédonie et recouvrer leur liberté, décider de se séparer et se rendre l'un à l'autre incapables de la moindre aide, s'enfermer dans le plus petit espace qui soit et ne plus rien sentir et voir de l'autre !

Les deux amis s'étreignent, longuement, en silence, en se frappant le dos.

– Vas-y !

Edouard intime à Nicolas l'ordre d'entrer le premier.

– On se reverra à Sydney ! dit le menuisier.

En se courbant et en rampant, il pénètre dans la caisse qu'on lui désigne. Quand il est à peu près installé, c'est-à-dire assis sur une masse métallique recouverte d'une couverture pouvant servir de couche, on lui tend son sac de matelot, dans lequel il a soigneusement rangé de la nourriture pour huit jours, des vêtements de rechange et des sacs goudronnés pour les déjections. Si tout se passe bien, il s'écoulera au maximum cinq jours avant que la caisse soit de nouveau ouverte, sur le *Greywood* : les accords passés avec William Monroe prévoient un changement de cache sur le bâtiment.

– Vous avez de l'eau pour dix jours, dit l'homme brun.

Il désigne un grand bidon métallique niché entre des éléments de tôle et une roue dentée.

– Faut pas vous inquiéter ! Tout est bien arrimé. Ça ne bougera pas là-dedans ! Même quand les caisses seront un peu brinquebalées lors des opérations de chargement et de déchargement. Vous avez pas le mal de mer, des fois ?

Nicolas secoue la tête. Il n'est pas sûr d'être totalement rassuré.

– Surtout, faut pas fumer, car il y a des graisses et des huiles, dit encore le chef d'équipe, décidément très attentif et complaisant derrière un front soupçonneux.

Nicolas renifle déjà l'odeur de l'huile, une odeur insupportable avec laquelle il va devoir vivre pendant de longues journées.

– Il faut pas non plus allumer une mèche. Repérez bien les choses !

Le jeune homme a le sentiment d'entrer dans son cercueil. Edouard lui fait un signe de la main.

– A partir de maintenant, plus un mot ! ordonne l'homme brun. Celui qui viendra vous ouvrir, sur le *Greywood,* c'est l'officier Backer. Vous vous en souviendrez ? Eh bien, bonne chance ! Bon courage !

Déjà, les ouvriers approchent des planches et les ajustent. Ils commencent à visser et clouer, et cela fait un bruit étourdissant, obligeant Nicolas à appliquer ses mains sur les oreilles. Après la dernière planche posée, le noir complet s'installe dans la cachette et Nicolas a un pincement de cœur, songeant brutalement qu'il n'a pas vérifié les ouvertures permettant de respirer. En fait, il en existe suffisamment pour assurer une bonne ventilation. En plus, la moitié d'entre elles, dans la situation d'éclairement où se trouve le hangar, laissent passer de minces rayons de lumière pâle, rayons qui se croisent comme dans un jeu de scène théâtral.

Le menuisier entend que l'on s'affaire à présent sur une autre caisse. Il perçoit des voix, sans rien comprendre. Puis les coups de marteaux retentissent, pendant de longues minutes. Edouard, comme Nicolas, est lui aussi désormais dans son terrier.

Les dockers parlent encore quelques instants. Il semble à Nicolas que l'homme brun donne des ordres. Il y a ensuite un bruit déclinant de pas et le son métallique d'une porte que l'on claque.

La longue nuit des fugitifs commence et ils n'ont désormais plus qu'un seul compagnon : le silence.

- 39 -

Ce n'est pas la première fois que Nicolas se retrouve au fond d'un trou noir, avec cette impression de fouiller les entrailles de la terre. Déjà, il y a bien longtemps, on l'a invité à visiter l'abîme. Le voyage était certes symbolique, mais les sensations, les émotions ont été les mêmes.

L'aventure avait démarré en France, à Paris. On lui avait donné rendez-vous, au même endroit que pour le « passage sous le bandeau », à dix-huit heures. « Six heures précises du soir », disait le message. Nicolas n'avait guère mangé, ayant l'estomac trop noué et l'esprit trop tendu. Il n'avait même pas pris de vin. Arrivé sur les lieux, une impasse du onzième arrondissement, il avait été accueilli par un homme au regard sévère entre des cheveux gris, un homme qui, un cahier en main, lui avait posé quelques questions. Puis celui-ci lui avait bandé les yeux, des bras attentifs mais fermes l'avaient conduit à travers un très long couloir et c'est arrivé devant une toute petite pièce, une sorte de cagibi, qu'il avait recouvré la vue.

– Monsieur, c'est ici que vous subirez votre première épreuve, avait prononcé gravement son hôte en lisant dans le cahier. Autrefois, on l'appelait l'épreuve de la terre. Pour que vous soyez sensible physiquement, matériellement, à ce qui va s'accomplir, se réaliser en vous spirituellement, je vous prie de me remettre immédiatement tout ce que vous portez sur vous de précieux, en particulier tout ce qui est métal.

Le jeune menuisier avait hésité un bref instant, étant loin de s'attendre à une pareille requête. Mais il se faisait déjà au langage symbolique employé par son interlocuteur : il lui avait donc remis les pièces de monnaie dont il était porteur, son alliance, une chaîne qui venait de son oncle, son couteau, sa montre – la montre que lui avait offerte son père.

– Maintenant, Monsieur, il me faut vous abandonner, vous abandonner à vous-même. Vous allez rester dans la solitude, le silence.

La gravité extrême dont il imprégnait son regard et ses propos était tout à fait impressionnante. Nicolas avait regardé les murs noirs de la petite pièce, le dessin d'un sablier et d'une faux entrecroisés, l'image d'un coq stylisé surmonté des mots « Vigilance et Persévérance ». Il découvrait que le cagibi était simplement meublé d'une table et d'un siège. Sur la table on remarquait une bougie allumée, le squelette d'un crâne, un morceau de pain, un miroir, trois coupelles au contenu inconnu et une cruche.

Son accompagnateur avait continué son discours :

– Vous êtes appelé à rédiger votre testament. Votre testament philosophique. Vous y direz tout ce que vous espérez pour l'humanité et pour vous. Voici quelques feuilles de papier, une plume et de l'encre. Je reviendrai chercher ce testament plus tard. Prenez votre temps, profitez du silence. Profitez du silence.

Nicolas, il s'en souvenait comme si c'était hier, s'était saisi sans un mot des objets que lui tendait l'homme en le regardant fixement. Et, tandis qu'il les posait sur la table, il avait entendu la porte se fermer doucement derrière lui. Il s'était assis, avait soulevé la coupelle au contenu blanc, avait identifié du sel, avait soulevé une seconde coupelle et déterminé qu'elle contenait du souffre, avait reconnu enfin du mercure dans la troisième. Des lettres gravées sous l'image du coq avaient attiré son attention. Il les avait regardées longuement, cherchant à en deviner le sens, y avait finalement renoncé. Le silence était total. La bougie crachotait une fumée noire. Il avait à peine vu ses mains qui débouchaient l'encrier, s'emparaient de la plume, lissaient la feuille de papier blanc.

Qu'avait donc dit l'homme encore à propos du testament ? La plume suspendue, les yeux posés sur le sablier et la faux entrecroisés, le jeune homme s'était dit que tout ici n'était que symboles et que toute lecture était donc forcément symbolique. Celui qui l'avait accompagné jusqu'à cet étroit cabinet n'avait-il pas à un moment indiqué que les objets et les images s'offrant à ses regards avaient un sens symbolique et l'inciteraient à la méditation ?

Que pouvait bien être un testament, même philosophique, pour un garçon ayant fêté ses vingt-deux ans le 22 décembre 1869 ? Devait-il vraiment s'interroger sur sa mort, comme le lui suggéraient les images mêlées du sablier et de la faux ou ce crâne aux orbites vides qui trônait sur la table et grimaçait un rire éternel ? La mort avait-elle un sens pour un homme au printemps de sa vie ?

En déplaçant la cruche, Nicolas avait vu qu'elle contenait de l'eau. Il y avait porté le nez, lui avait trouvé une odeur douteuse. Il s'était intéressé au miroir, un objet rond en bois de sapin, y avait surpris le bas de son visage, la barbe noire, puis un œil mouillé, inquiet. « Un testament pour quoi faire, sacrebleu ? Pourquoi parler de l'épreuve de la terre ? »

Et puis la pensée s'était insinuée en lui. D'abord ténue, fragile, timide, elle avait rapidement gagné en puissance puis avait éclaté, lumineuse et évidente : il était en train de mourir, symboliquement certes, mais en train de mourir. N'avait-il pas abandonné tous les biens qu'il portait ? N'était-il pas déjà un peu enterré dans cette pièce aux murs noirs faiblement éclairés par la flamme d'une bougie ?

Il savait désormais quels mots il allait porter sur le papier blanc. Sa plume, presque d'elle-même, était venue se gorger de l'encre bleue de l'encrier et s'était mise à courir sur la feuille. Il quittait une vie, il opérait une mue, pour entrer dans une autre vie, et il allait donc dire ce qu'il voulait faire de cette autre vie, quel or il voulait fabriquer avec le plomb vulgaire dont il disposait. Plus exactement, parce que cette mort était aussi une renaissance et que l'initiation est un départ, il voulait exprimer toute la richesse de ce qu'il entrevoyait pour cette régénération, ce futur neuf succédant à un passé disparu, ce renouveau, ce renouvellement. « Je suis l'alchimiste de moi-même, se répétait-il. Je suis la matière et le forgeron du grand-œuvre. »

Il s'était arrêté longuement sur les mots, n'en avait barré aucun, avait fait des phrases courtes, ponctuées de gros points. Il avait couvert le premier côté de la feuille, puis le second. Cela lui avait demandé un temps dont il n'avait jamais pu mesurer la durée, ayant donné sa montre à celui qui avait aussi reçu sa monnaie, son alliance et sa chaîne d'argent, ses « métaux » comme il apprendrait à le dire plus tard. Il découvrait, presque surpris, que, ainsi dépouillé, il ne restait plus qu'un seul élément à faire fondre et à transformer : lui-même.

Il avait faim, il s'en souvenait encore, lorsqu'il avait achevé son testament philosophique, mais il n'avait pas touché au pain, qu'il voyait déjà comme un objet sacré.

Lorsqu'on était venu le chercher, il était presque assoupi et jouissait d'un extraordinaire apaisement. Il ne s'était pas étonné qu'on lui bandât à nouveau les yeux, qu'on lui passât une corde au cou, qu'on dénudât son genou droit et qu'on ouvrît sa chemise du côté gauche. Il avait provisoirement renoncé à comprendre, car il savait qu'il saisirait plus tard le sens de ces choses, de ces mystères, lorsqu'il aurait eu le temps d'analyser tous ces symboles qui se ruaient en masse dans sa tête.

Il avait vécu les épreuves de l'initiation comme un homme ivre : l'épreuve de la terre dans ce qu'il devait par la suite découvrir comme étant le « cabinet de réflexion » avait été trop forte, trop puissante.

– Je conduis ici Nicolas Moreau, plongé dans les ténèbres, avait dit l'ordonnateur de cette cérémonie, un peu avant qu'il ne fût introduit au milieu d'un assemblée. J'assure qu'il vient ici de sa propre volonté. Il demande à être admis au mystère et aux privilèges de la franc-maçonnerie.

Nicolas était toujours au fond de la terre. Les mots parvenaient à ses oreilles, prononcés par des voix fortes, mais le limon avec lequel il faisait corps étouffait les sons.

On disait qu'on se portait garant de lui.

Nicolas n'avait pas réagi lorsqu'il avait senti la morsure d'un objet pointu sur sa poitrine et entendu un homme dire qu'une épée était posée sur son sein, symbole du remords qui pourrait déchirer son cœur s'il venait à trahir la fraternité dans laquelle il demandait son admission.

Il y avait eu l'épreuve de l'air, l'épreuve de l'eau, l'épreuve du feu. Il y avait eu des incantations, des mots. Il y avait eu mille choses en une, des visions fugitives, des éclairs. Il y avait eu aussi un chant, poussé par une belle voix de contralto, repris par une voix de basse-taille, un chant où il était question de lumière et de vérité, d'amour et d'humanité.

Il avait encore prêté serment, les pieds en équerre, manipulé plusieurs outils, confirmé des engagements, formulé des promesses. On lui avait communiqué des secrets, des mots de passe, des mots sacrés. Il avait fait son premier travail d'apprenti. On lui avait demandé de répéter des mots. Il repensait malgré lui, et de manière confuse, aux premières phrases de l'évangile de Saint-Jean, où il est question du verbe qui crée tout ou qui est à l'origine de tout. Il s'était abandonné.

C'est en découvrant ses mains gantées de blanc, sagement posées à plat sur ses genoux, qu'il avait repris un peu conscience. Dans la loge, faiblement éclairée, au milieu de tous ces hommes recueillis, ses *Frères*, portant sur leur vêtement noir des sautoirs ou des baudriers et des tabliers de couleurs, il s'était senti bien, définitivement. Etait-ce déjà l'alchimie qui opérait ?

Il avait encore eu le temps de reconnaître, courant le long des murs, en frise, une espèce de longue corde à nœuds, deux autres colonnes portant les lettres J et B, et une grande affiche posée contre la table de l'homme aux cheveux noirs qui présidait la cérémonie, le Vénérable Maître, une affiche qui comportait en lettres dorées le nom de ce qui était désormais *sa* loge.

Puis on l'avait intégré dans une grande chaîne de bras croisés et de mains, une *chaîne d'union* comme la nommait le Vénérable Maître.

– Eprouvons la chaîne ! avait dit celui-ci après une brève allocution.

Tandis que les bras étaient vigoureusement secoués, il avait soudain eu peur. « Et si j'étais le maillon qui ne résiste pas ? » s'était-il interrogé.

Après la cérémonie d'initiation, il avait participé à des agapes, puis était rentré chez lui. Il s'était endormi deux minutes après s'être couché aux côtés de Virginie, plongée elle-même dans un profond sommeil.

Les nouveau-nés dorment toujours beaucoup.

Cinq heures après avoir été enfermé dans sa caisse empestant la graisse et l'huile, Nicolas le fugitif - après Nicolas le déporté et Nicolas le franc-maçon – a sombré dans le sommeil.

- 40 -

Edouard s'est endormi tard, en essayant d'oublier les odeurs de sa niche. Il se réveille avec le sentiment d'un sommeil trop court, cherche à lire l'heure à sa montre-gousset mais y renonce. Il est mouillé de sueur, a la bouche desséchée, se devine l'haleine aigre. Ses yeux sont douloureux. Il boit un peu d'eau à la citerne, les lèvres pressées sur le robinet, une eau tiède et au goût métallique prononcé. Cela lui rappelle vaguement le « charnier » de la cage, dans les batteries du *Calvados*, un tonneau muni de petits siphons que les hommes venaient téter à tour de rôle. Il se rince la bouche avec un peu de poudre de quinquina.

On n'entend aucun bruit. Nicolas dort-il ? Est-il au contraire dès à présent éveillé, guettant un signe de vie ?

Les dimensions de la caisse ne permettent pas à Edouard de s'allonger complètement. S'il veut reposer le tronc, il lui faut soit plier les genoux, soit se mettre en chien de fusil. S'il souhaite faire reposer bien droit ses longues jambes, il doit adopter la position assise. Cet inconfort explique peut-être son mauvais sommeil.

Le temps passe, un temps que l'avocat ne peut mesurer qu'à l'aune des mots forgés dans sa tête, alignés en pensées paresseuses dérivant entre Nouméa et Paris, l'absurde et l'angoisse. Peut-on vraiment et complètement faire confiance à William Monroe ? A-t-il un contrôle total de tous ses complices ? Que diront les autorités de Sydney ? Quel sera l'état de la mer aujourd'hui ? Le capitaine du bateau ne va-t-il pas les oublier, Nicolas et lui, dans la cale ? Et si l'eau venait à manquer ? Que fait sa sœur Eugénie en ce moment ?

Sur le chemin de l'exil, en 1873, quand le *Calvados* avait fait escale à Sainte-Catherine, les marchandes de fruits étaient venues jusqu'au navire dans des pirogues fragiles pour vendre des grosses oranges bien mûres. Edouard se souvient de leurs rires et du chaud jus sucré coulant sur son menton.

Pour on ne sait quelle raison, sa jambe droite est plus ankylosée que l'autre. Tout son corps lui parait lourd. Il boit encore, comme un enfant tétant sa mère.

Vient le moment où la cache se colore de gris : un peu de lumière s'infiltre. Edouard s'empresse de consulter sa montre, fait la grimace quand il constate qu'il est seulement six heures.

Mais déjà, une sorte de rumeur enfle, celle du port s'éveillant. Les avisos ne vont pas tarder à sortir de la rade pour leur patrouille quotidienne. Au gouvernorat, le concierge Augustin est sur le point d'allumer sa première pipe.

Quarante-cinq minutes s'écoulent encore, interminables. L'avocat s'amuse des contorsions d'un petit insecte jaune dans un pinceau de lumière.

Puis il y a un bourdonnement de voix, un bruit de clefs, le grincement d'une porte. Des hommes ont pénétré dans le local, qui plaisantent et s'esclaffent. Sur la gauche, on roule la grande porte coulissante aperçue la veille et qui donne sur le quai. Le brouhaha augmente, dans lequel le fugitif croit identifier les jurons d'un charretier faisant manœuvrer un chariot. Très loin, un sifflement se fait entendre.

- 41 -

On s'affaire à présent autour de la caisse où Nicolas est dissimulé. Il devine que l'on élingue celle-ci. Il juge que l'on utilise probablement des sangles de textile, posées de chaque côté, plutôt que des câbles en acier. Sa tête va cogner contre l'un des montants internes lorsque, brutalement, la caisse s'élève, tirée par la grue murale roulante qui équipe le fond de l'entrepôt et sur laquelle, la veille, mû autant par l'inquiétude que par la curiosité, il a jeté un bref coup d'œil. En trois minutes à peine, la caisse, sans s'être balancée, est posée sur ce qui doit être un chariot. L'homme qui la réceptionne est selon toute probabilité d'origine anglaise car il parle un français avec un très fort accent.

C'est encore un bruit de frottement, celui provoqué par les élingues que l'on détache, puis Nicolas suit, en analysant chaque son, les autres opérations de manutention. Il estime que l'on charge le chariot avec quatre caisses.

L'attelage démarre.

Apparemment, le charretier injurie les bêtes attelées. La suspension du lourd véhicule doit être rudimentaire car la moindre aspérité du quai provoque des mouvements brutaux dans la cache. Craignant de nouveaux chocs avec le bois, Nicolas s'entoure la tête avec un paletot et essaie de bien se caler entre des vêtements tirés en hâte de son sac de marin.

Privé de la vue, en dehors de quelques traits de lumière perçant à travers le bois de caisse, Nicolas s'essaye à capter chaque bruit venant échouer dans son antre : le claquement du fouet agité par le charretier, ses borborygmes, le grincement des roues, les craquements du plateau, le battement des machines à vapeur équipant certaines barges, les coups de sifflets d'un remorqueur, et, tout autour, la clameur des marins, dockers, portefaix, soldats, voyageurs, le brouhaha des fourgons, charrettes, diables, fardiers, berlines et autres charretons, toute une vie grouillante et de labeur qui explose et dont Nicolas ne perçoit que l'écho étouffé et affaibli, que l'âme frémissante.

Le transport terrestre dure une bonne vingtaine de minutes. Nicolas sait que le chariot devra se placer sous une grue à pivot. Là, les caisses seront normalement chargées sur une péniche. Il espère que l'opération se fera rapidement car il commence à faire chaud dans la cache.

- 42 -

Le chariot a fait halte au bord du quai. Mais Edouard attend pendant près de deux heures, un temps infini sous un soleil de plus en plus ardent. La température à l'intérieur de la caisse a au moins doublé. Depuis longtemps déjà, il s'est mis torse nu et en caleçon. La sueur ruisselle. Il boit régulièrement.

« Surtout, éviter la déshydratation ! »

L'appareil à vapeur actionnant le treuil lui annonce le début des opérations de levage : il fait un bruit d'enfer. Sa caisse est enlevée la dernière, avec cette fois un mouvement de rotation impressionnant qui lui porte l'estomac aux lèvres.

C'est au moment de la dépose de la caisse dans la péniche que se produit l'incident.

Apparemment, peut-être parce que les élingues sont mal positionnées, la caisse touche le fond de la péniche d'abord du côté où elle est la plus lourde. Puis, lorsqu'elle retombe sur l'autre côté, elle heurte soit une autre caisse, soit le bord de l'embarcation. Le mouvement est d'une telle brutalité que, dans le même temps, une grosse pièce métallique se déplace légèrement et vient comprimer la réserve d'eau, et Edouard, déséquilibré, fait le geste malencontreux de se retenir au robinet de celle-ci, ce qui a pour résultat de l'arracher partiellement.

L'eau se met immédiatement à gicler.

Remis du choc, Edouard, qui ne dispose d'aucun récipient étanche, colmate comme il peut la déchirure, d'abord avec sa chemise, ensuite en y appliquant quelques morceaux de tissu, à la manière d'une étoupe. Mais l'eau imbibe tout et continue à suinter.

Pris de panique, il essaie ensuite d'enlever le gros bidon, pour le retourner et placer en partie supérieure le robinet.

Mais, malheureusement, sous la violence du choc, l'espace où se trouve cette citerne a été comprimé et il n'est plus possible de la dégager.

Edouard a pensé un instant que la chaleur viendrait à diminuer dès que la caisse serait dans la péniche. En réalité, son misérable terrier demeure une étuve.

Il lui reste à sucer les morceaux de tissu imbibés d'eau.

- 43 -

Quatre heures plus tard, lorsque la caisse où gît Edouard est déposée dans les cales noires du *Greywood*, toute l'eau de la réserve a fui. Pendant ce temps, il a lutté comme il a pu, a tenté de fermer la brèche avec du papier mâché, a encore déchiré du tissu, s'est écorché les mains à vouloir une nouvelle fois dégager la citerne sans bruit. Mais la gravité est plus forte que toutes ses tentatives désespérées et l'eau filtre à travers les compresses rudimentaires, goutte sur le bois, mouille la couchette improvisée. C'est un peu comme si Edouard, s'étant ouvert les veines, regardait son sang couler, la vie s'échapper progressivement de son corps.

Devant la vanité de son combat, l'avocat, au moins pour sauver ce qui peut encore l'être, a mouillé une chemise et l'a appliquée sur sa tête, à la manière d'un bonnet de nuit. Il s'est aussi régulièrement passé un linge humide sur le corps, pour tenter d'en refroidir la température. Mais le soleil brûlant de Nouvelle-Calédonie, à travers le bois, a embrasé l'air intérieur, devenu d'autant plus irrespirable que les graisses et les huiles, pour les mêmes causes, exhalent toute leur puanteur. Il faut espérer que la cale du *Greywood* sera fraîche.

Edouard se demande s'il pourra tenir longtemps sans eau. On est en fin d'après-midi du 9 août. Le trois-mâts barque n'appareillera pas avant deux jours et c'est seulement en haute mer que Backer viendra le délivrer. Cela signifie au moins deux jours et deux nuits sans se désaltérer. Un homme peut-il tenir dans de telles conditions ?

Tandis qu'il s'interroge, Edouard sent grandir en lui une forme de panique. Puis, se raisonnant, il réalise qu'il doit faire un choix, tout de suite : soit ne prendre aucun risque, ce qui signifie se manifester immédiatement, attirer l'attention et provoquer l'ouverture de la caisse, soit faire le pari qu'il pourra s'en sortir, tenir sous la torture de la soif. Il n'est d'ailleurs pas le seul à être impliqué par ce choix car la première option, si elle le sauve, prive définitivement de liberté son ami Nicolas. De toute évidence, s'il vient à être découvert, toutes les autres caisses seront fouillées.

Mais une autre préoccupation surgit, toute simple. Si Edouard n'a ressenti aucun malaise dans la péniche, ouverte au vent et d'un gabarit adapté aux mouvements de l'eau dans la rade de Nouméa, il a beaucoup plus à craindre du roulis et du tangage très sensibles qui affectent le *Greywood.* Quand l'agent maritime australien a donné les caractéristiques de ce navire, Edouard a pensé que trois cent soixante tonneaux excluaient le mal de mer pour un homme enfermé dans une caisse à fond de cale, sentiment partagé par Nicolas. Il s'est malheureusement trompé. D'abord, il éprouve une indisposition assez légère qu'il s'empresse de combattre en ingérant une banane et des figues sèches. Mais le malaise grandit rapidement et il est bientôt victime de nausées.

Dix minutes plus tard, il est pris de vertiges et vomit dans son sac à déjections.

- 44 -

Le 11 août 1876, à huit heures trente et une, l'aviso *Perrier* arraisonne le *Greywood* alors qu'il est sur le point de sortir des eaux territoriales et file à quatorze nœuds sur Sydney. Le commandant ne fait pas trop de difficultés pour stopper, même si l'échange des signaux optiques donne lieu au départ à quelques malentendus plus ou moins volontaires.

L'aspirant Georges-Henri Champetier, vingt-huit ans, fraîchement débarqué à Nouméa, monte à bord du navire avec un sous-officier et six hommes de l'infanterie de marine.

C'est sa première mission d'importance en Nouvelle-Calédonie et, au fond de lui-même, il éprouve une certaine tension.

Il salue le commandant du *Greywood* puis, dans un anglais simple mais correct, notifie l'objet de l'arraisonnement.

– Vous avez à votre bord deux déportés simples, en résidence à Nouméa et qui tentent de s'échapper. Il s'agit de ...

L'officier consulte un petit carnet.

– Nicolas Moreau et Edouard Deval. Ils sont dans la cale de votre navire, dans les caisses ...

L'aspirant jette à nouveau un coup d'œil sur son carnet.

– 227 AE et 231 AF.

Le commandant feint l'étonnement.

– J'ignore tout des déportés dont vous parlez, dit-il. Mon navire transporte du minerai, des châssis de machines à vapeur et des caisses de pièces démontées concernant ces machines. Je tiens à votre disposition tous les connaissements et documents nécessaires.

L'aspirant Champetier n'attend évidemment pas du commandant qu'il reconnaisse d'emblée la présence à son bord de deux condamnés politiques cherchant à s'échapper de Nouvelle-Calédonie. Il ne voit pas du reste pourquoi un tel aveu serait fait dans la mesure où rien ne démontre son implication dans cette évasion.

Même s'il n'est pas dupe, et même s'il y a nécessairement des complicités dans l'équipage, l'officier français, comme on le lui a appris, dans le respect le plus rigoureux des formes, affecte à son tour de croire à l'innocence totale de son interlocuteur et de l'équipage.

– Une dénonciation auprès des autorités militaires nous a avertis de ce que ces deux condamnés se sont fait enfermer dans des caisses chargées sur votre navire, pour gagner clandestinement Sydney. Cette dénonciation est suffisamment précise pour que nous connaissions les numéros des caisses concernées. Je vous prierais, commandant, de laisser visiter les caisses en question par mes hommes. Cela ne devrait prendre que quelques minutes et votre navire pourrait ensuite reprendre normalement sa route.

Le capitaine australien apprécie le tact, voire l'habileté du jeune officier, qui a choisi des mots et des expressions excluant toute complicité de son équipage ou de lui-même.

– Je ne vois aucun inconvénient à ce que vous procédiez à la fouille. J'aurais simplement une requête à vous présenter. De manière à ne pas créer de problèmes vis-à-vis du propriétaire des marchandises, vous ne verrez, je pense, aucun inconvénient à ce que, en votre présence et celle de vos hommes, l'ouverture des caisses soit pratiquée selon les procédures habituelles par mon officier en second et un de ses hommes.

– Je suis tout à fait d'accord, dit l'aspirant.

Cinq minutes plus tard, Backer et un adjoint réalisent l'ouverture des deux caisses désignées par l'officier français.

Avant de procéder à cette opération, Backer, voulant se présenter aux évadés avant même de les voir, s'est nommé à haute voix et à plusieurs reprises, suscitant à moitié l'étonnement de Champetier.

De la première caisse, on voit s'extirper difficilement un homme jeune, dont le visage livide est marqué par une double fossette au menton. Torse nu, il ruisselle de sueur mais est apparemment en bonne santé. Quand il avise les fusiliers marins, il ouvre la bouche mais aucun son n'en sort.

Sans un mot, le sous-officier de marine lui passe les menottes.

De la seconde caisse, personne ne sort.

Backer et deux fusiliers marins saisissent par les jambes un corps inerte, entièrement nu et couvert de vomissures. S'il n'est pas mort, l'homme n'est pas loin de succomber car aucune respiration n'est perceptible.

– Cet homme est complètement déshydraté, souffle l'aspirant Champetier. Allez chercher l'infirmier de bord et de quoi boire.

Déjà, un fusilier marin tend une gourde et c'est le déporté à double fossette qui, accroupi auprès de son compagnon d'évasion, humecte ses lèvres, fait couler de l'eau sur son front, en pleurant.

– Edouard, bon sang ! Edouard, il faut vivre ! Il faut vivre ! Edouard, tu m'entends ? C'est Nicolas ! Il faut vivre !

L'aspirant observe la scène. C'est son tour d'éprouver un certain malaise.

En fait de dénonciation aux autorités militaires, c'est une information communiquée directement à lui-même qui lui a permis de pratiquer cet arraisonnement et cette arrestation, une information qu'il a payée grassement.

– Il faut le remonter, tout de suite, dit l'infirmier quand il a examiné Edouard.

Le groupe regagne en hâte le pont supérieur.

Porté par trois fusiliers, Edouard s'est mis à gémir, ce qui est finalement bon signe.

L'officier français est le dernier à quitter la cale, qui empeste le charbon et le minerai, la graisse des outillages et le crottin de cheval, mais surtout la peur et l'angoisse de deux hommes risquant la mort pour leur liberté.

Il s'y attarde, comme s'il voulait emporter quelque chose de l'endroit, comme s'il voulait s'imprégner de son esprit. Il se sent secoué : des cadavres n'auraient pas fait sur lui plus grande impression.

« Risquer la mort pour la liberté », songe l'aspirant.

Quand de nouveau l'air de la mer fouette son visage, Champetier se dit que, tout compte fait, Alia est pire qu'une putain.

- 45 -

Le lieutenant-colonel François Malatesta, président du conseil de guerre, est un homme grand, presque dégingandé, au front dégarni et à la moustache lourde. Il n'y a pas très longtemps qu'il est en poste à Nouméa. On sait peu de choses sur son compte. Il vient d'Algérie. Il n'a pas combattu contre les prussiens en 1870.

Après un long moment silencieux, durant lequel il a pris connaissance d'un document, il repose ses lunettes, relève la tête. Ses yeux bleus fixent Edouard, debout à la barre.

– Deval, vous n'avez pas voulu désigner ceux qui vous ont aidés. Je peux le comprendre.

Il parle lentement, en arrondissant la bouche.

– Vous n'avez répondu à aucune question sur la préparation de votre évasion. Je peux aussi le comprendre puisque les deux questions étaient liées. Mais il y a au moins une question à laquelle j'aimerais que vous répondiez, une question que, pour ma part, je juge essentielle : quand avez-vous manqué d'eau dans votre caisse ?

– La réserve s'est vidée progressivement…

– Elle s'est vidée complètement avant ou après le chargement sur le *Greywood* ?

– Juste avant le chargement sur le *Greywood*.

– Vous voulez dire que la réserve d'eau que vous aviez emportée était vide au moment où la grue sur ponton a enlevé les caisses pour les déposer dans le *Greywood*, c'est bien cela ?

– Elle était complètement vide à ce moment-là, Monsieur le Président.

– Vous saviez donc, dès ce moment-là, que votre vie était menacée, que vous étiez en danger grave. Vous n'ignoriez pas, du moins je le suppose, que, si le chargement du *Greywood* avait lieu le neuf août, l'appareillage ne se ferait au plus tôt que le onze août et que la haute mer serait atteinte plus tard encore. Je me trompe ?

– C'est exact, Monsieur le Président.

– Pourquoi n'avoir pas signalé votre présence aux marins chargés de la manutention lorsque vous avez manqué d'eau ?

– Parce que je pensais pouvoir tenir le coup jusqu'à l'ouverture de la caisse !

– Tenir sans eau, dans une caisse surchauffée, au fond d'une cale ? Etes-vous bien sûr de la sincérité de votre réponse, Deval ?

– J'ai accepté de courir le risque.

– C'était un pari risqué. Il y avait fort peu de chances de réussir. Vous ne ferez pas croire au conseil que vous avez pensé courir un risque faible.

– J'ai pourtant réussi !

– A quel prix ? Vous étiez sur le point de succomber quand on a ouvert la caisse. Vous seriez sans doute mort si celle-ci, comme cela était normalement prévu, du moins je le suppose, avait été ouverte bien plus tard. Mais je reviens à ma question : pensiez-vous sincèrement vous en sortir, dans les conditions que nous connaissons ?

– Je le pensais, Monsieur le Président.

– N'avez-vous pas plutôt décidé de...donner toutes ses chances à votre ami Moreau ?

– Non, Monsieur le Président, j'ai pensé qu'on pouvait s'en sortir tous les deux.

– Vous ne ferez pas croire cela au conseil ! Je ne vous crois pas ! Je pense plutôt que, dans la situation où vous vous trouviez au moment où la grue-ponton chargeait le *Greywood,* vous avez décidé de tout miser sur votre compagnon. Je le pense, le conseil aussi semble-t-il, et vos dénégations n'y changeront rien.

– Je maintiens, Monsieur le Président, que je pensais m'en sortir. Ça peut apparaître un pari un peu fou, mais c'est le pari que j'ai fait.

– Un pari suicidaire !
– Juste un pari, Monsieur le Président, comme nous en faisons tous dans la vie à certains moments.
– Bien ! Le conseil enregistre vos réponses mais n'est pas dupe. Je voudrais maintenant que nous abordions, au-delà des faits constitutifs de votre évasion, les autres aspects de votre situation et en premier lieu le travail qui était le vôtre, à l'un et à l'autre, ici, à Nouméa, avant que vous décidiez de tenter une évasion. Moreau, approchez !

- 46 -

« Ecrou DS 51
« 2ème quartier
« Prison de Nouméa
« Nouméa
« Nouvelle-Calédonie

« Monsieur Henri Amérieux
« Matricule 2725
« 2ème commune
« Ile des Pins
« Nouvelle-Calédonie

« Nouméa, le 14 novembre 1876

« Mon cher Henri,

« Le conseil de guerre nous a condamnés, Edouard et moi, à huit mois d'emprisonnement. Ce sont des peines légères d'après ce qui m'a été rapporté. Du reste, je m'attendais à pire. En plus, ces peines sont largement aménagées puisque nous devons continuer notre travail antérieur durant la journée et coucher à la prison. Je pense que le Gouverneur est largement intervenu pour cette sentence relativement clémente car je sais qu'il y trouvait intérêt au regard des compétences déployées par Edouard dans son service. Je pense aussi que le témoignage de mon employeur a pesé dans la balance.

« La prison de Nouméa ressemble par certains côtés à une pension de famille. Nous avons de bons rapports avec les gardiens. Le directeur, je pense, nous apprécie. Comme il fait tout pour rendre comme il dit notre « séjour » aussi agréable que possible, je lui ai proposé l'aménagement d'une bibliothèque dans son bureau et il a accepté. Je ne te cache pas que j'espère avoir ainsi un accès plus facile, de même qu'Edouard, à des livres.

« Edouard a recouvré toute sa santé, mais il est plus renfermé, plus taciturne. J'ai beau l'interroger, je ne parviens pas à obtenir de lui des réponses qui me satisfassent vraiment. Quelque chose le préoccupe, quelque chose qui semble douloureux. J'ai pensé à un moment qu'il pouvait s'agir d'une certaine trahison (tu vois ce que je veux dire), mais ça n'est pas forcément cela. Sa sœur Eugénie lui écrit souvent et chaque lettre est un instant de bonheur. Il me le fait d'ailleurs partager, comme je lui fais partager les émotions que j'éprouve moi-même quand je reçois une lettre de Virginie.

« Je suis convaincu qu'Edouard a accepté de sacrifier sa vie pour que je recouvre la liberté. Mallatestat (je ne suis pas sûr de l'orthographe), le Président du conseil de guerre, l'a bien compris. Edouard ne l'admettra jamais, sans qu'on puisse parler d'ailleurs d'humilité ou de modestie, mais c'est pourtant le choix qu'il a fait à un moment crucial. Quel exemple de fraternité et d'amitié !

« Ecris-lui plus souvent ! Il aime tes lettres.

« Virginie me dit dans ses derniers courriers que l'on parle de plus en plus à Paris de l'amnistie. Il faudra bien qu'elle vienne un jour ! Nous n'avons pas mérité ce bannissement !

« Il y a eu des incidents avec une tribu canaque du côté de Hienghène, et on signale des tensions à Bouloupari. Je n'ai pas beaucoup de détails mais tu dois en avoir encore moins que moi. C'est à Bouloupari que se trouve mon ami Léon, transporté. Je t'ai déjà parlé de lui. J'ai reçu deux lettres de lui. La vie à Bouloupari est quand même moins dure qu'à l'île Nou, pour autant qu'il puisse s'exprimer librement. Nous n'avons pas encore trouvé l'occasion de nous rencontrer et je ne vois pas comment nous pourrions le faire. Nous verrons bien comment les choses évoluent. J'aurai beaucoup de plaisir à te faire rencontrer cet homme généreux.

« Le gardien chef m'indique qu'il va bientôt être le moment de souffler les quinquets. C'est un Corse, un ancien sous-officier qui a fait la campagne d'Algérie. Il est heureux car sa femme vient d'accepter de le rejoindre à Nouméa, avec ses deux enfants. Je m'entends bien avec lui. Nous avons souvent de longues discussions. Il est à la fois sans illusions sur l'espèce humaine et en même temps plein d'optimisme sur le

futur. Je ne t'en dis pas plus, car je ne veux pas que mon courrier soit découpé par la censure.

« Edouard dort déjà. Il ronfle. Ça fait un bruit terrible dans la cellule. Les deux autres détenus râlent, mais leurs protestations demeurent molles car je sais qu'ils l'apprécient beaucoup.

« Je t'embrasse.

« Nicolas. »

- 47 -

Léon Berthier, l'ancien bronzier – « grosse culotte » - de Belleville, a fini par trouver de l'agrément à son travail. Même si l'établissement pénitentiaire de Bouloupari, au sud-est de la Grande Terre, demeure soumis au régime strict de la transportation, même si Léon conserve le statut infamant de forçat, on vit ici, loin de l'île Nou, quelque chose qui a un peu les accents de la liberté. Léon, après un détour par le four à chaux du bagne de Nouméa, est désormais employé à la forge. Il n'a pas de tâche particulière, jouissant d'un grand savoir-faire pour beaucoup, et on le voit aussi bien façonner au marteau des pièces de petites dimensions que manœuvrer le lourd soufflet ou enfourner les barres de métal dans un foyer au charbon. Avec lui, il y a, outre quatre forçats de droit commun, deux autres déportés de la Commune. Le premier de ces déportés s'appelle Auguste : avant qu'un conseil de guerre le condamne à la transportation, il travaillait dans les ateliers de la *Compagnie des Omnibus*, rue des Poissonniers. L'autre est le *petit* Emile, petit par la taille mais fort comme un Turc, qui a été commis à la *Manufacture d'Arts et de Munitions Gévelot*, rue Amelot, puis s'est engagé sur un coup de tête chez *Cail*, rue de Chabrol. Autour de Léon, Auguste et Emile, ces trois ouvriers parisiens qui ont été emportés par le souffle enflammé de la Commune, les forçats de droit commun ont peu de relief.

Le 26 juin 1878, comme d'habitude, le travail a commencé à cinq heures trente. Depuis le dortoir, une mauvaise case de bois et de terre située à une centaine de mètres, un surveillant a accompagné les hommes, formés en colonne silencieuse. Dès l'arrivée au bâtiment de la forge, chacun s'est immédiatement attelé à une tâche. Les foyers ont commencé à ronfler quand l'immense soufflet a été mis en branle, tandis qu'on enfournait des pelletées de charbon.

Léon, aidé du « petit » Emile et d'un « droit commun », a démonté les roues d'un gigantesque tombereau. Auguste a repris l'assemblage de lourds madriers placés sous un palan et destinés à équiper le bras horizontal d'une grue.

Vers neuf heures, les ouvriers de la forge ont marqué une pause. Ils se sont assis un peu à l'écart, là où la chaleur des foyers est la moins vive. Ils ont mangé presque en silence des patates douces et des tranches d'ignames mélangées à des morceaux de porc. Le tout avait grillé au-dessus d'un bac de cendres chaudes. Une bouteille d'eau coupée d'un peu de vin a circulé entre eux, à laquelle ils ont bu à la régalade.

C'est aux alentours de dix heures, au moment où Léon arrête de marteler une lame de fer, qu'Auguste entend une clameur du côté du village.

– Ecoutez ! lance-t-il à ses compagnons.

Léon tend l'oreille. Lui aussi perçoit alors très nettement le vacarme qui, en provenance des cases de Bouloupari, monte à l'assaut de la colline que couronne le centre pénitentiaire. Tous gagnent la grande porte. Ils ne voient d'abord que des surveillants qui courent vers le poste de garde. Puis, tandis que le tumulte s'amplifie, ils aperçoivent les premières lueurs d'incendie qui, au-delà des pins et des oliviers garnissant le flanc est du pénitencier, colorent les petits nuages bas d'un ciel de traîne.

– On dirait des femmes qui crient ! fait un forçat.

Des hurlements se font entendre à présent, poussés par des voix aiguës, mêlant la terreur, la peur, la panique, la souffrance. Léon bouscule ses compagnons, commence à courir vers la barrière d'entrée. A mi-chemin, il entend une ovation du côté du village. D'autres forçats, surgissant des ateliers, se pressent vers le bord du plateau. Aucun surveillant ne s'interpose. Du reste, certains d'entre eux ont rebroussé chemin et se précipitent en désordre vers leur casernement.

C'est un spectacle d'horreur que Léon découvre.

La petite chapelle de bois est un brasier et craque comme une noix. Une épaisse fumée noire tourbillonne autour des entrepôts *Jobel*. L'incendie a également été jeté dans différentes maisons des quartiers nord. On entend les explosions des vitrages. Et partout, dans les rues de terre rouge, sur la place de la mairie, derrière le restaurant, sur la route d'accès au village, aux abords des ateliers de mécanique, des hordes hurlantes, furieuses, enragées d'hommes noirs, nus, casse-tête ou tamioc dans une main, sagaie dans une autre, pourchassent tels des démons des hommes, des femmes et des enfants fuyant éperdument en tous sens, se jettent sur des êtres fous de terreur, les massacrent, les découpent, s'acharnent sur les corps démembrés, désarticulés. Aux appels et rugissements de la curée se mêlent les supplications, gémissements et cris des malheureuses victimes. L'enfer s'est abattu sur le village de Bouloupari, l'apocalypse a commencé dans ce petit bout de terre, et Léon, brutalement vidé de son sang et glacé, a la vision d'effroi d'une poigne broyant un fruit trop mûr et faisant gicler la pulpe rouge.

Depuis la mairie, des coups de feu retentissent, claquements secs soulignant l'horreur des scènes dont il est le témoin. Il voit ainsi une femme qui, dans le pré bordant la route, court à perdre haleine devant une meute. Deux hommes, plumes dans les cheveux, la rattrapent non loin d'une mare. En quelques secondes, ses vêtements sont déchirés, arrachés et la pauvre femme se retrouve écartelée entre cinq ou six indigènes, tandis qu'un autre la viole.

Léon reporte son regard vers la mairie, voit que les Canaques suspendent deux hommes par les pieds à une espèce de pylône servant habituellement aux chargements des attelages destinés à la carrière. Autour des suppliciés, les indigènes dansent et piquent les corps de leur sagaie, riant de leurs contorsions.

Une section de surveillants en armes, avec quelques gendarmes, bouscule Léon et, au pas de charge, va se placer en contrebas.

Près de la mare, la femme n'est plus qu'un corps désarticulé, dont un coup de tamioc a coupé la tête. Léon serre les dents en songeant que les Européens, sans discernement, ont vendu des centaines de ces machettes américaines aux indigènes.

Un homme et un enfant qui se sont réfugiés sur le toit de leur maison en flammes tombent dans le brasier.

Un mulet à demi débâté et terrorisé galope dans une ruelle en donnant de violentes ruades.

Des flammes jaunes jaillissent d'une boutique, viennent lécher une banderole qui flotte au bout d'une longue perche et s'embrase en jetant des étincelles d'or.

Les hommes armés qui ont pris position font feu à ce moment-là et Léon aperçoit alors le groupe d'indigènes qui, depuis le gros banian situé à mi-distance du village, monte à l'assaut du centre.

– Ils vont nous attaquer !

L'alarme vient d'Auguste, qui a rejoint Léon et, accroupi, observe horrifié ce qui se passe en dessous à quelques deux cents mètres.

– Il faut partir d'ici, tout de suite ! insiste Auguste. On va tous y passer ! Ces sauvages-là ne feront pas de quartier !

La section qui a fait feu opère dans l'ordre un mouvement de repli et vient s'aligner derrière un mur de pierres sèches délimitant un enclos pour un couple de boccas. Surpris, les animaux se mettent à l'abri sous un petit édicule. Léon voit les hommes qui ajustent leurs tirs et, par un feu de peloton particulièrement meurtrier, déciment les premiers rangs des guerriers canaques lancés à l'attaque. Il y a un flottement dans la vague des assaillants puis ceux-ci refluent vers les premières maisons du village. Un clairon sonne le rassemblement de tous les forçats. Léon observe encore la section qui, tirant à volonté, fait mordre la poussière à plusieurs autres indigènes. Mais déjà le vent pousse vers le camp la fumée noire qui jaillit à gros bouillons du village et se déchire ensuite en lambeaux virevoltants à l'approche du plateau.

Léon et Auguste se hâtent vers la place de ralliement. Le désordre le plus complet règne dans le camp. Si certains forçats obéissent sans barguigner à l'appel du clairon, d'autres courent en tous sens, indifférents aux aboiements des surveillants. Ces derniers, du reste, ne semblent pas d'accord sur ce qu'il convient de faire, et on sent la confusion et le désarroi dans les ordres donnés comme dans l'exécution des ordres reçus.

Désormais, le tumulte provoqué par la vague sanguinaire s'est déplacé vers l'est, sans doute parce que les populations apeurées ont fui dans cette direction et que la meute indigène lui a donné la chasse. Des images atroces passent devant les yeux de Léon. Une fumée âcre environne le groupe rassemblé. Beaucoup toussent.

– Il y a eu une révolte canaque à La Foa, il y a quelques jours, commence le commandant du pénitencier. Apparemment, l'insurrection s'étend. Nous devons nous replier en bon ordre vers le prochain poste militaire, où nous serons en sécurité. Ne prenez rien avec vous. Nous partons maintenant.

– Donnez-nous des armes ! crient certains forçats, et nous ferons la peau à ces cannibales !

– Vous n'aurez aucune arme et la discipline restera la même ! réplique le commandant. J'ajoute même que je n'hésiterai pas à faire tirer sur tout transporté qui n'exécutera pas immédiatement l'ordre reçu.

Dans les quelques jours qui suivent, les journaux de Nouméa racontent, avec une délectation morbide, comment l'insurrection canaque a commencé effectivement le 19 juin par le massacre du dénommé Chêne, un condamné libéré, de sa popinée noire et de leur enfant, et comment les gendarmes, lancés à la poursuite des assassins, ont arrêté des chefs de tribus avant d'être finalement découpés en morceaux et mangés. Les mêmes journaux insistent également sur l'offensive lancée en direction de Bouloupari, qui a fait de très nombreuses victimes, et les exactions commises par une autre bande qui, à Uaraï, a incendié la briqueterie, détruit le télégraphe, violé et tué, sans distinction entre les fonctionnaires et les colons, les forçats ou déportés et les hommes libres, les hommes, les femmes et les enfants, les civils et les militaires. Le gouverneur Olry jure à qui veut l'entendre que les anthropophages ayant jeté la désolation dans la Grande Terre seront exterminés jusqu'au dernier.

- 48 -

Quand éclate l'insurrection canaque, Prosper Desfossés, l'ancien voyou, se trouve à Canala. Charrière, directeur de la transportation, veut y fonder un pénitencier spécialement dédié aux transportés de la Commune. Trente d'entre eux ont donc été envoyés sur ce site de la côte est pour construire les bâtiments. Des déportés venant de l'île des Pins ou de la presqu'île Ducos ont été appelés en renfort.

Lorsque les tribus canaques en révolte menacent Canala, le capitaine de frégate Rivière, chargé de la répression, se pose la question de savoir s'il va ou non armer les condamnés de la Commune. Il tergiverse longtemps, pour des raisons fort compréhensibles, puis finalement tranche par l'affirmative. C'est ainsi que son adjoint constitue un groupe de communards placé à la fois sous les ordres d'un transporté politique, Amouroux, particulièrement impatient d'en découdre avec les indigènes, et un surveillant militaire d'une couardise avérée, le dénommé Bonnieux. Invité à faire partie de cet escadron un peu particulier, Prosper refuse net.

– Je ne me suis tout de même pas battu contre l'armée de Thiers pour aider l'armée de ses successeurs à assassiner des naturels ! réplique-t-il.

– Des cannibales, des sauvages qui massacrent, tuent, violent, des bêtes sanguinaires ! lui réplique un transporté politique.

– Des hommes qui défendent leurs terres, leurs femmes, leur dignité ! lui rétorque Prosper.

– Tu n'es qu'un naïf, doublé d'un imbécile ! Non seulement ces sauvages ne valent pas la balle qui leur est destinée, mais encore tu perds l'occasion d'avoir plus rapidement une grâce.

– Nous y voilà ! Vous vous moquez totalement de ce que peuvent faire les Canaques. Ce qui vous intéresse, c'est de toucher la récompense.

Le groupe Amouroux, avec les fusiliers marins et les guerriers ralliés du chef Nundo, parviennent à cerner les tribus révoltées. Les chefs sont fusillés après un court interrogatoire par un conseil de guerre. *« Ces fils de la France, que la France a maudits, sont restés des Français. »*, écrit à Paris le journal d'Emile de Girardin, en désignant les communards qui ont prêté main forte aux gendarmes mobiles. Amouroux peut être satisfait : en haut lieu, on songe sérieusement à le gracier et il a gagné de toute façon de passer du statut de transporté, c'est-à-dire bagnard, à celui normalement plus enviable de déporté en enceinte fortifiée.

– Le cannibale, c'est toi ! lance Prosper, méprisant, à un forçat politique qui se vantait d'avoir liquidé du naturel anthropophage.

Une rixe s'ensuit, brève et violente, qui vaut au bagnard une côte cassée et à Prosper dix nuits de cachot.

Deux jours plus tard, dans des circonstances mal élucidées, Prosper est massacré par un groupe de Canaques.

- 49 -

A l'île des Pins, les déportés sont rapidement informés des événements survenus sur la Grande Terre.

Immédiatement, un article, dans *l'Album de l'île des Pins*, stigmatise *« ces assassins se glissant dans l'ombre pour égorger les familles inoffensives, pour incendier des récoltes et des habitations, pour anéantir en quelques minutes l'œuvre de plusieurs années d'un labeur assidu »*.

Dans le numéro de juillet 1878, un déporté se fend d'un court article appelant ses camarades à lutter aux côtés de l'armée contre ces naturels qui menacent l'intégrité d'une colonie française. Et, dans la foulée, il multiplie les démarches auprès des autorités pour être autorisé à venir sur la Grande Terre grossir les rangs des forces appelées à mater la révolte.

Le journaliste Henri Amérieux, surpris qu'un déporté politique puisse adopter un tel comportement, ne manque évidemment pas de l'interpeller.

– J'ai du mal à comprendre, lance-t-il, comment, après avoir combattu les autorités en place, tu les aides à présent à réprimer d'une manière ignominieuse les tribus canaques qui se sont révoltées contre l'injustice.

– C'est pourtant facile à comprendre, répond l'autre. J'aime mon pays, profondément. C'est un grand pays, même si Napoléon III l'a mené à sa perte par ses fredaines ou parce qu'il n'avait pas le courage de résister à son espagnole de femme. C'est un grand pays, appelé à dominer le monde. Dans le monde, il y a les pays de la lumière et les pays de l'ombre. C'est normal si la France a conquis l'Algérie. C'est normal si la France est en Nouvelle-Calédonie. Les colonies sont la juste rétribution de la grandeur de la France. Et je ne vois pas comment, ou pourquoi, et au nom de quoi des naturels, anthropophages, des sauvages qui ont dix siècles de retard, pourraient remettre en cause tout ce qui fait la grandeur de la France, porter atteinte à l'intégrité de nos colonies. Alors, oui, je veux me battre pour faire cesser une situation que je considère comme étant intolérable. La France a besoin de tous les Français et il n'y a pas à distinguer entre les soldats et les déportés. Tous les Français doivent, ensemble, lutter contre cette agression, cette stupide révolte, cette guerre d'un autre âge.

– Il y a beaucoup de postulats et d'*a priori* dans tes propos, beaucoup de haine aussi. Fais attention à la haine ! Elle dévore, elle tue, plus sûrement que le fusil chassepot que tu meurs d'envie d'utiliser.

– Ce sont des balivernes !

– Absolument pas ! Les balivernes, c'est ce que certains écrivent dans l'*Album*. Les balivernes, c'est ce qu'on t'a raconté et que tu as cru. T'es-tu jamais intéressé à ce que sont réellement ce que tu appelles les « sauvages » ? As-tu cherché à comprendre ce qu'ils sont, la manière dont ils vivent, la manière dont ils peuvent penser ?

– Mais les Canaques ne pensent pas, tout le monde sait cela !

– Tout le monde sauf moi et beaucoup d'autres. En fait, ce que tu dis là est également dit par ceux qui n'ont jamais eu la moindre curiosité pour les Canaques. En revanche, ceux qui ont pris le temps d'écouter, de regarder, d'analyser, tous ceux-là, j'en suis désolé pour toi, ne partagent pas, ne peuvent pas partager - j'allais dire tes convictions - tes réactions. Car tu réagis, tu n'agis pas, tu réagis. Faut-il que la haine soit une drogue puissante pour te faire perdre tout sens des réalités !

L'interpellé regarde le journaliste avec quelque chose dans la bouche qui se veut simplement ironique mais qui devient vite une moue méprisante.

– Donner des leçons, tu sais le faire, crache-t-il. Ça oui ! donner des leçons, tu ne manques jamais l'occasion de le faire, à tort et à travers. Comment réagirais-tu si, à mon tour, je te disais ce que je pense de ton attitude vis-à-vis de la femme du commandant ? Comment appelles-tu le fait de profiter de la confiance d'un homme pour se jeter comme un animal sur sa femme ?

– Ça n'a strictement rien à voir. Tu confonds tout. Tu mêles tout !

– Je ne confonds rien. Je constate simplement que ta bonne conscience a des limites.

- 50 -

Les surveillants, gendarmes et fusiliers marins, placés sur la droite, ouvrent le feu par un tir lent et ajusté qui produit une ondulation rougeoyante dans la ligne canaque, mais celle-ci continue à avancer. Le commandant se place alors devant les hommes en armes pour les empêcher de tirer, jusqu'à ce que les insurgés soient à bonne portée. Lorsqu'il les juge à deux cent cinquante mètres, il ordonne des feux de salves par sections puis fait progressivement lever la hausse jusqu'à cent mètres. La direction du feu, finalement, lui échappe en raison de la peur et de l'excitation qui gagnent et on tire bientôt à volonté. Une épaisse fumée envahit tout l'escarpement sur lequel se tient la colonne.

Les Canaques poussent des cris de bêtes fauves et le fait de ne pas les voir ajoute encore à l'angoisse. Ils sont des centaines. Leur nombre les rend fous, inconscients face aux chassepots. Ils se pensent sans doute invincibles.

Quand on n'entend plus aucun cri, le feu diminue puis s'arrête. Alors la fumée commence à se dissiper et un terrain jonché de cadavres d'indigènes se découvre devant les hommes terrorisés. L'attaque a fait des victimes parmi les forçats et les hommes de l'infanterie de marine : beaucoup gisent sur le sol dans des positions grotesques, une sagaie plantée dans le corps, d'autres crient leur souffrance.

Profitant de cette accalmie, le commandant ordonne qu'on ramasse les sacs et gibernes des morts et fait reculer sa troupe d'environ trois cents pas, pour se retrancher derrière un épaulement herbeux semé de buissons et d'oliviers immenses. Léon, suivi des incontournables Auguste et Emile, vient se placer dans un petit creux où poussent des liserons roses. La position est adossée à une grande colline dont les pentes raides sont à moitié couvertes par la forêt. Les visages sont anxieux. Même le commandant est agité d'un tic nerveux qui lui fait cligner de l'œil. En plus, il commence à faire très chaud en cette matinée.

Au moment même où un vol de pigeons jaillit du fond de la plaine, Léon voit de nouvelles masses canaques marcher dans leur direction. Ils paraissent innombrables. Ils agitent au-dessus de leur tête des casse-tête, des tamiocs, des becs d'oiseaux, des sagaies. Ils hurlent, tantôt dans un parfait ensemble, tantôt de façon désordonnée. Dans leurs cheveux, on distingue des plumes multicolores.

– Vous tirerez à mon commandement ! ordonne le commandant.

Les surveillants et hommes de troupe ont déjà chargé les fusils des morts et les tiennent à leurs pieds. Léon et les forçats aimeraient pouvoir eux aussi faire feu sur la masse hurlante qui déferle à présent, escalade, se déploie. C'est terrible, impressionnant. Léon se sent gagné par la peur, une peur atroce. Il a pourtant connu bien des combats, notamment pendant la Semaine Sanglante. Mais les guerriers canaques ne sont pas les versaillais et cette guerre ne ressemble à rien de connu.

– Feu !

Les premières lignes des assaillants sont fauchées. On voit des corps noirs s'affaler puis dégringoler. Mais l'assaut ne mollit pas, les vivants sautant par-dessus les morts, comme galvanisés.

– Feu !

La deuxième salve, moins nourrie, est tout aussi meurtrière. Des Canaques qui ont réussi à se hisser jusqu'à une petite plate-forme basculent.

– Feu !

Pour la troisième salve, les assiégés ont pu recharger beaucoup plus d'armes et c'est l'hécatombe.

– Feu à volonté !

Comme la première fois, la position est bientôt noyée dans la fumée épaisse de la poudre. Mais à la différence du premier assaut, les assaillants parviennent beaucoup plus près, et les sagaies s'abattent en pluie, creusant les rangs. Emile pousse un petit cri, comme un cri d'étonnement, lorsque la lame d'une sagaie vient arracher sa mâchoire et une partie de la trachée. Il étouffe immédiatement dans son sang, avec un bruit de gargouillis atroce.

Un chaos épouvantable règne autour de Léon. Face à des assaillants devenus invisibles, on ne tire plus qu'à l'aveuglette. Certains fusiliers sont déjà aux prises avec des Canaques, et l'instant est désormais aux combats singuliers, baïonnette contre bec d'oiseau, sabre contre casse-tête, crosse contre sagaie. Les indigènes hurlent, le commandant s'égosille, les forçats crient. On râle, on gémit. On perçoit le bruit mat des tamiocs entamant la chair, le craquement sinistre des os brisés. Des gerbes de sang colorent les fumerolles. Des hommes tombent sur le sol en tenant leurs viscères à deux mains. Et dans cette mêlée furieuse, comme on le dirait d'un troupeau, on entend le heurt des fourniments, le choc des quarts sur les bidons, le ballottement des cartouches dans les sacs et les gibernes.

La main de Léon tombe sur un chassepot, s'en saisit. L'arme est chargée. Il s'élance, saute par-dessus une espèce d'arbuste bas, plonge sur deux indigènes qui sont en train de taillader un fusilier. Le premier reçoit une balle en pleine gorge, l'autre a le visage ouvert en deux par la grande baïonnette. Auguste a repéré le mouvement de son compagnon et s'est emparé d'un grand sabre. Moulinant avec une rage terrible, il avance à travers la masse ennemie en causant des dégâts considérables. Cette poussée grandiose exalte les autres et l'on voit bientôt tous les hommes de la colonne, ceux qui disposent d'armes comme ceux qui n'en ont point, se jeter sur les Canaques. C'est un carnage apocalyptique, monstrueux, dantesque. Les baïonnettes et les sabres lardent, défoncent, découpent, tranchent. Les tamiocs des indigènes font aussi une danse meurtrière. On équarrit la chair de part et d'autre, comme dans une immense boucherie. Des têtes, des membres se brisent sous les coups des masses. Des fronts s'ouvrent sur le choc des becs d'oiseau. Des sagaies plantent les hommes comme des papillons sur une planche. Les baïonnettes percent, éventrent, déchirent.

– En retraite ! crie un sous-officier.

Léon a encore le temps de clouer au sol, d'un terrible coup de baïonnette en pleine poitrine, le Canaque immense qui a tenté de le percer d'un coup de bec d'oiseau. Le sang jaillit de sa bouche tel un geyser et inonde sa barbe noire.

– En retraite ! répète l'homme de l'infanterie de marine.

Dans la fumée, Léon recule, sent qu'on le tire par le bras, se retrouve à plat ventre. On entend déjà moins de bruit, comme si les Canaques avaient eux aussi commencé un repli. L'ouragan est passé. Quelques hommes tirent encore.

– Cessez le feu ! ordonne une voix.

Au son, on peut comprendre que les Canaques s'éloignent. Ils crient encore, mais leurs cris ressemblent plus à des chants, comme s'ils voulaient célébrer quelque chose. Léon a mal sur tout un côté du bras gauche mais ne voit pas grand chose.

Cinq à dix minutes s'écoulent, durant lesquelles les hommes, guettant les bruits qui ne sont pas des râles ou des gémissements, observent la fumée et la poussière qui, telles un linceul qu'on aurait déchiré, s'effilochent. Surgit alors un spectacle de désolation. Sur la position, l'herbe a cédé la place à la chair tuméfiée et mutilée, au sang et aux viscères, aux bouches ouvertes sur un râle désespéré. Tous les surveillants sont morts, ainsi que la moitié des gendarmes et un tiers des fusiliers marins. Le commandant est gravement blessé à la tête. Un bon quart des forçats ont été massacrés et plus de la moitié des survivants présentent des blessures qui augurent d'une fin prochaine. Léon cherche Auguste, le trouve sous le cadavre d'un Canaque. Il respire encore, mais faiblement. Léon tente de la ranimer mais le compagnon de

Bouloupari rend le dernier soupir quelques minutes après. Emile parait dormir dans un trou d'argile rouge de son sang.

Le caporal Finetti, seul sous-officier survivant de l'infanterie de marine, ne dit rien lorsque Léon demande aux autres forçats de ramasser les armes et de rechercher les munitions dans les sacs et gibernes. Il ne fait pas plus de difficultés quand Léon, d'autorité, répartit les cartouches à raison de trois par homme.

– Nous sommes dans le même bain, lui explique simplement l'ancien bronzier de Belleville. Ces armes sont faites pour nous défendre. Nous vous les remettrons dès que nous serons hors de danger.

Le caporal Finetti hoche la tête en silence. Il n'a pas le choix. Il sait aussi, pour avoir eu antérieurement quelques rapports avec Léon, que l'homme est de parole.

Il faut que le groupe, le plus rapidement possible, tente de gagner le poste de Dumbéa, distant d'une quarantaine de kilomètres. Les Canaques peuvent revenir à tout moment, se sachant en nombre et devinant que les munitions de leur gibier sont quasiment épuisées. A la hâte, on enterre les morts Blancs dans trois trous creusés à la baïonnette et au sabre. On confectionne aussi une quinzaine de brancards, les vareuses servant de toiles, pour le transport du commandant et des blessés. Celles des armes qu'on ne peut emporter sont brisées.

Il est trois heures de l'après-midi quand le groupe se met en route, avec à sa tête Léon et Finetti, direction plein sud. Cela suppose de traverser la forêt, ce qui ralentira la marche mais aura aussi le mérite de cacher la retraite aux poursuivants. Il n'est évidemment pas question de perdre la moindre minute pour manger : les hommes grignotent ce qu'ils ont pu sauver.

- 51 -

– Il paraît que le chef Ataï est mort.
– Le chef de l'insurrection ?
– Absolument !
– Et qui a réussi ce beau coup ?
– C'est un autre chef canaque, un rallié. Il a réussi à capturer Ataï et il lui a coupé la tête. Rivière – je parle de celui qu'on a chargé de conduire la répression - n'y est pour rien.
– J'ai aussi appris par les journaux qu'on avait passé par les armes le chef Soleil et le chef Léopold.
– Malheureusement, tout cela ne sert absolument à rien. Il y a eu de nouveaux massacres à Poya et à Komé. Les tribus Moméa, Sangu, Maindon se sont également soulevées. C'est toute la Grande Terre qui est en train de s'embraser.

Edouard et Nicolas sont dans un petit restaurant à proximité du port. Depuis quelques semaines, régulièrement, ils y déjeunent. Le chef cuisinier est un déporté venant de l'île des Pins et qui a trouvé là l'occasion de s'épanouir. La cuisine n'est pas très sophistiquée mais toujours copieuse et les produits sont très frais. En outre, les prix sont tout à fait raisonnables.

Edouard avise un sous-officier qui, accompagné d'une femme balançant avantageusement sa robe, pénètre dans l'établissement et, avec l'autorité qui sied en pareil cas, rappelle qu'il a « réservé une table dans la petite salle du fond ». La femme a dans la bouche quelque chose d'assez vulgaire, déplaisant même. Quand elle passe à côté d'Edouard, elle lui jette un regard bref, hautain. Le jeune avocat reporte son attention sur Nicolas.

– Il paraît que de très nombreux transportés et déportés aident l'infanterie de marine pour réprimer la révolte canaque, dit-il. Il est vrai que beaucoup ont été massacrés et que les insurgés paraissent en vouloir particulièrement à cette catégorie de Blancs.

– N'empêche, c'est quand même fou ! interrompt Nicolas. Des déportés qui aident l'infanterie de marine ! Des prisonniers qui aident les geôliers ! Et dans quel but ? Pour mater la révolte de pauvres types qui ont tout perdu, auxquels on a tout volé !

– Une fois de plus, tu te laisses égarer par ta naïveté.

Nicolas fronce les sourcils.

– Comment ça ?

Edouard suspend sa réponse, le temps pour un Hindoustani d'enlever les assiettes.

– Vous, les francs-maçons, vous prêtez toujours aux hommes des sentiments nobles. Vous croyez tellement en l'Homme que vous en finissez par ne plus voir la réalité. Quand vous êtes confrontés à un acte ignoble, vous le rattachez à des causes qui excusent leur auteur : le désespoir, la folie, la spoliation, l'agression, que sais-je encore ?

– Tu vas peut-être me dire que les Canaques n'ont pas de raisons de...

– Les Canaques ont certainement des raisons, mais pas forcément, pas complètement celles que tu crois.

– L'action despotique de certains comme le directeur de la transportation, c'est une invention ? Le bétail qui divague...

– Parle moins fort !

Edouard se penche vers son ami.

– Il faut que nous parlions moins fort, murmure-t-il. Non, je ne suis pas d'accord avec toi. Si Charrière a eu une action très négative, je te rappelle qu'il a été suspendu. Ses sbires ont été écartés, au moins les principaux. C'est vrai que les colons n'ont pas toujours été très vigilants quant à la surveillance de leur bétail, mais c'était pendant la sécheresse de l'année dernière. Désormais, tu le sais, ils n'ont aucune raison de laisser divaguer leur bétail. Par ailleurs, on ne réquisitionne plus autant les Canaques. Et quand on le fait, je suis bien placé pour le savoir, on les paye. Du reste, ils savent bien réclamer et faire monter les enchères.

– Donc, les Canaques n'ont aucune raison de se révolter !

– Ils ont forcément une raison, puisqu'ils se révoltent, mais le mot « révolte » est lui-même trompeur. On se révolte contre une injustice, contre une agression. Mon sentiment est que les Canaques ont choisi de faire la guerre. Une guerre radicale, une guerre terrible, mais la guerre. Les chefs de tribus sentent que, progressivement, leurs pouvoirs se diluent. Ils ne contrôlent plus complètement leurs troupes. Alors ils réagissent. On est en présence d'une lutte de pouvoirs, entre le pouvoir canaque et le pouvoir blanc. On traite comme un soulèvement ce qui est une guerre déclarée.

– Alors qu'attends-tu pour aller te battre aux côtés de l'infanterie de marine ? Pas plus tard qu'hier, le capitaine de frégate Rivière disait que tous les volontaires étaient les bienvenus. Il ne faut surtout pas hésiter ! Qu'attends-tu pour rejoindre les forçats qui espèrent une remise de peine ? Qu'attends-tu pour rejoindre les Kabyles de Gadji ?

– Arrête ! Ce n'est pas parce que je ne partage pas les analyses des bonnes âmes sur la rébellion de certaines tribus canaques que je dois me mêler à la curée. En plus, tu sais très bien que je n'ai aucun goût pour l'assassinat de mes semblables, quels qu'ils soient.

Le silence s'installe entre les deux hommes. Nicolas s'est adossé à sa chaise et, paupières baissées, contemple le verre qu'il tient du bout des doigts, un verre vide. Edouard regarde la chevelure qui ondule sur les oreilles, le front large que barrent deux plis, le nez dont l'arête tend la peau. Il mesure en cet instant son extraordinaire affection pour cet homme, son compagnon de déportation depuis cinq années, son ami, son frère.

– Nicolas ?

Le jeune menuisier relève la tête, fixe sur Edouard un regard où perce une sorte de désenchantement.

– Nicolas, commence doucement et avec une certaine hésitation Edouard, Nicolas, je vais te dire quelque chose que je n'ai jamais dit, même à une femme.
– Et quoi donc ? interroge Nicolas en penchant le buste et en croisant les bras, tandis que son visage s'éclaire d'un sourire un peu triste.
– Le problème dans la langue française, c'est qu'elle manque quelquefois de mots et qu'il faut rajouter à certains des adjectifs, des adverbes.
– Accouche !

A présent, Nicolas sourit presque gaiement et semble amusé par le comportement de son vis-à-vis.
– Allez ! dis-moi ce que tu as à dire ! lance-t-il.
– Et bien, vraiment, je... je t'aime... beaucoup. Mais rassures-toi, d'une façon qui ne peut pas nous faire rougir, ni toi ni moi. Non, c'est vrai, je ne croyais pas que l'amitié entre deux hommes pouvait être aussi forte.

Visiblement ému, Nicolas saisit la bouteille de vin, sert Edouard et remplit ensuite son verre.
– Et pourquoi tu me dis cela maintenant ?

Edouard lève son verre à hauteur de son visage. Il rayonne. Les ailes de son nez palpitent.
– Parce que tout simplement, mon cher Nicolas, je ne suis pas seulement un bourgeois qui raisonne et qu'il m'arrive de laisser parler mes tripes. La réponse te satisfait-elle ?

Nicolas part d'un grand éclat de rire.
– Tu n'avais pas besoin de me dire ce que je sais déjà, dit-il. Notamment depuis notre tentative d'évasion sur le *Greywood.*

Edouard a un mouvement des lèvres et il semble à Nicolas que les yeux de son ami se mouillent.
– Il y a trois êtres que je chéris le plus au monde, ajoute très vite Nicolas. Virginie, ma femme, Léon Berthier, mon ami bronzier de Belleville, et toi. Mais arrêtons là les effusions ! Buvons plutôt à .... Tiens ! Buvons plutôt à ceux qui nourrissent de véritables sentiments !

– Voilà une formule bien compliquée ! Une vraie formule de franc-maçon ! Buvons tout simplement à ceux qui aiment et à l'amour !

Et ils boivent, indifférents aux coups d'œil des autres clients qui, depuis quelques secondes, sont intrigués par la joie profonde, complice, à la manière de deux amants, qui semble animer ces deux déportés.

- 52 -

Le 18 mai 1876, Clémenceau, Victor Hugo et Raspail sont montés au créneau de l'amnistie des condamnés politiques de la Commune. Par trois cent soixante douze voix contre cinquante, l'amnistie pleine et entière a été refusée. Les conseils de guerre pouvaient continuer à condamner et ne s'en sont pas privés.

A la fin de la même année, quelques dizaines d'amnisties individuelles sont intervenues. Nicolas n'a pas été des heureux élus. En plus grand nombre, des commutations de peines ont été également accordées (des travaux forcés ont été convertis en déportations ou bannissements et des déportations en enceinte fortifiée sont devenues des déportations simples).

Le mouvement était lancé. 1877 et 1878 ont connu aussi des grâces entières, des réductions et des commutations de peines. Mais Nicolas n'était toujours pas concerné.

Vient le jour où le président Mac-Mahon démissionne. On est alors le 30 janvier 1879. Un peu avant, comme s'il avait voulu se racheter, il accorde deux mille deux cent quarante cinq grâces, dont mille cent soixante quatre pour des déportés simples de l'île des Pins. Mais Nicolas, pas plus que lors des distributions précédentes, ne bénéficie de ces mesures. Les heureux élus sont immédiatement rapatriés en France sur le *Var*, la *Seudre*, la *Picardie*, la *Vire* et le *Calvados*.

Parce que le *Calvados* a été le bateau de l'aller pour l'exil et parce qu'elle pense pouvoir rencontrer des hommes ayant connu son mari, Virginie, sur un coup de tête, décide d'aller à Brest, ville où le gros transport mixte doit arriver. Elle assiste au débarquement des communards graciés, interpelle plusieurs d'entre eux. Mais elle retire surtout de ce déplacement beaucoup d'amertume. D'abord, ceux qui rentrent ont d'autres préoccupations que de renseigner une jeune femme sur les derniers contacts qu'ils ont pu avoir avec son mari. Ensuite, Nicolas a quitté l'île des Pins trois ans auparavant pour Nouméa et, à supposer qu'ils l'aient connu, les souvenirs sont évidemment estompés.

Depuis la rencontre faussement fortuite du cimetière du Père-Lachaise, Jean-Dieudonné et Virginie se sont revus toutes les fins de semaine. Ils ont passé des heures absolument folles dans le très modeste hôtel particulier que l'officier possède à Saint-Cloud. Ils ont déjeuné ou dîné au *Café Riche* ou au *Café Anglais*, mangé des glaces chez *Tortoni*. Ils ont fait du bateau sur le lac du bois de Boulogne. Ils ont visité la nouvelle station créée par Morny à Deauville. Ils se sont encanaillés au *Bal Mabille*, où, entre la polka et le Can-Can, on découvre aussi bien des Parisiens que des étrangers, des chevaliers d'industrie que des auteurs à succès. Ils ont essayé quelque temps la *Closerie des Lilas*, mais les étudiants, qui se considèrent comme les maîtres des lieux, y font régner un bruit terrible. Ils ont également fait quelques approches du côté du *Château Rouge* ou du *Casino Cadet*, ce dernier étant le terrain de chasse des gourgandines passant pour des aristocrates auprès des naïfs.

Ils ont fait aussi, bien sûr, les magasins de nouveautés, qui fleurissent et se développent : le *Grand Condé*, rue de Seine, le *Petit Saint-Thomas*, rue du Bac, la *Belle Jardinière*, le *Petit Dunkerque*, le *Bon Marché*, le *Printemps*, la *Samaritaine*, le *Pauvre Diable*. Jean-Dieudonné, sourire affligé aux lèvres, a suivi comme un gros bourdon d'alpagas en dentelles, de guipures en cachemires, de velours en percales, de mohairs en satins. Il lui fallait beaucoup de patience mais il se consolait au milieu des fanfreluches en songeant aux douces récompenses à venir.

Jean-Dieudonné et Virginie ont assisté également à plusieurs courses à l'Hippodrome de Longchamp. Ils sont allés à l'ancien *Cirque de l'Impératrice*, qui était autrefois le cirque d'été et où on donne désormais des spectacles équestres. Ils ont pris plaisir à visiter ensemble la *Rotonde du Panorama*, qui célèbre la grande épopée des batailles du Premier Empire. Le *Petit théâtre des Folies Marigny*, conçu pour la joie des amateurs de musique, les a ravis. Entre la Concorde et le Rond-Point des Champs-Elysées, ils ont fait de longues promenades, à pied ou en voiture. Bien sûr, ils ont assisté à des concerts à l'*Alcazar*, aux *Ambassadeurs*, au *Pavillon de l'Horloge*.

Jean-Dieudonné, enfin, s'est fait accompagner de Virginie à plusieurs grandes soirées ou fêtes, l'a présentée à des relations, des amis, a partagé avec elle quelques après-midis de petits gâteaux secs au milieu des rombières mieux mises de la tête que de la taille, a bu avec délice toutes les liqueurs réservées aux hommes mûrs lorsqu'ils sont aux bras d'une femme plus jeune et de surcroît ravissante. Virginie, pourtant peu habituée aux mondanités, s'est révélée exquise et brillante. On l'a remarquée, désirée, jalousée, admirée, estimée : elle a fait de sa simplicité, de sa spontanéité, de sa curiosité des armes redoutables.

Pendant tous ces mois avec Jean-Dieudonné, Virginie a vécu des moments étourdissants, s'est grisée de vins, de musique et de parfums, s'est enivrée de paysages et de salons luxueux. Elle a connu l'envoûtement, la magie des plus grandes tragédies, la fascination des belles choses, les sortilèges de l'aisance et de l'argent, le superficiel et la profondeur de la pensée, la hauteur de vue et le dérisoire.

Titillée en permanence par la sensuelle présence de Jean-Dieudonné, Virginie s'est découvert des appétits extraordinaires pour les choses du sexe et aussi, dans ce domaine, un goût de l'invention, de la fantaisie, de la découverte. Les ressources de son corps et celles du corps de son amant lui sont apparues inépuisables. Elle avait l'impression, chaque fin de semaine, de jouer d'un instrument nouveau, avec une forme, un bois, des cordes totalement différents du précédent, avec des tonalités, des inflexions, des accents, des accords, des tons, un timbre, une modulation ne ressemblant à rien de ce qu'elle avait antérieurement connu ni à rien de ce qu'elle se promettait de découvrir la semaine suivante.

Mais il est une chose sur laquelle Virginie n'a jamais transigé ni cédé : son travail et son habitation. Elle a voulu conserver l'un et l'autre et repoussé toutes les avances de Jean-Dieudonné, qui rêvait bien évidemment de l'installer à Saint-Cloud dans une bonbonnière d'ennui. L'homme est intelligent : il comprend, au moins en surface, ne désespérant pas au fond de lui-même de parvenir à ses fins. Il est également amoureux, profondément, et cet amour-là lui fait accepter bien des servitudes.

L'aime-t-elle ? Elle s'interroge souvent, se dit qu'on n'a pas besoin de s'interroger quand on aime vraiment, s'imagine aussi qu'on ne peut pas être à ce point physiquement dépendant de quelqu'un sans être un peu amoureux. Car Jean-Dieudonné, sans effet et sans effort, domine ses sens. Elle rirait si on disait d'elle qu'elle est sa maîtresse. Avant chaque rencontre, tout son corps est en ébullition. Et les deux jours hebdomadaires qu'elle passe avec son amant la portent au rouge. Quand la voiture la raccompagne dans le onzième arrondissement, à son domicile, elle est épuisée, heureuse mais assommée, non pas seulement par les étreintes qu'elle vient de vivre mais par cette tension extrême de son être qui culmine en fin de semaine.

La mère de Nicolas a bien constaté les absences répétées de Virginie. Elle s'est inquiétée des raisons, à sa manière, par des petites questions anodines. Son mari, plus discret, n'a rien dit, mais Virginie sait parfaitement, pour le rencontrer de temps à autre dans la semaine à l'atelier de menuiserie, qu'il s'interroge lui aussi. Elle aime trop ces gens pour leur causer la moindre peine. Ils ne peuvent pas entendre la vérité, ils souffriraient d'un mensonge trop visible : Virginie a choisi de ne rien dire.

Après la démission de Mac-Mahon, Jules Grévy le remplace. Mais, surtout, Léon Gambetta devient président de l'Assemblée.

Parce que les conservateurs redoutent toujours le peuple de Paris, l'Assemblée siège encore à cette époque à Versailles. Mais le président de l'Assemblée est installé quant à lui dans l'Hôtel de Lassay. Dès qu'il prend ses fonctions, Gambetta décide de faire rénover les locaux, très éprouvés depuis l'occupation par le Shah de Perse en 1873. Un président de l'Assemblée se doit d'avoir du panache. Après une réfection complète de toutes les pièces, on puise dans les trésors artistiques de la République pour décorer les murs de tapisseries somptueuses, des Gobelins ou d'ailleurs, de tableaux, ou pour remplacer un mobilier dégradé ou trop marqué Second Empire. C'est que l'avocat, heureux d'occuper le fauteuil du fastueux Morny, a une ambition immédiate : donner à l'occasion de la fête nationale du 14 juillet 1879 une réception dont on se souviendra longtemps.

Le baron Jean-Dieudonné d'Audremont fait partie des invités de l'hôtel de la présidence. Promu entre-temps colonel et membre de l'état-major général, il est notamment en charge de la réorganisation du service des ambulances aux armées. Il est en outre un ami personnel du commandant militaire de l'Assemblée. Cette invitation est donc tout à fait normale.

Tout aussi naturellement il demande à Virginie de l'accompagner à cette réception.

Le 14 juillet 1879, Virginie se lève de très bonne heure, consacre à sa toilette un temps considérable, accueille sur le coup de six heures trente une de ses amies, modiste, pour qu'elle la coiffe et l'aide à s'habiller. Elle a choisi un ensemble à la fois simple et élégant, original sans être provocant : corsage et jupe en taffetas de soie violet, dentelle blanche et franges.

Quatre vingt dix minutes plus tard, Virginie, debout devant son amie modiste, pose sur ses superbes cheveux le petit chapeau à brides qu'elle a fait tout spécialement confectionner. Elle est prête pour retrouver Monsieur Léon Gambetta, président de l'Assemblée.

Prête et résolue.

– Allons ! lance-t-elle, tremblante d'excitation.

Jean-Dieudonné doit déjà l'attendre en bas dans un fiacre ou dans sa voiture.

- 53 -

Jean-Dieudonné et Virginie arrivent devant l'Hôtel de Lassay aux environs de neuf heures. La queue des voitures est déjà impressionnante. Mais le rythme auquel les passagers débarquent rassure l'officier.

Après une courte attente, ils montent le grand escalier d'honneur. De part et d'autre, des gardes républicains, épée en main, la garde au niveau du menton, sont alignés. La cour a été décorée avec des fleurs et des plantes vertes. Léon Gambetta est à l'entrée du grand salon Louis XV, entouré de plusieurs personnages officiels, de son secrétaire personnel, des commissaires et du commandant militaire de la Chambre, l'ami de Jean-Dieudonné. Il faut encore faire la queue.

– Le colonel Jean-Dieudonné d'Audremont et Madame Virginie Berthelot ! annonce l'un des commissaires.

Virginie est surprise de s'entendre présenter sous son nom de jeune fille mais elle se dit que les contraintes du protocole expliquent peut-être cet accommodement avec la vérité.

Léonie Léon, la compagne de Gambetta, celle que l'on voit partout, est absente apparemment. Il se dit pourtant dans les journaux qu'elle vient encore de l'accompagner pour un voyage d'agrément en Italie, à Florence et à Gênes.

Gambetta a pris du ventre : l'excellente façon de son gilet, barré de la chaîne de montre, ne peut dissimuler l'embonpoint. Mais le visage a plus de noblesse encore que cinq ans auparavant, quand Virginie a cherché à rencontrer l'avocat sur un quai de gare : la force, la violence des traits se sont estompées derrière la fermeté, la hauteur. A l'avocat du journaliste Delescluze, au ministre de la défense nationale, au député batailleur a succédé l'un des trois premiers personnages de la République, peut-être le premier.

Gambetta saisit la main de Virginie, approche les lèvres.

– Quand reparlerons-nous de l'amnistie générale ? interroge brutalement Virginie en illuminant son visage du plus beau sourire.

Elle a conscience de l'ambiguïté de sa question car, à proprement parler, elle n'a jamais eu d'entretien avec l'homme politique. Elle n'ose regarder du côté de Jean-Dieudonné car elle devine à la fois la surprise et aussi le malaise de celui-ci.

– Il y a encore, ajoute-t-elle sans cesser de sourire, plus de deux mille hommes qui croupissent à l'île des Pins, à la presqu'île Ducos ou au bagne de l'île Nou. Des condamnés de la Commune. Quand reparlerons-nous de l'amnistie générale, Monsieur le Président ?

Décidément elle aime cette ambiguïté dans laquelle elle s'est installée. Léon Gambetta jette un coup d'œil à l'un de ses commissaires puis, de son œil unique, fixe la jeune femme avec un sourire forcé.

– Je ne suis pas sûr que ce soit le lieu et le moment d'en parler, répond-t-il gravement mais sans humeur.

La réponse est maladroite et médiocre. Virginie se garde bien de le relever, de la même façon qu'elle n'a pas cru devoir rappeler sa première tentative de contact en 1874.

– C'est toujours le lieu et le moment de parler de ceux qui souffrent, Monsieur le Président, réplique-t-elle en donnant plus de douceur encore à son sourire. C'est un peu ce que vous avez dit au président du tribunal lorsque, comme avocat, vous avez défendu Charles Delescluze, qui voulait ériger une statue en mémoire d'un député assassiné par les soldats de Louis Napoléon.

– Et que lui ai-je donc dit précisément ? demande Gambetta, soudain intéressé et amusé.

– Vous parliez des victimes, de toutes celles qu'on avait envoyées à Mazas, à Vincennes, à Cayenne. Vous parliez d'attentat contre le génie, la morale, la vertu. Le président du tribunal vous a interrompu, vous a rappelé à l'ordre, vous a dit que le dernier endroit où devait se plaider cette cause était un prétoire. C'est là que vous avez répondu ce que je vous rappelle. Vous avez dit, je m'en souviens, qu'il y avait dans cette cause des émotions suprêmes. Vous avez dit aussi qu'il était impossible de se contenter des banalités de la rhétorique pour entretenir le tribunal de ce que vous appeliez...une effrayante tragédie.

– Vous avez de la mémoire, Madame. C'était il y a onze ans.

– Je n'ai pas de la mémoire, je me souviens seulement de ce qui est important. J'étais au tribunal le 13 novembre 1868 et aussi le 14 novembre. Il y avait du monde. J'ai dû jouer des coudes pour y être admise. Je voulais absolument être là. J'ai écouté tous les avocats, Maître Crémieux, Maître Arago. Je vous ai écouté. Non, Monsieur le Président, il n'y a pas des endroits pour protester et des endroits pour se taire. C'est de votre bouche que je le tiens.

On s'attroupe. Nombreux sont maintenant ceux qui écoutent cet échange en se demandant qui peut bien oser interpeller ainsi le président de l'Assemblée.

– Je me souviens aussi que vous avez lancé deux mises en garde, reprend Virginie, qui contrôle mieux sa respiration. Au début de votre plaidoirie, mais je cite évidemment de mémoire, vous avez dit : « Ce n'est pas assez d'avoir chassé les républicains de la République, vous voudriez encore les chasser de la nature humaine ! » Peut-on, veut-on chasser les condamnés de la Commune de la nature humaine, les exclure de cette nation ?

– Et la deuxième mise en garde ? interroge Gambetta, qui prend manifestement plaisir à cet échange impromptu devant une assistance médusée.

– Votre deuxième mise en garde, Monsieur le Président, c'est celle qui fait que je me bats depuis huit ans déjà pour faire recouvrer la liberté à mon mari exilé en Nouvelle-Calédonie. A la fin de votre plaidoirie, vous avez dit au tribunal : « Vous pouvez nous frapper, mais vous ne pourrez jamais ni nous déshonorer, ni nous abattre ! »

L'homme d'Etat sourit, un sourire qui enveloppe la femme en face de lui. D'une main large et déjà brunie, il lisse sa barbe.

– Le président de la République ne va pas tarder à arriver, dit-il. J'aurai grand plaisir à reprendre cette conversation un peu plus tard, si vous en êtes d'accord. Sachez cependant, dès à présent, que j'ai fermement l'intention d'inscrire de nouveau la question de l'amnistie générale à l'ordre du jour. Je vous souhaite en attendant de passer en ce lieu un très agréable moment. Et je vous renouvelle mes hommages.

Déjà, il se tourne vers le convive suivant, qui a patiemment attendu son tour. Virginie fait en tremblant les pas qui l'éloignent du cortège des invités. Elle sent physiquement, posés sur elle, leurs regards lourds de surprise amusée ou au contraire d'hostilité.

– Quelle femme tu es ! lui souffle simplement le colonel en imprimant une légère pression sur son bras.

Il sourit, comme lorsqu'on est heureux et fier.

Juste à ce moment-là, la fanfare entame les premières notes de la Marseillaise : le président de la République arrive.

- 54 -

Un buffet magnifique attend les invités. On y a disposé des pains aux raisins ou au chocolat, des pâtisseries, différents fromages, des crèmes, mais aussi des cochonnailles. Une nuée de serveurs tout de blanc vêtus distribuent du café et des jus de fruits.

Ensuite, les hôtes de Gambetta sont conviés à suivre successivement un concert de musique classique, un spectacle de variétés animé par des grandes vedettes du moment, une superbe chorégraphie du corps de ballet de l'Opéra. Virginie, pour ce dernier spectacle, retient le nom de Mehul.

A l'heure du déjeuner, les invités peuvent s'éparpiller dans le jardin. Virginie admire les massifs de fleurs, le bassin d'eau, des variétés rares d'arbres et arbustes. Au fond, une tente a été dressée, décorée de guirlandes et brillant sous le soleil. Le couple y trouve un autre fastueux buffet. Gambetta a voulu que tout soit éclatant, opulent, somptueux, superbe : de ce point de vue, il a réussi, mais le président Grévy, connu pour son avarice, doit ronger son frein en découvrant tant de dépenses princières. Pour l'heure, les deux hommes s'entretiennent dans un coin du jardin. Sans doute le second félicite-t-il le premier de la qualité de son accueil. Il se dit dans la presse que Léon Gambetta et Jules Grévy sont les pires ennemis du monde, ce qui ne les empêche pas de se voir souvent et même de chasser ensemble les plus beaux cerfs.

Jean-Dieudonné, discrètement, désigne à Virginie les personnalités qu'il peut identifier, soit qu'il les fréquente, soit que la presse ait publié leur portrait, photographie ou caricature. Ils s'approchent d'une montagne de plats et, après avoir joué des coudes et multiplié force excuses, parviennent à se faire servir une assiette de poisson fumé des mers baltiques et un verre de Pouilly Fuissé. Ils se joignent ensuite à un couple - lui est un écrivain connu - qui converse avec un officier général.

Alors que le ciel a été incertain en début de matinée, il s'est apparemment débarrassé vers l'est de ses nuages et un chaud soleil darde ses rayons sur l'assistance.

L'incident arrive à peu près une heure plus tard.

Jean-Dieudonné a entrepris une discussion animée avec un diplomate anglais et un officier de l'état-major de l'artillerie, directeur des parcs. Virginie grignote des petits gâteaux aux amandes. Un homme s'approche, gras et adipeux dans son uniforme de général, serre des mains puis, se tournant vers Virginie, s'incline avec raideur.

– Général Galliffet, dit-il d'une voix rauque.

Le sang de Virginie ne fait qu'un tour. Elle en oublie de tendre la main.

– D'Audremont, bon sang ! présentez-moi donc à cette charmante personne ! lance-t-il à l'adresse de Jean-Dieudonné.

« En plus, l'homme est vulgaire ! » songe Virginie.

– C'est inutile, laisse tomber Virginie. Tout le monde sait que vous avez fait une brillante campagne en Crimée, en Italie, au Mexique.

Le marquis Gaston Galliffet se redresse en souriant.

– La presse ne parle que de vous, ajoute encore la jeune femme. Vous serez probablement nommé gouverneur militaire de Paris.

– Je vois, Madame, que vous savez beaucoup de choses sur mon compte. Puis-je à mon tour…

– Tout le monde sait aussi, coupe Virginie, que vous avez mis vos compétences au service de Monsieur Thiers quand il a fallu réprimer la Commune. Et là…

– Et là ?

– Et là, vous êtes allé bien au-delà des attentes de vos maîtres.

Gaston Galliffet s'empourpre.

– Que voulez-vous dire ? parvient-il à articuler.

Jean-Dieudonné pose une main sur le bras de Virginie. Elle n'en a cure.

– Un militaire doit obéir, n'est-ce pas ? fait la jeune femme.

– J'ai du mal à comprendre vos propos, Madame. Je vous prie d'être plus précise car je sens dans vos intonations une forme d'ironie assez déplaisante.

– Oh! les choses sont simples. Il se trouve que la maison de couture dans laquelle je travaille est en relation avec des grands magasins anglais et reçoit régulièrement les journaux de Londres, en particulier le *Daily News*. L'un des chefs de service parle couramment l'anglais et a pu traduire certains articles. En particulier, l'un de ces articles a rapporté comment, à la fin de la Semaine Sanglante, vous avez... Mais faut-il que je poursuive ?

– Continuez, je vous prie ! Je n'ai rien à cacher !

– Puisque vous le demandez ! En 1871, vous avez tout simplement fait massacrer des prisonniers que l'on conduisait à Versailles.

– J'ai fait exécuter des assassins !

– Non, Monsieur le marquis ! Vous avez fait assassiner de sang froid des hommes que l'armée avait arrêtés ici ou là et qui n'avaient pas encore été jugés. Et vous ne l'avez pas fait qu'une seule fois. En fait, vous vous êtes surtout illustré durant la terrible répression de la Commune par les exécutions sommaires du côté de la porte de la Muette.

Virginie a haussé le ton et, autour du groupe, on prête l'oreille. Le général Galliffet, cramoisi, se tourne vers Jean-Dieudonné.

– Vous devriez mieux choisir vos fréquentations féminines !

C'est insultant, odieux, grotesque. Virginie ne laisse pas au colonel le temps et l'occasion de répliquer.

– C'est lorsque vous étiez face aux Prussiens qu'il fallait faire preuve de fermeté, général, pas lorsque vous jetiez des innocents sur des pelotons d'exécution.

Le général Galliffet ouvre la bouche, ne trouve rien qui soit à la hauteur de l'affront. Il tourne les talons et disparaît en bousculant plusieurs personnes.

– Vous fuyez comme à Sedan ! a encore le temps de dire Virginie, hors d'elle, tremblant de tous ses membres.

Comme beaucoup de généraux de l'armée française, Galliffet, commandant de la cavalerie, s'est laissé enfermer à Sedan. L'attaque de Virginie n'est donc pas tout à fait ajustée.

– Viens !

C'est Jean-Dieudonné qui l'entraîne vers l'hôtel, lui fait traverser la pelouse en diagonale. A son tour, il vibre de rage et de colère.

Dans la galerie, il lui dit simplement :

– Tu es folle !

Dans le grand escalier, au paroxysme de l'exaspération, il ajoute :

– Tu viens de fiche en l'air ma carrière !

Quand le fiacre appelé par un huissier s'approche, il explose :

– C'est fini entre nous ! Tu entends, fini !

Virginie a envie de pleurer mais ses yeux demeurent secs. Quelque chose appuie sur ses poumons, lui coupe la respiration. Lorsqu'elle monte dans le fiacre, son pied ripe, comme le jour où elle a déjeuné pour la première fois au *Café Anglais* avec l'officier.

Jean-Dieudonné lance au cocher l'adresse de Virginie puis appelle un autre fiacre.

A la sortie de l'Hôtel de Lassay, les deux voitures prennent des directions diamétralement opposées.

Sur la banquette de moleskine – verte celle-là -, Virginie halète. Elle défait quelques boutons de sa robe, agite sa main comme un éventail.

Boulevard Saint-Germain, les Parisiens flânent. Les ramiers roucoulent dans les arbres. Le cocher, avec sa bouche, fait un curieux bruit : teu, teu, teu, baâ, teu, teu, teu, baâ. Les suspensions de la voiture grincent affreusement. Une des roues couine. Une lanterne, mal fixée ou endommagée, émet un cliquetis.

Alors Virginie sait que Jean-Dieudonné d'Audremont appartient définitivement au passé.

Au passé.

Mais saura-t-elle oublier lorsqu'elle aura de nouveau devant elle Nicolas, son mari ?

- 55 -

Ce moment-là, Nicolas Moreau, le menuisier du faubourg Saint-Antoine, et Léon Berthier, le bronzier de Belleville, l'attendent depuis plus de huit ans. Ils se sont vus pour la dernière fois dans les caves des Grandes Ecuries, en face du Château de Versailles. Au matin du 31 mai 1871, après la distribution de la soupe et d'un pain moisi, Nicolas, avec d'autres, avait été appelé pour interrogatoire.

– Ne te laisse pas faire ! avait simplement lancé Léon.

Le jeune menuisier a emporté l'image de ce gaillard taillé à coups de serpe, debout près d'un soupirail, les godillots dans une paille noire et fangeuse. Aura-t-il vieilli ? Les traits seront-ils plus vagues ? Dans une lettre, Léon a confié qu'il boitait bas depuis un coup de crosse pendant un interrogatoire.

Les deux hommes se sont écrits, souvent, autant qu'ils le pouvaient ou que le permettaient des règlements abscons ou l'arbitraire veule des gardes-chiourmes, autant qu'il était possible de dire ou de faire sentir à travers le maillage de la censure. Ils ont correspondu depuis un ponton de Cherbourg, à la lumière du sabord, depuis le bagne de Toulon, quand les chaînes entaillaient les tibias, depuis le fort de Quelern, depuis le bagne de l'île Nou, depuis l'île des Pins, depuis Bouloupari, depuis Nouméa. Nicolas garde précieusement toutes les lettres de son ami et celui-ci fait de même.

Nicolas observe un instant les deux canonnières, la *Calédonienne* et la *Baïonnette*, qui quittent le port de Nouméa à toute vapeur, l'une derrière l'autre, comme si elles entamaient une course-poursuite. Puis son regard glisse vers une magnifique goélette qui, depuis quelques mois, fait régulièrement la navette entre l'île des Pins et Nouméa, un bâtiment qui mérite bien son nom : *Gazelle*. Le ciel d'octobre, en cette fin de matinée, a les allures d'une plaque de plomb que l'on aurait gribouillée à l'aide d'un stylet, faisant apparaître de grandes zébrures brillantes. Par contraste, les eaux de la baie, surtout du côté de la presqu'île Ducos et de son débarcadère, déclinent un camaïeu de mauves.

– Toujours rien ?

La question émane d'Edouard. Escorté d'un homme assez maigre, un fonctionnaire, il revient du bar situé à proximité, où ils sont allés se désaltérer et lire le *Sydney Morning*, le seul journal qui soit vraiment bien informé.

– Rien en vue ! répond Nicolas, en s'épongeant le front.

Normalement, le remorqueur qui a chargé Léon et ses compagnons cent kilomètres au nord est annoncé pour midi, midi trente tout au plus. C'est en tout cas ce que le télégraphe a communiqué depuis le poste de gendarmerie et qui a été rapporté à Edouard.

– Je vous vois plus tard, dit le fonctionnaire en s'éloignant.

En avisant la dizaine de forçats qui, dans leur costume si reconnaissable de droguet, chaussés de sabots et la chaîne pendue à la taille par un crochet, prennent place avec des gendarmes dans une chaloupe, Nicolas a un pincement au cœur. Léon a connu ce régime pendant des années, d'abord à Toulon, ensuite dans ce trou d'enfer de l'île Nou. Désormais, seuls les forçats de droit commun subissent encore cette humiliation puisque les transportés politiques viennent de gagner un traitement plus léger. De plus, les communards ayant eu un rôle positif durant la révolte canaque ont bénéficié soit d'une commutation de peine, soit tout simplement d'une grâce. C'est précisément le cas de Léon, rendu à la liberté et qui doit s'embarquer sur la *Creuse* pour un départ le 1er novembre 1879 à destination de Brest.

Contrairement à certains condamnés politiques qui ont prêté main forte à la gendarmerie et à l'infanterie de marine pour accessoirement mater la révolte canaque et principalement gagner des remises de peine, Léon, après la mise à sac de Bouloupari par les indigènes, n'a fait que se défendre au cours de la longue retraite vers un poste plus sûr. Mais il a montré tant de maturité, de courage et d'efficacité face aux attaques répétées des insurgés, il a sauvé tant de vies - y compris celle du commandant du pénitencier - malgré les obstacles, que la récompense est naturellement venue sous la forme de félicitations des autorités militaires, de remerciements du gouverneur et d'un article dithyrambique de la presse de Nouméa, toutes prémisses qui ont débouché sur une libération sans conditions. Le ministère Waddington a créé le concept de grâce-amnistie et Léon en a été l'un des premiers bénéficiaires. Dix mois plus tôt, une décision présidentielle a accordé à Amouroux, bagnard membre de l'Internationale et secrétaire de la Commune, une remise pleine et entière de sa peine parce qu'il avait chassé avec succès *du* Canaque. Léon n'aura pas à rougir de la même infamie car il n'a fait que défendre sa peau et tenter de protéger ceux, condamnés et surveillants, gendarmes et colons, qui étaient avec lui. C'est bien dans la manière de la Troisième République que d'accorder les mêmes gratifications pour des actes différents, voire contraires, après avoir puni, sanctionné, condamné de la même façon pour des actes dissemblables.

Mais tout cela n'a finalement plus guère d'importance. Les communards pour lesquels la sanction a été la plus lourde, en dehors de la mort, recouvrent leurs droits, leur dignité. De numéros, ils redeviennent tout simplement, tout magnifiquement des hommes.

Une vieille femme canaque s'approche de Nicolas. Des seins plats battent sur la cage thoracique. Elle a enfilé une pipe dans l'une de ses oreilles trouées et déformées, conformément à une tradition très répandue. Elle vend des mangues. Séduit par le parfum très fort qui s'en dégage, Nicolas choisit dans le panier deux beaux fruits, paye la femme, tend une mangue à Edouard.

Tout en mordant à pleines dents dans la pulpe sucrée et chaude après l'avoir pelée, Nicolas et Edouard conversent encore quelques instants, notamment à propos de la tête coupée du chef insurgé Ataï, qui aurait été envoyée au Muséum d'Histoire Naturelle à Paris.

– Ils auront absolument tout fait dans l'ignoble ! lance Nicolas.

A cet instant précis, Edouard songe à Prosper Desfossés que les autorités ont consigné dans un réfectoire et qui s'est fait massacrer par les Canaques insurgés parce qu'il n'avait pas pu prendre la fuite avec les autres. On a rapporté à Edouard que Prosper, ce voyou amendé, courageux et fidèle, s'est opposé à ceux qui voyaient dans la révolte indigène l'occasion de prouesses cynégétiques. Faut-il que le monde soit injuste pour que cet homme paye finalement de sa vie, et par la main de ceux qu'il voulait protéger, le simple respect de sa conscience !

– Voilà le remorqueur !

Vers l'entrée de la rade, croisant les canonnières qui le saluent au passage de grands coups de trompes, le remorqueur apparaît. Il traîne derrière lui, à l'horizontale, un long et épais boudin de fumée noire, l'étrave blanchie par la vitesse. Le cœur de Nicolas se met à battre plus fort, tandis qu'Edouard vient se mettre à ses côtés. D'après les renseignements recueillis à la capitainerie, le bâtiment doit accoster là où les deux hommes se trouvent. Du reste, un comité d'accueil se constitue, des habitants de Nouméa, des officiers, des domestiques. Des enfants s'approchent.

Au dessus de l'île Nou, les zébrures du ciel ont crevé en certains endroits et laissent apparaître un bleu tendre, comme si la coque du ciel avait commencé à s'ouvrir pour révéler la pulpe. Il n'est pas loin d'une heure de l'après-midi. Nicolas a les doigts collants du jus de la mangue. Il met sa main en visière, sous le chapeau, scrute l'avant du remorqueur, voit des silhouettes, ne distingue rien.

Quinze minutes passent encore, durant lesquelles les bavardages de l'assistance enflent jusqu'à devenir assourdissants.

Puis Nicolas aperçoit Léon, massif, un pantalon large flottant dans la brise, une chemise ouverte sur un poitrail gris, un grand chapeau de paille, et une main qui s'agite, une main qui dit sa joie.

Les manœuvres d'accostage sont rapides, précises. Les passagers du bateau, promptement, bondissent sur le quai. Léon est l'un des premiers. Depuis quelques minutes, il ne regarde que Nicolas dans cette foule bruyante, et Nicolas ne voit que lui. Il y a un moment où les deux hommes se trouvent à quelques mètres seulement l'un de l'autre, les bras ballants, paumes ouvertes. Dans l'ombre du chapeau, les yeux de Léon brillent, se brouillent de larmes. Alors l'ancien bronzier s'approche doucement, en boitant. Les derniers pas de Nicolas suppriment tout espace. Les deux amis s'étreignent, longuement, sans un mot, mêlant leurs larmes sur leurs joues embrassées. Léon a perdu son chapeau et son crâne nu d'ancien bagnard luit sous le soleil.

Emu comme un enfant, Edouard regarde ces retrouvailles un peu en retrait, sans oser bouger. Il y a quelque chose d'extraordinaire, de magique dans cette étreinte des deux hommes qui, sans un mot, pleurent et pleurent encore. Puis les deux poitrines se séparent. Nicolas se tourne vers Edouard, veut dire quelque chose, n'émet qu'un curieux son : l'émotion est trop forte, toute respiration est coupée, le sang ne circule plus que par saccades douloureuses.

Edouard s'approche le premier, tend la main à Léon.

– Edouard, fait-il simplement.

– C'est le plus beau jour de ma vie, dit Léon en se tournant vers Nicolas et en le prenant à nouveau par les épaules. Le plus beau jour de ma chienne de vie !

Tandis que les deux hommes s'étreignent encore, Nicolas parvenant cette fois à prononcer quelques mots, Edouard remarque les deux phalanges qui manquent à l'une des mains de l'ancien forçat, l'arcade sourcilière déformée, les cicatrices de la nuque, le bras agité d'un tremblement. Les phrases ont ici un sens.

Nicolas, Edouard et Léon prennent lentement le chemin de la ville. Ils parlent en même temps, s'étourdissent. Les mots, telles des montures emballées, portent leurs sentiments. Léon a saisi le bras de Nicolas et le serre fort.

– Bon sang ! Bon sang ! Que je suis heureux ! Tu ne peux pas savoir comme je suis heureux !

Et il se met à parler de Virginie, dont il a reçu deux lettres il y a plusieurs mois, il ne se souvient pas exactement, mais deux lettres qui lui ont fait très plaisir, comme toutes les autres.

– Tu as la femme la plus adorable de toutes les femmes, dit-il à Nicolas, qui rit de bonheur.

– Elle ira te chercher à Brest, indique Nicolas. Je lui ai déjà écrit. Elle t'attendra. La *Creuse* ne voyage pas vite. Tu devrais arriver aux alentours du mois de mars. Et quand ce sera mon tour, vous viendrez tous les deux. Mais pour l'instant, on a bien d'autres choses à faire. Tu vas me raconter tout ce que tu n'as pas pu dire dans tes lettres. Je ferai de même.

Le plomb du ciel a maintenant cédé la place, vers l'ouest, à un ciel totalement bleu piqueté de quelques nuages blancs. Quand les trois compagnons s'engouffrent dans l'un des restaurants les plus réputés du port, un clairon sonne du côté d'un casernement.

– Tu te souviens du dernier morceau de pain qu'on a partagé ensemble ? Comment il était moisi ? Et comment on l'a dévoré en riant ?

Nicolas n'attend pas de réponse. Il voulait supprimer d'un trait les longues années de séparation.

- 56 -

Après trois mois de navigation à une moyenne de cinq nœuds, le navire *La Creuse* mouille devant Sainte-Hélène. Le commandant donne les ordres pour un approvisionnement des soutes en charbon et, avec son adjoint, va visiter la dernière demeure de Napoléon 1er.

– Ça m'aurait bien plu, à moi aussi, de voir l'endroit où le petit caporal a vécu ses dernières années, fait un déporté au visage émacié et souffreteux.

Léon Berthier grogne.

– Je vois pas l'intérêt de visiter une prison. Ça t'a pas suffi l'île des Pins ?

– C'est quand même un lieu plein d'histoire ! plaide l'autre, décontenancé.

– L'Histoire se fait pas dans les prisons. Des prisonniers peuvent faire l'Histoire mais j'ai jamais vu l'Histoire en marche dans une geôle. En fait, c'est de la curiosité malsaine. Je suis sûr que tu as gardé des pierres ou du sable des plages de Ouameu. Je te crois bien capable de cela.

– Tu crois pas si bien dire, Léon. J'ai du sable. Je le montrerai à ma femme, si elle est encore là à m'attendre. Si elle est pas là, ce qui serait pas étonnant vu que j'ai pas de nouvelles depuis longtemps, je le montrerai à tous ceux qui voudront bien le voir.

Un vent humide s'engouffre par le sabord, agite les blouses. Léon frissonne, enfile la vareuse qu'il a posée à côté de lui. Le retour ressemble fort à l'aller : les grandes cages, où les hommes s'entassent à cent ou cent cinquante et d'où ils ne sortent qu'une trentaine de minutes par jour pour aller prendre l'air sur le pont supérieur ; la lumière chiche des batteries hautes et la pénombre, voire l'obscurité, des batteries basses ; l'aération insuffisante ; la chaleur tropicale et le froid ; l'humidité ; la promiscuité ; l'hygiène douteuse ;

le manque d'eau ; le biscuit moisi, le lard rance, la viande trop salée ; les grossièretés et les violences des gardes-chiourmes, la cruauté des militaires ; les maladies respiratoires, le scorbut ; la bêtise, la bêtise encore et toujours.

Pourtant, tous les déportés politiques embarqués sur *La Creuse* ont été graciés ou, selon un concept difficile à comprendre, graciés-amnistiés, et devraient donc être traités comme des passagers normaux.

Bonne fille, la République n'entend pas trop rapidement dépayser ceux qu'elle a envoyés en exil et qu'elle rapatrie sur la terre de France.

- 57 -

La carcasse du vieux navire vibre : le départ est imminent. Pour on ne sait quelle raison, le commandant a refusé que sa cargaison humaine monte sur le pont pour dire adieu à Sainte-Hélène. Léon Berthier, qui griffonne dans un coin de sa cage sur un petit carnet, n'en a cure, mais d'autres parmi ses compagnons expriment leur colère.

– Ménagez vos forces, les gars ! lance-t-il. Si on rejoint Brest à la même vitesse qu'on a mise pour gagner Sainte-Hélène, on n'est pas prêts d'arriver. André, puisque tu es le chef de plat, inquiète-toi plutôt de savoir si on aura encore ce midi la merde qu'on a mangée hier soir, hier midi et encore avant-hier soir. J'en peux plus. J'ai entendu dire aussi qu'ils avaient fait monter à bord des légumes. J'aimerais bien être sûr que ce n'est pas seulement réservé à l'équipage.

Léon a toujours faim, comme si l'air de la mer avait exacerbé son appétit. Pourtant, beaucoup de choses servies par la cuisine du bord lui font terriblement mal aux dents et il y a longtemps qu'il a cessé de manger les légumes secs, dont le goût de vinaigre cuit et d'huile de poisson lui donne invariablement la nausée.

Demain, à cinq heures et demie, tous les hommes de la batterie où se trouve Léon devront se lever, plier rapidement les hamacs, avaler en toute hâte un café au goût de goudron, puis, pieds nus, procéder au lavage du pont. Quelques-uns en profiteront pour faire la lessive, si l'on veut bien mettre à leur disposition un peu d'eau douce : Léon sera de ceux-là. Quand il n'y a rien à faire, la moindre tâche domestique acquiert une importance considérable, sa seule perspective prenant même un caractère obsessionnel.

- 58 -

Le 4 avril 1880, après cent cinquante six jours de mer et sept déportés morts d'épuisement ou du scorbut, *La Creuse*, toutes membrures vibrantes, crachant une fumée que le vent de travers couche sur tribord comme une chevelure, franchit le goulet de la rade de Brest.

Les anciens déportés s'alignent pour débarquer, baluchon sur le dos, chapeau à la main ou sur des fronts basanés, blouse ou tunique flottant au vent. Sur le quai, une foule joyeuse d'hommes, de femmes et d'enfants, mollement contenue par des fusiliers marins, salue l'arrivée en agitant au-dessus des têtes chapeaux, calots, casquettes, képis ou chakos, en chantant et en hurlant des mots incompréhensibles. Il y a aussi des journalistes et des policiers, les premiers pour consigner les mots des plus connus des arrivants, les seconds pour notifier à d'autres qu'ils sont tenus sous quatre jours, en raison de leur bannissement, de quitter le territoire français. Jean Allemane, qui est à trois pas derrière Léon, aura affaire probablement aux uns et aux autres puisque, figure de la Commune et forçat au bagne de l'île Nou, sa peine a été commuée en cinq ans de bannissement.

Léon cherche à reconnaître Virginie, ne voit qu'un moutonnement de têtes agitées. Neuf années ont passé depuis qu'il l'a vue pour la dernière fois et ses traits ont pu considérablement changer.

Le débarquement commence, dans l'ordre, interminable. Pour la plupart, les arrivants sont happés par la foule et embrassés dans les pleurs et les hurlements de joie. Les autres, après avoir vérifié une dernière fois en jetant un coup d'œil circulaire que personne n'est là pour les accueillir, se dirigent à pas lents vers le comité de secours où ils pourront avaler un repas et toucher une modique allocation. C'est au moment où il entend des journalistes inviter Jean Allemane à faire un discours, ce que l'intéressé refuse, que Léon repère Virginie. Coiffée d'un bibi rouge, les deux bras en l'air, elle tente de percer la muraille formée par les couples enlacés ou les familles qui, en grappes, s'agglutinent sur un père, un frère, un mari, des hommes qui tendent les mains, des enfants qui font des rondes, des êtres trop longtemps séparés qui se retrouvent, s'étreignent, se fondent les uns dans les autres. Virginie n'a pas changé : elle a toujours cette pupille noire sous un arc presque parfait du sourcil, cette petite bouche légèrement enflée au niveau de la lèvre inférieure. Léon l'entend crier quelque chose. Il hurle à son tour son prénom. Il marche vers elle, en boitant, l'un des bras serré contre sa hanche pour qu'elle ne remarque pas son tremblement. En lui, elle voit probablement une petite part de Nicolas. En elle, il prend brutalement la mesure de tout ce qui a disparu pendant neuf longues années et qu'il retrouve.

– Léon !

Tel un brise-glace, il fend la foule, rejetant de part et d'autre l'écume frémissante des êtres qui encombrent encore son chemin vers son amie Virginie.

- 59 -

A deux heures précises, un roulement de tambours se fait entendre, sec et brutal, puis le président Gambetta, comme d'habitude, pénètre dans l'hémicycle derrière quatre huissiers porteurs de chaînes dorées. Lentement, il se hisse jusqu'à son siège, devant la grande tapisserie, s'assied lourdement.

Il semble à Virginie que l'homme a encore blanchi et augmenté son embonpoint. On dit qu'il porte une ceinture ventrale et qu'il atteint cent dix kilos. Mais l'œil est resté le même, du moins l'œil vivant : marron foncé, brillant, vif derrière le nez busqué.

Pour la quatrième fois, Virginie a réussi et peut faire partie des spectateurs des débats à la Chambre, l'entrée étant d'ailleurs peu onéreuse. Elle n'a pu être admise le 25 mai, mais elle était là le 3 juin, le 9 juin et encore le 16 juin. Lors de cette dernière séance, de graves incidents ont émaillé les débats, à la suite desquels un dénommé Cassagnac, hargneux, a été expulsé, tandis que, dans les tribunes, on protestait avec véhémence et que, sur les bancs, on s'abreuvait d'injures.

Ce 21 juin, il s'agit de débattre de l'amnistie générale. Et celle-ci, pour Virginie, est la seule de nature à permettre le retour de Nicolas et de ses amis. Des milliers de condamnés politiques ont déjà été graciés ou graciés-amnistiés, mais Nicolas, Edouard, Henri et quelques autres, pour de mystérieuses raisons, sont restés au bord du chemin. Selon les journaux, Gambetta doit se battre, et se battre de manière décisive, pour faire admettre l'amnistie générale. Virginie, pour rien au monde, ne manquerait ce combat, et elle a fait la queue depuis le matin pour être sûre d'être parmi les spectateurs.

Les choses commencent mal. Après le discours de Freycinet, Cassagnac, le député frondeur qu'on a expulsé lors de la dernière séance, s'en prend violemment à Gambetta, qu'il traite de « battu », faisant allusion à l'élection triomphale à Belleville du dénommé Trinquet, un communard déporté en Nouvelle-Calédonie. Très calmement, Gambetta choisit alors de laisser provisoirement le fauteuil de président au député Brisson et de prendre la parole à la tribune.

C'est un discours superbe, magnifique, un discours où chacun peut se reconnaître, un discours de réconciliation. Dans le public, certains pleurent. Virginie elle-même est émue jusqu'au plus profond de son être. Puis les applaudissements crépitent, les députés font un véritable triomphe à l'orateur. Une ovation gigantesque déferle sur la tribune et fait vibrer toutes les tentures rouges. Gambetta sourit, Virginie est aux anges.

Par trois cent douze voix contre cent seize, l'amnistie générale est adoptée.

Virginie n'attend pas la fin de la séance. Elle se précipite dehors, retrouve la place de la Concorde. Il faut prévenir tout de suite Léon, qui désespère de voir son ami Nicolas revenir de Nouméa.

- 60 -

La loi d'amnistie du 11 juillet 1880 est notifiée au gouverneur de Nouvelle-Calédonie par courrier du 16 juillet 1880.

Quand il a en mains une copie de la dépêche, copie que le secrétaire général s'est empressé de lui remettre, Edouard pousse un cri de joie. Les employés du service se pressent autour de lui, le félicitent. Il se rend immédiatement dans un autre service où travaillent quelques déportés, les rares que les précédentes grâces ou grâces-amnisties n'ont pas encore atteints. Ce sont des congratulations sans fin. Ailleurs encore, on applaudit.

– Il faut prévenir Nicolas ! dit Edouard.

– C'est déjà fait, lui répond un chef de bureau. J'ai pris sur moi d'envoyer quelqu'un lui annoncer la bonne nouvelle.

– Et ceux de l'île des Pins ? Et ceux qui sont dispersés encore sur la Grande Terre ?

– On s'en occupe.

« Dans quelques jours, songe Edouard, nous serons à nouveau tous réunis, Nicolas, Henri et moi. »

Edouard a une pensée pour Prosper Desfossés et Pierre Legouteux, massacrés lors de la révolte canaque. Ceux-là sont morts trop tôt et, comme si l'on avait voulu faire une sinistre plaisanterie, la grâce de Pierre Legouteux est arrivée trois mois après que l'on eût découvert ce qui restait de son cadavre.

En tant qu'avocat, Edouard mesure tout ce que signifie l'amnistie par opposition à la grâce, tout ce qu'elle a de fécond, de régénérateur. L'amnistie, c'est l'abolition et l'oubli, alors que la grâce n'est que pitié, clémence et pardon. L'amnistie ne remet rien, elle efface, comme le coup de torchon sur l'ardoise du marchand de vins, comme la pluie d'orage lavant le sang du trottoir, comme le sourire qui sèche les larmes. La grâce, elle, n'efface rien mais abandonne, remet – comme on remet le jugement à plus tard - dans un geste faussement grand et généreux du puissant qui retient son bras armé devant l'égaré, le galeux, tout en continuant de l'assommer de son mépris. Le ministre Jauréguiberry peut toujours parler d'un « grand acte de clémence » avec « une application aussi libérale que possible », c'est l'amnistie qui a été votée sous les coups de boutoir de Gambetta et pas autre chose, pas l'aumône qui abaisse encore celui qui la reçoit sans grandir celui qui la donne.

Il reste quand même que la mesure intervient après des années de détention dans des conditions ignobles, après de années de déportation sur un « confetti » - c'est une expression d'Henri - entre le Pacifique sud et la Mer de Corail. Des milliers d'hommes jeunes ont perdu les plus belles années de leur vie et sortent de l'épreuve marqués à jamais.

La joie déferle dans Nouméa, une joie partagée aussi bien par les bénéficiaires, transportés et déportés, que par les fonctionnaires, militaires et colons. Pourtant, les amnistiés ayant bien l'intention de rentrer le plus vite possible en France, l'événement signifie aussi qu'il y aura des séparations déchirantes.

– A l'île des Pins, ils doivent danser, lance Edouard.

- 61 -

Quand la *Loire* appareille, mille cent personnes ont pris place à son bord. C'est le dernier convoi de déportés. Edouard, Nicolas et Henri sont de nouveau réunis. Pendant les cinq jours précédant l'embarquement, ils ont fait une fête de tous les diables à Nouméa, écumant non seulement les endroits que les deux premiers avaient l'habitude de fréquenter, mais aussi un certain nombre d'établissements plus douteux du boulevard de Vauban, de l'avenue de Montebello ou de l'avenue de Marignan.

Auparavant, chacun à sa manière, ils ont tourné la page. Edouard Deval, l'avocat, a fait lentement le tour des femmes qui ont donné de la couleur à ses dernières années. Nicolas Moreau, le menuisier, s'est dépêché de terminer les lambris Louis XV qu'il avait commencé à réaliser pour la sœur du gouverneur. Henri Amérieux, le journaliste, a mis un point final à une étude pertinente sur la danse canaque.

Les femmes et les enfants des déportés, pour la plus grande partie, sont déjà sur la route du retour, via le canal de Suez, sur des bateaux affrétés auprès de la maison Valéry, de Marseille, notamment le *Picardie*.

Edouard, compte tenu des moyens financiers dont il dispose, aurait pu louer une place sur un bateau de commerce. Mais jamais il n'aurait pris une telle initiative, ne concevant pas qu'il puisse abandonner ses compagnons de souffrances au moment de recouvrer la liberté et de retrouver la France.

Les ex-déportés sont nombreux, ce qui implique une discipline stricte. Mais surtout le commandant Brown de Colson n'est pas fait pour une telle mission : il s'illustre tout au long du voyage par des mesures imbéciles, cruelles, humiliantes. D'abord, l'homme ne parvient pas à comprendre que les amnistiés ne sont plus des condamnés et qu'ils sont censés n'avoir jamais encouru la moindre peine : il les voit comme des forçats, des gibiers de potence qu'il ramène en France en vertu d'une mesure générale de clémence de la République généreuse. « Trop généreuse ! » souffle l'un de ses officiers de bord à qui veut l'entendre.

Ensuite, il ne conçoit pas que ces heureux bénéficiaires de l'amnistie républicaine aient des droits à faire valoir et, par exemple, soient autorisés à ne pas assister tous les soirs, sur le pont, à la prière récitée par un aumônier. Sur ce dernier point, il va même jusqu'à mettre aux fers des récalcitrants. Il recule très vite devant la ferme intervention d'Henri, Nicolas et Da Costa. Ce dernier est un ancien étudiant en droit condamné à mort en juin 1872, dont la peine a été commuée en travaux forcés à perpétuité et qui est aujourd'hui amnistié comme les autres. Edouard apprécie ce jeune homme qui a refusé la grâce offerte, parce qu'elle n'exprimait que dédain et mépris, et ne voulait entendre parler que d'amnistie, la seule mesure qui fût à la hauteur de sa dignité.

Pour le reste, les conditions de vie sur le la *Loire* sont les mêmes qu'à l'aller, à deux nuances près : les cages dans lesquelles séjournent les passagers sont ouvertes en permanence et les périodes de fréquentation du pont supérieur sont plus étendues.

Trente jours après le départ, en fin d'après-midi et alors que le ciel a pris des couleurs d'encre, le navire est rattrapé par une violente tempête que le commandant a cherché à éviter toute la journée. Nicolas est dans un carré du gaillard arrière, jouant aux cartes avec quelques hommes d'équipage, lorsque le bateau plonge avec une sorte de mugissement, roule sur tribord et se redresse d'un seul coup en faisant hurler toute sa structure. Des hommes sont jetés à terre, propulsés contre les bancs. Nicolas a tout juste le temps de se cramponner à la table. Une vague glacée balaye le pont, ouvre la porte à la volée, brise quelques hublots. Puis le bâtiment repart en plongée, dans une vrille sur bâbord qui s'achève sur un coup de boutoir d'une extrême violence. C'est alors que le petit perroquet du mât de poupe, sous un effet de torsion puissante, se brise net et s'affale sur le gaillard arrière, entraînant à son tour la rupture puis la chute d'une poutre fragilisée par un accident antérieur. Nicolas est heurté de plein fouet par la poutre, sur le sommet du crâne, et tombe sans connaissance.

On fait appeler le médecin de bord, puis, un peu plus tard, Edouard et Henri.

Le docteur, un petit homme rond, au front dégarni et au visage couperosé, ne parvient sur les lieux que dix minutes plus tard, essoufflé et trempé. Nicolas saigne de la tête. Il prononce des mots incohérents. Derrière les paupières à demi-fermées, le regard est éteint. La poitrine se soulève au rythme d'une respiration profonde et lente. Tandis que le navire se cabre à nouveau avec une plainte déchirante de sa coque, les matelots, en titubant, installent le jeune menuisier sur une paillasse. Le médecin mesure le pouls, fait l'examen des membres, tâte la voûte crânienne, nettoie le sang qui couvre le front.

Lorsqu'ils arrivent à leur tour après une progression difficile, Edouard et Henri voient que le jeune homme a du sang dans la bouche et dans une oreille. Il est par ailleurs agité de mouvements brusques.

– Il va s'en sortir ?

La question émane d'Henri, mais le médecin ne répond pas. Il frictionne le cou, le front, les bras du blessé. Ce traitement paraît avoir un résultat positif car Nicolas se met à respirer de manière plus vive quoique désordonnée.

– Il faudrait des cataplasmes, dit le docteur. A-t-on de la farine et de la moutarde noire ?

– Je m'en occupe, lance un marin.

Le navire roule d'un bord à l'autre dans une tourmente glacée. Accroupis autour de Nicolas, les hommes ont du mal à conserver leur équilibre.

– On va essayer les sinapismes, dit pour lui le médecin, en fronçant les sourcils, tandis qu'il prend de nouveau le pouls de Nicolas.

Edouard s'est mis à genou, là où repose la tête de Nicolas. Il a saisi la main du blessé. Il essaie de lui parler mais ne recueille, de temps en temps, que des mots incompréhensibles. Parfois, il regarde le médecin qui s'affaire, guettant quelques signes qui viendraient le rassurer.

La cambuse est proche : en quelques minutes, les cataplasmes sont prêts. Le docteur les applique après avoir déshabillé le torse de Nicolas. Mais le traitement est impuissant. Alors que les jambes, jusqu'à présent, sont restées inertes et molles sur le plancher, elles sont bientôt prises d'une sorte de vibration, vite suivie de spasmes et de convulsions : pendant deux, voire trois minutes, les genoux se lèvent, puis s'abaissent brutalement, à plusieurs reprises. En même temps, la mâchoire inférieure remonte à l'extrême sous la contraction des muscles masséters.

– Il faudrait le transporter à l'infirmerie, se risque Henri.

– C'est impossible, répond vivement le médecin. On le tuerait immédiatement.

Le navire craque, gémit sous les assauts des vagues et des bourrasques, tandis que la pluie vient battre violemment les vitres du gaillard. On entend cependant la respiration stertoreuse du blessé et le frottement que font ses pieds au cours des mouvements spasmodiques qui l'agitent.

Dans la demi-heure qui suit, l'état de Nicolas va en déclinant. Les mouvements des membres inférieurs sont de plus en plus violents, la respiration se fait douloureuse, la pupille se dilate. Quand il ne trouve plus le pouls, le docteur tente de mesurer les pulsations de la carotide. Il renouvelle deux fois les sinapismes et, pas un instant, ne renonce aux frictions. Il applique quelques lotions fraîches sur le front. Mais les lèvres de Nicolas virent au violet et il faut bientôt prêter l'oreille pour percevoir un léger râle.

C'est après une agonie de trois heures, et alors que la tempête est déjà passée depuis longtemps, que la vie abandonne définitivement Nicolas. Edouard baise le front de son ami, pleure doucement pendant de longues minutes. Henri caresse les cheveux du jeune homme. Le médecin range ses affaires en regardant gravement l'homme que, malgré tous ses efforts, il n'a pu sauver. A l'arrière plan, des marins se tiennent en ligne, mains croisées, graves et recueillis.

– Je n'ai rien pu faire, souffle le docteur. On est malheureusement impuissant devant une commotion cérébrale à un tel degré.

– Je sais que vous avez fait tout ce qui était en votre pouvoir, assure Edouard.

– Le choc a dû être d'une violence extrême, renchérit le médecin.

Un rayon de lune perce à travers la vitre, éclaire la double fossette du menuisier-ébéniste.

– Que vais-je pouvoir dire à Virginie ? murmure Edouard. Que vais-je pouvoir dire à cette femme ?

Henri pose la main sur l'épaule d'Edouard, tire vers lui. Les deux hommes pleurent maintenant sans retenue, avec des grosses larmes qui brouillent leur vue.

– Viens ! dit simplement Henri.

EPILOGUE

Un coup de vent, remontant l'avenue principale en bourrasque, fait voler les pans des manteaux et agite les écharpes, ravivant l'humidité des lieux. L'orateur, le général Billot, ministre de la Guerre, enfle la voix et lève les bras.

En ce début d'après-midi du 6 janvier 1882, malgré le froid et la pluie qui est tombée toute la nuit, une foule immense, silencieuse, recueillie, s'est rassemblée autour du cercueil déposé devant le caveau de la ville de Paris, au cimetière du Père-Lachaise. Les visages sont graves, on devine des gorges étranglées par les sanglots. On a d'abord écouté Brisson, président de la Chambre, puis Peyrat, vice-président du Sénat. Le garde des Sceaux Devès a fait également une allocution. Leur ont succédé des compagnons de combat, Henri Martin, pour les sociétés patriotiques, Chauffour, au nom des Alsaciens-Lorrains, Falateuf, le Bâtonnier des Avocats.

C'est grâce à Falateuf qu'Edouard et ses amis ont pu accompagner jusqu'à sa dernière demeure celui dont ce sont aujourd'hui les funérailles nationales, Léon Gambetta. Aux environs de dix heures, le cortège funèbre a quitté le Palais-Bourbon où, depuis deux jours, des dizaines de milliers de visiteurs, en longues files, sont venus témoigner au chef républicain de leur attachement et de leur douleur. Pour l'événement, la façade de la Chambre des députés a été drapée d'un immense voile noir. Entre les colonnes, décorées de nombreux drapeaux, on a installé de gigantesques flambeaux. Sur les marches, des centaines de couronnes ont été posées et forment un jardin de couleurs.

Le corbillard et l'attelage de six chevaux étaient garnis de velours noir et d'argent. Derrière, des ministres, des députés et sénateurs, des ambassadeurs, des délégations des départements, des colonies et d'Alsace-Lorraine, des journalistes, des écrivains, les élèves de l'Ecole Polytechnique, des milliers et des milliers d'hommes et de femmes, rassemblés dans une muette douleur, ont marché jusqu'au cimetière pendant quatre heures. A l'entrée principale, seuls ceux qui disposaient d'un laissez-passer spécial ont pu pénétrer.

Tandis que le général Billot aborde sa péroraison, Edouard jette un coup d'œil à ses compagnons. Il y a d'abord Virginie, toute droite, tendue par l'attention qu'elle prête aux propos prononcés, Virginie qui a remonté le col de fourrure de son manteau et qui, à intervalles réguliers, paraît frissonner. Edouard savait tout d'elle avant que la *Loire* accoste dans le port de Brest, parce que Nicolas lui avait souvent parlé de sa jeune épouse. Mais l'avocat a trouvé une femme à la fois plus ravissante et plus attachante encore, qui a fait preuve d'un courage extraordinaire et que tous les anciens compagnons de Nicolas ont souhaité immédiatement entourer, aider, accompagner dans les moments difficiles de son veuvage. C'est d'ailleurs à son initiative qu'ils se trouvent tous rassemblés aujourd'hui.

Sans doute songe-t-elle en ce moment à Nicolas. Comment pourrait-il en être autrement ? Les funérailles de Léon Gambetta, ce sont aussi d'une certaine manière celles de Nicolas Moreau, celles qu'il n'a pas eues bien sûr mais que ses amis peuvent imaginer pour lui. N'y avait-il pas chez Nicolas comme chez l'homme politique la même force, les mêmes dons de chef, la même audace ? Le menuisier du faubourg Saint-Antoine n'était-il pas comme Gambetta capable de conduire les autres jusqu'aux hauteurs suprêmes de la pensée et de l'action ? N'avait-il pas comme le redoutable orateur la même foi dans l'instruction publique, dans les ressources de son pays, dans la capacité de mener pacifiquement les conversions et de résoudre les conflits pour éviter ces convulsions sanglantes qui bouleversent habituellement le peuple de France ?

L'épaule gauche effleurant le manteau de Virginie, légèrement en retrait, Léon Berthier, crâne dégarni et nu, roule des yeux inquiets, comme s'il craignait pour la sécurité de la femme qu'il couvre de sa masse. De temps à autres, il se penche vers elle, murmure quelques mots, puis reprend gravement sa position. Son bras tremble et Edouard devine tous les efforts que fait le bronzier devenu entrepreneur pour camoufler cette séquelle des coups reçus au bagne.

Derrière Virginie Moreau encore, Henri Amérieux a la tête baissée. Depuis quelque temps, il est triste. Edouard sait qu'il veut retrouver Adélaïde mais que ses recherches sont pour l'instant demeurées vaines. En tout cas, il s'est installé à Paris, semble-t-il définitivement, abandonnant sa bonne ville de Lyon dont il rabâchait tant l'oreille de ses compagnons à l'île des Pins. Son livre sur les Canaques a reçu un accueil mitigé. « Ils s'en foutent ! » a-t-il dit à Louise Michel, qui l'a en revanche trouvé « très vrai ». Il en prépare un autre mais se refuse pour l'instant à révéler le sujet.

Le rédacteur en chef de la *République Française*, Isambert, a succédé au général Billot. C'est un orateur d'une toute autre qualité. Les mots qu'il emploie sont à la fois plus simples et plus bouleversants, moins dramatiques et plus touchants.

– Il ne sera plus là pour relever nos courages en face des coups du sort, dit Isambert d'une voix lente.

A ce moment-là, Virginie se tourne légèrement vers Edouard. La pupille noire de ses yeux, tel le disque du soleil plongeant dans l'océan, se noie dans les larmes que retient la paupière. Les ailes du nez palpitent, tandis que les joues se colorent. Les lèvres frémissent. Le cœur d'Edouard bondit à la vision de ce regard désespéré, de ce visage douloureux. Nicolas est mort il y a deux ans mais Nicolas est aujourd'hui parmi eux, au milieu d'eux.

La main d'Edouard se tend vers le bras de la jeune femme, y imprime une pression douce. La paupière ne retient plus rien et la larme jaillit, vive et brillante, ricoche sur l'arête du nez, s'immobilise au bord de la lèvre ourlée. Au moment où Virginie sourit, la larme coule sur la lèvre inférieure, disparaît vers l'émail des dents.

– Il laisse tant et tant dans nos cœurs et nos mémoires, c'est notre seule consolation dans cette séparation déchirante, dit encore Isambert.

Virginie a de nouveau tourné la tête vers l'orateur. Edouard ne voit plus que les cheveux mêlés à la fourrure.

Sa main est restée sur le bras, apaisante et chaude.

BIBLIOGRAPHIE

Pour qui voudrait approfondir les situations et événements authentiques qui sont le fondement de ce roman, ou mieux connaître les acteurs réels de la tragédie à laquelle l'auteur a mêlé des personnages de fiction, voici une bibliographie, évidemment non exhaustive :

ADAM, Juliette, *Mes illusions et nos souffrances pendant le siège de Paris*, Alphonse Lemerre Editeur, Paris, 1906.

ALBUM DE L'ILE DES PINS, JOURNAL DES DEPORTES.

ALLEMANE, Jean, *Mémoires d'un déporté de la Commune*, Publications de la société d'études historiques de la Nouvelle-Calédonie, Nouméa, 1977.

ALMERAS, Henri (d'), *La vie parisienne pendant le siège et sous la Commune*, 1927.

AMIGUES, Jules, *Rossel. Papiers posthumes*, E. Lachaud Editeur, Paris, 1871.

ANTONMATTEI, Pierre, *Léon Gambetta, héraut de la République*, Editions Michalon, Paris, 1999.

BAILLIERE, Achille, *La déportation de 1871. Souvenirs d'un évadé de Nouméa*, 1889.

BAUER, Henry, *Mémoires d'un jeune homme*, 1881.

BARONNET, Jean et CHALOU, Jean, *Communards en Nouvelle-Calédonie. Histoire de la déportation*, Mercure de France, Paris, 1987.

BOUGE, J.L., *Les déportés de la Commune en Nouvelle-Calédonie*, 1953.

BOURGIN, Georges, *La guerre de 1870-1871 et la Commune*, Flammarion, Paris, 1971.

BRISSAC, Henri, *Souvenirs de prison et de bagne*, 1880.

BROGLIE, Gabriel (de), *Mac Mahon*, Perrin, Paris, 2000.

CARON, François, *La France des Patriotes de 1851 à 1918*, Fayard, Paris, 1985.

La Commune photographiée, Editions de la Réunion des Musées nationaux, Paris, 2000.

CATON, Joannes, *Journal d'un déporté de la Commune à l'île des Pins*, Editions France Empire, Paris, 1986.

CAZELLES, Raymond, *Le duc d'Aumale*, Tallandier, Paris, 1984.

CERF, Marcel, *Le d'Artagnan de la Commune (le colonel Maxime Lisbonne)*, Editions du Panorama, Bienne (Suisse), 1967.

CERF, Marcel, *Antonio de la Calle,* Cahiers des Amis de la Commune, Paris, 1987 ;
- *Edouard Moreau, l'âme du Comité central de la Commune*, 1971.

CHINCHOLLE, Charles, *Les survivants de la Commune*, 1885.

CHOULOT (lieutenant-colonel de), *Journal et notes du 19e régiment mobile (Cher) 1870-1871*, E. Just-Bernard, Bourges, 1871.

CHOURY, Maurice, *Les damnés de la terre, 1871*, 1970.

CLARETIE, Jules, *Histoire de la révolution de 1870-1871*, 1875.

CLUSERET, Gustave, *Mémoires, 1887-1888.*

CORDILLOT, Michel, *Eugène Varlin, Chronique d'un espoir assassiné*, Les Editions ouvrières, Paris, 1991.

CRON, François-Camille, *Souvenirs amers. Mémoires de François-Camille Cron (1836-1902), déporté de la Commune en Nouvelle-Calédonie*, Mercure de France, Paris, 1989.

DA COSTA, Gaston, *La commune vécue,* 1903-1905.

DAUDET, Ernest, *L'agonie de la Commune. Paris à feu et à sang, 24-29 mai 1871,* 1871.

DEBUCHY, Victor, *La vie des parisiens pendant le siège, 1870-1871*, Histoire et sociétés, n°79, juillet-août 1999 ;
- *La vie à Paris pendant le siège 1870-1871,* L'Harmattan, Paris, 1999.

DELESSERT, Eugène, *Episodes pendant la Commune, Souvenirs d'un délégué de la société de secours aux blessés des armées de terre et de mer,* 1872.

DINESEN, Wilhelm, *Paris sous la Commune*, Michel de Maule, Paris, 2003.

DITTMAR, Gérald, *Les Francs-Maçons et la Commune de 1871*, Editions Dittmar, Paris, 2003.

DU CAMP, Maxime, *Les convulsions de Paris,* Librairie Hachette & Cie, Paris, 1881.

DUPONT, Léonce, *Souvenirs de Versailles pendant la Commune*, 1881.

ERLANGER, Philippe, *Clémenceau*, Perrin, Paris, 1998.

FIAUX, Louis, *Histoire de la guerre civile en 1871. Le gouvernement et l'Assemblée à Versailles. La Commune de Paris,* 1879.

FIERRON, Alfred, H*istoire et dictionnaire de Paris,* Robert Laffont, Paris, 1996.

FOURICHON (amiral), *Notice sur la déportation en Nouvelle-Calédonie.*

GAILLARD, Jean-Michel, *Jules Ferry*, Fayard, Paris, 1989.

GALLO, Max, *Garibaldi. La force d'un destin*, Fayard, Paris, 1982.

GAMBETTA, *Discours et plaidoyers politiques,* G. Charpentier, Paris, 1881.

GARNIER, Francis, *Le siège de Paris. Journal d'un officier de marine,* 1885.

GAUTIER, Théophile, *Tableaux de siège. Paris, 1870-1871*, 1872.

GROSPERRIN (docteur), *Le bagne de la Nouvelle-Calédonie en 1878. Souvenirs d'un médecin de la marine*, 1910.

GROUSSET, Paschal, et JOURDE, Francis, *Les condamnés politiques de Nouvelle-Calédonie*, 1876.

GUASCO, Charles, *Douze visites à Mazas pendant la Commune. Le Président Bonjean, otage de la Commune*, 1871.

HORNE, Alistair, *Le siège de Paris et la Commune*, 1967 ;
- *The terrible year.*

JOURDE, Francis, *Souvenirs d'un membre de la Commune, la mort de Delescluze, une exécution, le speculum, un forçat libéré*, 1877.

KRAKOVITCH, Odile, *Les femmes bagnardes*, Perrin, Paris, 1990.

La Commune en images, 1871, François Maspero, Paris, 1982.

LA ROCHE, Alfred, *Souvenirs de captivité d'un chasseur fédéré de la Commune*, Cahiers des Amis de la Commune, Paris, 1990.

LECAILLON, Jean-François, *Eté 1870. La guerre racontée par les soldats*, Bernard Giovanangeli Editeur, Paris, 2002.

LEPAGE, Auguste, *Histoire de la Commune,* Alphonse Lemerre Editeur, Paris, 1871.

LISSAGARAY, Prosper-Olivier, *Histoire de la Commune de 1871,* Editions La Découverte & Syros, Paris, 2000.

LULLIER, Charles, *Mes cachots,* 1881.

MAC MAHON, Patrice (maréchal de), *L'armée de Versailles depuis sa formation jusqu'à la complète pacification de Paris. Rapport officiel*, 1871.

MAILHE, Germaine, *Déportation en Nouvelle-Calédonie des Communards et des révoltés de la Grande Kabylie (1872 à 1876)*, L'Harmattan, Paris, 1994.

MANEGLIER, Hervé, *Paris impérial, la vie quotidienne sous le Second Empire*, Armand Colin, Paris,1990.

MASON, Edward, *The Paris Commune. An Episode in History of the Socialists Mouvement*, 1930.

MAURY, Emile, *Mes souvenirs sur les événements des années 1870-1871*, La Boutique de l'Histoire, Paris, 1999.

MAYER, Simon, *Etapes d'un forçat politique.*

MEISSAS (abbé de), *Journal d'un aumônier militaire*, Garnier Frères, Paris, 1890.
- *La vie du colon en Nouvelle- Calédonie,* Augustin Challamel éditeur, Paris, 1898.

MENDES, Catulle, *Les 73 journées de la Commune (du 18 mars au 29 mai 1871)*, 1871.

MESSAGER, Henri, *Lettres de déportation 1871-1876*, Le Sycomore, Paris, 1979.

MICHEL, Louise, *La Commune*, Librairie P.-V. Stock, Paris, 1921 ;
- *Le livre du bagne*, Presses universitaires de Lyon, Lyon, 2001.

MILZA, Pierre, *Napoléon III*, Perrin, Paris, 2004.

MONNANTEUIL, Arthur, *Neuf mois de ponton. Parole d'un détenu,* 1873.

MONTAIGNAC, *Notice sur la déportation à la Nouvelle-Calédonie, 1874-1876.*

MORIAC, Edouard, *Les conseils de guerre de Versailles*, 1871.

NAJJAR, Alexandre, *Le Procureur de l'Empire. Ernest Pinard (1822-1909)*, Balland, Paris, 2001.

NOEL, Bernard, *Dictionnaire de la Commune,* Mémoire du Livre, Montréal (Québec), 2000.

PAIN, Olivier, *Henri Rochefort,* Périnet Libraire – Editeur, Paris, 1879.

PARENT, Ulysse, *Une arrestation en mai 1871*, 1876.

PELLETAN, Camille, *Questions d'histoire. Le comité central et la Commune*, Maurice Dreyfous éditeurs, Paris, 1879.

PERLIE (médecin major à bord de la *Virginie), Rapport (AN DEP d'Outre Mer).*

PETRON, Marcel, *Nouvelle-Calédonie. L'île Nou*, Editions Publical, Nouméa, 1987.
Les déportés de la Commune à la Nouvelle-Calédonie il y a un siècle, La Commune,. Revue d'Histoire de l'Association des Amis de la Commune de Paris, Paris, 1978.

PISIER, Georges, *Les déportés de la Commune à l'île des Pins 1872-1880,* 1971.

PRAETOR, Julius, *Souvenirs d'un déporté en Nouvelle-Calédonie,* Paris, 1875.

RANC, Arthur, *Souvenirs et correspondance (1831-1908),* 1913.

REDON, Louis, *Les galères de la République*, Presses du CNRS, Paris, 1990

RIALS, Stéphane, *Nouvelle histoire de Paris. De Tronchu à Thiers. 1870-1873,* 1885.

ROCHEFORT, Henri (de), *Les aventures de ma vie*, 1896-1898.

ROUGERIE, Jacques, *Procès des communards*, Gallimard Julliard, Paris, 1978.

ROTH, François, *La guerre de 1870*, Fayard, Paris, 1990.

SARCEY, Francisque, *Le siège de Paris, impressions et souvenirs*, E. Lachaud, Paris, 1871.

SECONDIGNE, Achille, *Les pontons. Versailles. Satory. Brest. Histoire d'un évadé, 1971.*

SERMAN, William, *La Commune de Paris (1871)*, Fayard, Paris, 1986.

SENES, Jacqueline, *La vie quotidienne en Nouvelle-Calédonie*, Hachette.

SIMON, Jules, *Le gouvernement de M. Thiers, 8 février 1871 – 24 mai 1873*, 1878.

SORIA, Georges, *Grande histoire de la Commune,* 1870-1871, Robert Laffont, Paris, 1971.

THIERS, Adolphe, *Notes et souvenirs 1870-1873,* 1901.

TOMBS, Robert, *The war against Paris,* 1981.

VALANCE, Georges, *Haussmann le grand*, Flammarion, Paris, 2000.

VALLES, Jules, *L'insurgé*, Le livre de proche, Paris, 1989.

VARLIN, Eugène, *Pratique militante et écrits d'un ouvrier communard.*

VERMOREL, Jean, *Un enfant du Beaujolais, Auguste Vermorel (1841-1871)*, 1911.

VINOY (général), *L'armistice et la Commune. Opérations de l'armée de Paris et de l'armée de réserve*, Henri Plon, Paris, 1872.

VUILLAUME, Maxime, *Mes cahiers rouges au temps de la Commune*, Actes Sud, Arles, 1998.

WINOCK, Michel, et AZEMA, Jean-Pierre, *Les communards*, 1964.

L'HARMATTAN, ITALIA
Via Degli Artisti 15; 10124 Torino

L'HARMATTAN HONGRIE
Könyvesbolt ; Kossuth L. u. 14-16
1053 Budapest

L'HARMATTAN BURKINA FASO
Avenue Mohamar Kadhafi (Ouaga 2000) – à 200 m du pont échangeur
12 BP 226 OUAGADOUGOU
(00226) 50 37 54 36
harmattanburkina@yahoo.fr

ESPACE L'HARMATTAN KINSHASA
Faculté des Sciences sociales,
politiques et administratives
BP243, KIN XI
Université de Kinshasa

L'HARMATTAN CONGO
67, av. E. P. Lumumba
Bât. – Congo Pharmacie (Bib. Nat.)
BP2874 Brazzaville
harmattan.congo@yahoo.fr

L'HARMATTAN GUINÉE
Almamya Rue KA 028, en face du restaurant Le Cèdre
OKB agency BP 3470 Conakry
(00224) 60 20 85 08
harmattanguinee@yahoo.fr

L'HARMATTAN CÔTE D'IVOIRE
M. Etien N'dah Ahmon
Résidence Karl / cité des arts
Abidjan-Cocody 03 BP 1588 Abidjan 03
(00225) 05 77 87 31

L'HARMATTAN MAURITANIE
Espace El Kettab du livre francophone
N° 472 avenue du Palais des Congrès
BP 316 Nouakchott
(00222) 63 25 980

L'HARMATTAN CAMEROUN
BP 11486
Face à la SNI, immeuble Don Bosco
Yaoundé
(00237) 99 76 61 66
harmattancam@yahoo.fr

L'HARMATTAN SÉNÉGAL
« Villa Rose », rue de Diourbel X G, Point E
BP 45034 Dakar FANN
(00221) 33 825 98 58 / 77 242 25 08
senharmattan@gmail.com

Achevé d'imprimer par Corlet Numérique - 14110 Condé-sur-Noireau
N° d'Imprimeur: 91277 - Dépôt légal: octobre 2012 - *Imprimé en France*